王太子妃殿下の離宮改造計画 2

斎木リコ

Riko Saiki

レジーナ文庫

登場人物
紹介
エンゲルブレクト
王太子妃護衛隊の隊長。
伯爵位を持つ貴族でもある。
杏奈の護衛を通じて、彼女と
少しずつ親しくなってきた。
あんな
杏奈(アンネゲルト)
日本育ちだが、ある事情で
異世界の王太子妃となった。
現在は夫と別居し、離宮の
改造計画に精を出している。
ルードヴィグ
スイーオネースの王太子。
杏奈の夫だが政略結婚相手の
彼女を疎み、離宮に追放した。
そのせいで謹慎を受けている。

ハルハーゲン

スイーオネースの
王族でもある公爵。
何か思惑があるのか、
杏奈に妙に
つきまとって……？

クロジンデ

杏奈の親戚の
お姉さんで、
外交官の夫を持つ
伯爵夫人。
杏奈の社交を
サポートして
くれる。

フィリップ

リリーの助手。彼女や
イェシカに振り回される
苦労人。

リリー

杏奈の侍女。
優秀な魔導の
研究者でもある。
美人だが
とんでもない
変人。

イェシカ

離宮改造計画
を請け負った、
スイーオネースの
女性建築家。

ティルラ

杏奈の侍女。
非常に有能な女性で、
杏奈の心の支えと
なっている。

目次

王太子妃殿下の離宮改造計画 2

一　ピクニックへ行こう

北国スイーオネースの夏は短いが、彩り豊かだ。短い季節を謳歌するように、様々な花が咲き誇る。それはここ、カールシュテイン島も同様だった。

その花の絨毯が見事な野原を、スイーオネースの王太子妃、アンネゲルト・リーゼロッテがゆっくりと歩いている。黒い髪に榛色の瞳の彼女は、長い髪を風になびかせながら野原を進んでいた。

彼女の周囲は、武装した無骨な男達が囲っている。彼らは王太子妃護衛隊の面々で、一定の緊張感を持って周囲を警戒していた。

「手入れをされた庭園も綺麗だけど、こういう人の手の入っていない野原も綺麗だと思うわ」

アンネゲルトは目の前に広がる景色を眺めながら、そんな感想を漏らした。

——こんなに穏やかな時間を、この島で送る事になるなんてねー。

アンネゲルトは、この国に来るまでの経緯を思い出して遠い目をする。

彼女は少々複雑な血筋を持っていた。ここから南へ船で数週間の距離にある、大国ノルトマルク帝国皇帝の弟である公爵が父で、遥か異世界の日本の庶民が母。つい数ヶ月前までは、母と日本で生活していた。

アンネゲルトがこの国に来る事になったのは、母である奈々との賭けが原因だ。就活で一つでも内定を取れればアンネゲルトの勝ち、一つも取れなければ奈々の勝ち。勝てば好条件で日本で暮らせたが、負ければ母と共に父の国に帰るというものだ。無論、日本には二度と帰れない。

——その結果、帝国に戻ったはいいけど、まさか縁談まで用意されていたなんて。

アンネゲルトを待っていたのは、伯父である皇帝からの「スイーオネース王太子に嫁げ」という命令である。反発はしたものの、国同士で決めた政略結婚を個人の感情でひっくり返す事は出来なかった。

納得出来なくても最終的に受け入れたのは、結婚を長続きさせなくてもいいという確約をもらった為だ。政略結婚なのにそれでいいのかと思うが、伯父が言うのだからいいのだろう。

そうしてスイーオネースに嫁いだアンネゲルトだが、王太子妃という身分にある彼女が暮らしている場所は、王宮ではない。王都から内海を挟んだ向かい側にある小島、カールシュテイン島である。

何故かといえば、彼女の夫である王太子ルードヴィグが婚礼の祝賀舞踏会で別居を申し渡したからだった。別居先に指定されたのがここ、カールシュテイン島にあるヒュランダル離宮なのだ。

野原を歩くアンネゲルトが振り返ると、遠くに離宮が見えた。長く放置されていたらしく荒れ果てていて、人が住める状態ではない。ルードヴィグはこの状態を知っていて、アンネゲルトをここに送ったのだろう。住めない離宮を前に、右往左往するとでも思っていたのかもしれない。

――本っ当に腹立たしい！　見てくれは綺麗だけど、中身は最悪よね、あの王太子って。

だが、彼のもくろみはすぐに崩れ去った。アンネゲルトが帝国から乗ってきた船は魔導技術の粋（すい）を集めたもので、ホテルシップとして使用する事が出来た為だ。設備の充実ぶりを考えれば、スイーオネースの王宮に住むよりずっと快適だった。

とはいえ、国王からも離宮を修繕（しゅうぜん）して構わないと許可をもらっているので、好き勝手に改造する事が決まっている。離宮の改造という目的が定まったおかげか、アンネゲルトは以前ほど、帝国――というより日本へ帰りたいと思っていない。変われば変わるものだ。

そんな彼女は、今日はピクニックに来ている。

島の北側は、地形の関係か船着き場が作られず、また離宮からも離れているせいで手つかずのままになっていた。

野原の先の海の向こうには、本島の陸地と山並みが広がっている。カールシュテイン島は、大きくコの字を描く内海に浮かんだ島なのだ。

雄大な景色は見ているだけで癒される。アンネゲルトが育ったのはビルに囲まれた場所で、こういった自然にはそれほど縁がなかったから、余計にそう感じるのかもしれない。

「妃殿下、あまり護衛から離れないでください」

そう注意してきたのは、王太子妃護衛隊の隊長を務めるサムエルソン伯エンゲルブレクトである。今日のピクニックでも、彼は護衛隊隊長として職務に励んでいた。

ほんの少し前に、この島に入り込んだ侵入者にアンネゲルトが襲撃されるという事件があった。彼はその際、彼女の窮地を救った経緯がある。事件はアンネゲルトと正式な目通りをする直前の事だ。それまで、護衛隊は出番がなく暇を持て余していた。

最近は彼らにも活躍の場が与えられている。アンネゲルトが建築士のイェシカと正式契約し、離宮の改造へ動き出したのと同時に、積極的にカールシュテイン島を見て回るようになった為だ。

アンネゲルトの側仕えで帝国出身のティルラも、これを歓迎してくれた。

『外に出ないのは不健康ですからね。それに、あまりあれこれ禁止すると、何をやらかすかわかりませんから。勝手に下船されるくらいでしたら、しっかりと護衛を連れていただく方が助かります』

　随分な言われようだったが、船の外に出られるのだからと文句は呑み込んだ。そのティルラは、今もアンネゲルトのすぐ側にいた。

　二人目の側仕えであるリリーは魔導研究に余念がなく、かつ離宮改造計画に深く関わっている為、同行していない。しかもイェシカから毎日質問攻めにあっているようで、嬉々として彼女にあれこれ語っているらしい。

　三人目の側仕えのザンドラは、彼女の方が海に落ちかねないので同行させなかった。何しろ、彼女は常に眠たげでなんとなく心配なのだ。今頃は船の私室でゆっくり寝ているだろうか。

「わかりづらいですが、野原の先は小さい崖になっております。あまり近づかれませんように」

エンゲルブレクトからの忠告に先の方を見れば、護衛隊員が等間隔に並んでいる。あの辺りが崖になっているようだ。

この辺りは、例の襲撃事件の後に護衛隊員がくまなく調べたのだとか。周囲の全てがアンネゲルトの安全の為に動いていた。

アンネゲルトはその仰々しさに溜息を吐きたくなったが、何とか呑み込む。本当なら、今日のような軽装は許されないのだ。その点を見逃してくれているだけでも、感謝するべきだろう。もっとも、ただ見慣れただけなのかもしれないが。

視察時のアンネゲルトの服装はまちまちだが、基本的には日本にいた時と同じような格好をしている。今日はマキシ丈のワンピースにレースのボレロを合わせ、足下はスニーカーだ。

彼女の服装を最初に見た時の護衛隊の反応は見物だった。ぎょっとした後にほぼ全員が目を逸らすのだ。彼らにしてみれば、これほど軽装の貴婦人を見た事がない為、仕方ないのだろう。

しかし、それも最近は少なくなった。おそらく一度同行した隊員から話が広まったのだ。アンネゲルトの服装に関しては、何も楽だから日本の物を使用している訳ではない。

襲撃事件の経験から、実用性も考えての事だ。

あの時、軽装でなくドレスだったら、助かっていなかったかもしれない。万一を考えるなら、少しでも動きやすい方がいい。

アンネゲルトのその意見は、ティルラや護衛船団のエーレ団長にも受け入れられた。

護衛隊には、最初の視察兼ピクニックの際にティルラから注意事項として一言言ってある。

『妃殿下は故国での装いを好まれます。こちらのものとは大分違いますが、それについては驚かれませんよう』

それでも、軽装の貴婦人に不慣れな彼らの事を考えて、なるべく露出の少ないものを着用していた。

——日本で着ていたコーデだと、はしたないと思われるんだろうなー……

好んで肌を出す服を着ていたつもりはないが、こればかりは感覚の差だ。今着ているワンピースだって、どうかすればこちらの下着程度である。

「それにしても、どうしてこんな何もないところを視察しようと思われたんですか？」

ふいに、エンゲルブレクトが不思議そうにアンネゲルトに聞いた。狩猟用の森や庭園ならばともかく、ここは視察する意味がないと考えたのだろう。

「あら、言わなかったかしら？　離宮の改造を始めたでしょう？　ついでに島のあちこちにも手を入れようかと思っているの。その為よ」

にこやかに返答するアンネゲルトに、エンゲルブレクトは首を傾げている。

離宮が建造された当初も、この野原に何かを建てる計画は出なかったそうだ。狩猟用の森からも遠く、手を入れる必要性をあまり感じさせないからだろうか。

アンネゲルトにも、ここを有効活用するしっかりしたアイデアがある訳ではない。こうして足を運ぶ事によって、何か思いつかないかと考えている程度だ。

そもそも、このピクニックには視察以外にもう一つ目的がある。むしろそちらがメインだった。だが、それをエンゲルブレクト達に悟られたくない。だからこそ、表向きの目的を強調するしかなかった。

「アンナ様、そろそろ昼食にしませんか？」

そう声をかけてきたのはティルラだ。確かにいい時間だった。

「そうね。今日はここでいただきましょう。天気のいい日でよかったわ」

昼食は、船の厨房で特別に作ってもらったランチボックスだ。

メインダイニングを預かる料理長自ら作ったというランチボックスは豪華で、前菜に始まりスープ、魚料理、肉料理、デザートまでついていた。しかも、入れてきたバスケットは魔導器具であり、温かい物は温かいまま、冷たい物は冷たいままになっている。

ランチボックスがこれだけ豪華になったのには訳があった。

当初、アンネゲルトはピクニックの定番として、サンドイッチと飲み物程度でいいと思っていたのだ。

だが、それを聞いた料理長が、自分が関わる以上手は抜かないと素材から厳選し、出先でも盛りつけに問題が出ない料理をこしらえたそうだ。

それを、同行した三人の小間使いが、持ってきた携行用の食器に盛りつけている。外だというのに随分と本格的な食事だった。

ランチボックスは馬車に積んでいたものを、護衛隊員が手分けして運んできている。小間使い達が運ぼうとしたところ、女性に重い物を持たせる訳にはいかないと申し出てくれたのだとか。

昼食は当然、彼らの分もある。ティルラ指導の下、護衛隊の中の数人が配膳をしていた。

実は、これこそが一番の目的なのだ。護衛隊員に帝国製の食事を振る舞う事で、帝国への精神的な壁を低くしてもらい、魔導に対しても耐性をつけてもらおうというものである。

発案者はアンネゲルトだ。

『食は文化だもの。帝国の文化に触れる事で理解を深めてほしいのよ。魔導に関してもね。そうでないと、彼らを船に入れる事が出来ないわ』

いつまでも護衛隊を狩猟館周辺で野宿させる訳にもいかないでしょ？　と続けた彼女に、ティルラとエーレ団長の表情は渋く、手放しでは賛成しかねるといった風だった。果たしてその程度の事で理解が深まるものかと思ったのだろう。

だが他に有効な手段を考えつかなかったせいで、結局アンネゲルトの「胃袋から掴め作戦」に同意せざるを得なかったという訳だ。

とはいえ、滑り出しは上々だった。最初のピクニックで昼食を出した時の、護衛隊員達の驚いた顔は忘れられない。後でエンゲルブレクトから聞いたところ、あれ以来「視察」の護衛に参加したがる隊員が多くて大変なのだそうだ。

魔導への悪感情も、今のところ見受けられない。ランチボックスをわざわざ魔導仕様にしたのは正解だったようだ。現在の彼らの魔導への認識は「おいしい食事を保ってくれているもの」であって、この国でよくいわれているような「得体の知れない恐ろしいもの」ではないらしい。どのような内容であれ役に立つ技術と認識してもらえればいい。

ここまでは、全てがうまくいっているようだ。これなら、近いうちに護衛隊を船に迎え入れる事が出来るだろう。

エンゲルブレクトは、和（なご）やかに進む昼食の仕度を少し離れた場所から眺めていた。護衛隊の顔ぶれは毎回替えている。これは隊員達の希望でもあったが、何より王太子妃アンネゲルト側からの申し入れが原因だ。

『なるべく全員と顔を合わせておきたいの』

護衛してもらうのだからせめてそのくらいは、という事らしい。

エンゲルブレクトはふと、アンネゲルトと初めて会った状況を思い出した。王太子妃を出迎えるべく、帝国の玄関口と呼ばれる港街オッタースシュタットまで、使節団を組んで向かった時の事である。

彼は、到着して早々に体を伸ばしたいと思い、港街を散策して路地裏に迷い込んだ。そこで酔っ払いに絡まれていた少女二人を助けた。そのうちの一人がアンネゲルトだったのだ。彼女は変装までしてお忍びで街に出ていたらしい。

それがわかったのは、カールシュテイン島に侵入者があった時だ。この際もエンゲルブレクトはアンネゲルトが追われているところに行き合わせ、彼女を救っている。もっとも、あの時は相手が王太子妃だとは知らなかったが。

国王からの要請で作った王太子妃護衛隊であるものの、あの襲撃事件まで当の王太子妃アンネゲルトには目通りが叶わなかった。おかげで、相手の顔を知らないまま助けるという間抜けな構図になった訳だ。

その後、正式に目通りをして、こうして護衛隊本来の仕事が出来るようになった。それは喜ばしいのだが……

「帝国の技術というのは、空恐ろしいものですね」

隣に立つ副官のヨーンがぼそりと呟いた。彼もエンゲルブレクト同様、最初の視察から同行しており、何度も不思議な昼食の場に居合わせている。

味が不思議という訳ではない。それどころか王宮の料理にも匹敵する出来映えだ。不思議なのは、船から出て大分時間が経っているというのに、さも今作りましたと言わんばかりに湯気を上げている事だ。

それだけではない。食後の甘味などは井戸の水ででも冷やしていたのかと思うほど冷たく保たれている。それらが同じ箱から出てくるのが、この上なく不思議なのだ。

初めて見た日に、どうなっているのかとティルラに聞いてみたところ、あれは帝国の魔導技術を使った箱なのだと返された。

話だけ聞けばそんなばかなと思うが、実際に目の前に出されている以上、否定は出来ない。第一、あの船の中を見てしまっては、何があってもおかしくはないと思う。

王太子妃アンネゲルトが帝国から乗ってきた船は、外側は普通の大型帆船だ。しかし、一歩中に入るとそこには別世界が広がっていた。比喩でも何でもなく、異世界にでも迷い込んだのかと思ったほどだ。

あの時の衝撃を思い出しながら眺めている間にも、食事の仕度は着々と進んでいく。程なく、声がかかった。

「お支度、整いました」

この視察の間、昼食は外で食べている。自分達は軍での経験があるから問題ないが、アンネゲルトも皆と同じく外で昼食を取るのには、いささか驚いた。しかも地面に敷物を敷いて、その上に直に座るのだ。

エンゲルブレクトのみならず、護衛隊員は誰もが驚いたものの、帝国側の人間はそれが当たり前という様子だった。

ティルラにそれとなく尋ねたところ、こうして自然の中で飲食する事は、帝国の流行なのだそうだ。

『スイーオネースは冬の長い国ですから、奇異に映るかもしれませんね』

彼女はそう言って、いつもの笑みを浮かべていた。確かに、この国で外を楽しめる時間は短い。実際そろそろ秋の気配が訪れる頃だった。

「それまでに終わるといいのだが……」

「何か仰って？」

うっかり内心を声に出していたようだ。不思議そうにこちらを見るアンネゲルトに、何でもありませんと答えて料理に手を伸ばす。少し離れた場所にいる部下から、感嘆の声が聞こえてきた。

「これが噂の……」

「う、うまい！」

「王宮でも、これほどの料理は出た事がないのでは!?」

思っても口には出すな、と言いたいところだが、アンネゲルトの前だ。彼らを叱責する訳にはいかない。

「皆さんの口にあったようでよかったわ」

隊員達の声がアンネゲルトにも聞こえたらしい。そう言って笑う姿は屈託がない。気分を害していないのなら何よりだ。

「この島内視察の仕事は、隊員の中でも人気なんです。特にこの昼食が」

「本当に？　嬉しいわ」

そう言って花が咲いたように微笑む彼女の姿は、エンゲルブレクトには少し眩しいものだった。

帰りの馬車の中で、アンネゲルトはティルラ相手にはしゃいだ声を出した。

「いい感じに動いてるわよね!?」

「そうですね。どの隊員も好感触でした」

「この分なら、予定より早く皆を船に収容出来るんじゃないかしら？」

そろそろ、視察に同行する護衛隊員が一巡する。帝国の料理を口にしていない者は少ないのではないだろうか。

楽観的なアンネゲルトの意見に、ティルラは苦言を呈する。

「アンナ様、彼らは戦闘のプロです。そんな彼らが船内のあれこれに過剰反応して暴れたりしたら、制圧するのに手間がかかります。それは彼らの為にもなりません。今はまだ料理程度ですから問題も出てきませんが、船の中はこの国にない物ばかりなんですからね。ちょっとやそっとでは許可は出せませんよ」

　エレベーターや自動ドア、シャワーに水洗トイレも、彼らにとっては未知の物なのだ。

「そうよね、私だっていきなり未開の部族の村とかに行ったら、カルチャーショックを受けそうだし」

「行った事があるんですか？」

「ないけど、そういう事なんだろうなって事！　想像よ、想像」

　くすくすと笑うティルラに、わかっていて言っているなと気付く。アンネゲルトが日本から出た事がないのは、彼女も知っている。

　日本国籍を持つアンネゲルトは、取ろうと思えばパスポートを取得出来たのだが、奈々が許さなかったのだ。おかげで高校の時の修学旅行では海外コースを選択出来なかった。あの時は盛大な親子喧嘩をしたものだ。

　嫌な事を思い出したと顔をしかめるアンネゲルトに、ティルラは島の地図を広げながら進捗(しんちょく)を報告する。

「これで島の全てを見て回ったんじゃないでしょうか」

「本当に？　……この、西側の端は？」

　アンネゲルトはティルラの持っている地図を見て、赤ペンで印のついていない箇所を指した。

「道が途切れているんです。狩猟館やら離宮を作った時も、こちらに行く用事はないと思われたようですね。行くとなると道なき道を行く事になりますが、よろしいですか？」

「う……」

これまで回った場所は、馬車で行けたところばかりだ。道がないとなると、馬か徒歩になってしまう。アンネゲルトは乗馬が得意ではない。普通の道ならいざ知らず、悪路となると尻込みするというものだ。

「真の目的も果たした頃ですし、この辺りで視察という名のピクニックは一旦終えてはいかがですか？」

「そ……そうね……西側は何もないって事で、忘れましょう」

元々この視察は、護衛隊員に帝国の料理を食べさせる名目として考えたものだった。当初の目的は概(おおむ)ね果たされたと思っていい。

だがその後、もう一回だけ視察へ行く事になった。

「狩猟館？」

船に戻りティルラから聞かされた話に、アンネゲルトが意外そうな声を上げる。

「ええ。視察はもう終わりにすると護衛隊の方へ言いましたら、最後に狩猟館をご覧になりませんか、とサムエルソン伯から」

「隊長さんが……」

　アンネゲルトはエンゲルブレクトを「隊長さん」と呼んでいた。本来ならティルラと同様に「サムエルソン伯」と呼ぶべきだが、船の中だけでの呼称なので誰かに聞きとがめられる事もない。

「いかがなさいますか？」

「そうね、行きましょうか。隊員全員分のお昼を持って、ね」

　だめ押しも含めて、うんとおいしい物を持っていこう。アンネゲルトは船の外に広がる景色を眺めながら、護衛隊員達の喜ぶ姿を思い浮かべていた。


　最後の視察の日は、すぐに訪れた。話題が出た日から、わずか三日後である。

「早いのね」

「島の中ですし、行く場所が護衛隊の本拠地ですからね。これが島の外となったら、準備にもっと時間がかかりましたけど」

　自室で予定を聞かされたアンネゲルトの呟き（つぶや）に、ティルラはそう答えた。

身分上、訪問相手の都合やら護衛の為の計画などがどうしても必要になる。なので、本来はほんの少し外出するだけでも、準備に時間がかかるものなのだそうだ。

今回、諸々の手続きを省く事が出来たのは、一度襲撃を受けた為、島内の警備を見直した事が大きい。あの事件の後、リリーは助手のフィリップと共に、不眠不休で警備システムを構築したと聞いている。

船から出た馬車は、ゆっくりと離宮を回って狩猟の森の入り口に建つ館へ向かう。今回は全隊員分の昼食を運んでいるので、馬車は全部で四台だ。

狩猟館の前で、隊員達が並んで出迎えてくれた。停まった馬車の扉を開いたのは、隊長のエンゲルブレクトだ。

「足下にお気を付けください」

「ええ、ありがとう」

彼に手を取られて、アンネゲルトはどきどきしながら馬車から降りる。こんな風に手を取られる事は、助けてもらった時以来ではないだろうか。普段、こうした役目は側仕えのティルラのものである。

「ご足労いただき感謝の念に堪えません。むさ苦しい場所ですが、どうぞ心ゆくまでご覧になってください」

エンゲルブレクトの謙遜(けんそん)にそんな、と言いかけたが、確かに男性ばかりの集団がいる場所だ。一体どうなっている事やらと思うと、アンネゲルトの笑顔がほんの少し引きつる。

「妃殿下はこちらの館には不慣れです。誰か案内役を願えますか？」

脇からそう声をかけたのはティルラだ。おかげで、アンネゲルトの引きつった笑顔には誰も気付かなかったらしい。本当に有能な側仕えだ。

隊員の一人が案内役に立ち、アンネゲルト、ティルラの後ろからエンゲルブレクトとヨーンが同行する。小間使い達は馬車で待機だ。

「とても綺麗な建物なのね」

狩猟館に立ち入ったアンネゲルトはそんな言葉を漏(も)らした。狩猟用の館というから、もっと無骨(ぶこつ)なものを想像していたのだが、外観も内装も優美さに溢(あふ)れている。

「王族の狩猟用に建てられたものだからでしょうか。趣味のいい建築だと思います」

エンゲルブレクトの言葉に頷きながら、アンネゲルトはあちこちを見て回る。柱の一つ、梁(はり)の一つにも細(こま)やかな彫刻や飾りが施(ほどこ)してあり、派手さはないが趣味のいい館だ。

「ここ、イエシカにも見せてあげられないかしら」

それはほんの思い付きだった。離宮と同年代に建てられたのかどうかはわからないが、改造のヒントくらいは拾えるかもしれない。

「イェシカ？　確か、離宮の修繕を請け負う建築家でしたか？」

「ええ、そうなの。この館は彼女が喜びそうだわ。ここで得られるものがあれば、離宮の改造にも反映してくれるでしょう」

建築には貪欲な彼女の事だ。この館のそこかしこにある装飾類には、きっと夢中になる事だろう。

アンネゲルトの言葉に、エンゲルブレクトはそういう事なら、と頷く。

「前もって報せてもらえれば、いつでも来てもらって構いません」

「本当に？」

「ええ。この狩猟館は離宮の付属物のようなものですから、ある意味、ここも妃殿下のものと言えます」

てっきり護衛隊の本拠地だから無理だと断られるとばかり思っていた。あっさり許可が出た事が嬉しくて、アンネゲルトはついいつもの調子で口にしてしまう。

「ありがとう！　隊長さん！」

「……『隊長さん』？」

「あ」

気付いた時には遅かった。アンネゲルトの頬が徐々に赤く染まっていく。今日は軽装

の為、ドレスの時には必ず持つ扇を持っていない。思わず両手で口元を覆った彼女の周囲は、あまりの事に固まったままだ。

最初に口を開いたのは、エンゲルブレクトだった。

「妃殿下は私の部下ではないのですから、その呼称はいかがなものかと……」

困惑気味にそう言われたが、何故か引く気になれない。アンネゲルトにしては珍しい事だ。

「だ、ダメかしら⁉　その、公の場ではなるべく控えるようにするから……」

段々と声が小さくなった。言いながら俯いてしまったのは、いたたまれなかったからだ。自分は一体何を言っているのか。目の前にいるエンゲルブレクトも、きっと困っている。

第一、自分の立場で言うべき事ではない。アンネゲルトは俯いたまま、先程の言葉を撤回するべく口を開いた。

「あの……やっぱりい――」

「妃殿下がよろしいのであれば、私の方は構いませんよ」

「……え？」

顔を上げると、苦笑しているエンゲルブレクトが見える。怒っていないようだし、迷惑という風でもない。本当に、いいのだろうか。

「呼ばれ方など様々あるものです。むしろ、親しみを込めてそう呼んでいただけるのなら、私に否はありません」

エンゲルブレクトの言葉に、先程まで落ち込んでいた気分が一気に浮上した。自分でも現金だと思うが、人の気分などそんなものだ。

「ありがとう！　隊長さん！」

アンネゲルトの満面の笑みに、エンゲルブレクトも笑い返してくれる。

しばし二人で見つめ合っていると、脇からティルラの声がかかった。

「アンナ様、そろそろ昼食にしませんか？」

その言葉に、何人かが懐中時計を確認している。いつの間にかそんな時間になっていたらしい。何故かアンネゲルトの視界の端には、あからさまにほっとしている隊員の姿が映った。

ティルラは、エンゲルブレクトに向き直ってきびきびと問いかける。

「伯爵、狩猟館の中には食堂がありますか？」

エンゲルブレクトは、ばつが悪い様子で答えた。

「あ、ああ。案内させよう」

「本日は全隊員の分の昼食を持参しております。食堂に全員分の余裕がないようでしたら、一部の方々には外で召し上がっていただいてもよろしいでしょうか？」

「問題ない。軍隊ではよくある事だ」

「では、そのように仕度させます」

ティルラはそう言うと、後ろに控えていた小間使いに小声で何かを指示する。仕度にかかるように言ったのだろう。

アンネゲルトは先程の機嫌のよさのまま、ティルラに促されて浮かれた様子で食堂へ向かった。

狩猟館の食堂は広く、趣のある場所だ。等間隔に並ぶ質素な柱すら、計算された配置に見える。

長いテーブルの中央に腰を下ろしたアンネゲルトの正面に、エンゲルブレクトが座った。

ざわつく食堂内では、小間使い達と共に何人かの隊員が忙しそうに立ち働いている。今日の献立は前菜の盛り合わせに魚、メインの肉、パンと小さめのボウルで出されるスープ、デザートだ。

食事中は、主にティルラとヨーンが王都の事や狩猟館での不都合などを話していた。

それと同時にあちらこちらのテーブルから楽しそうな声と料理を褒める言葉が聞こえ、アンネゲルトは笑みを深める。

作戦はうまくいっているようだ。このまま彼らの胃袋を掴み続ければ、遠からず全員を船に収容出来るだろう。だが。その前にもう一押ししておきたい。

「そろそろ次の段階かなー」

気が抜けたせいか、アンネゲルトが無意識に呟いた言葉は日本語だった。隣に座るティルラが軽く肘で小突いてきたが、気付いた時には遅かった。

「妃殿下、今何と仰ったんですか？」

「え？」

前に座るエンゲルブレクトが、きらりと光る目でこちらを見ている。それはさながら、獲物を見つけた猛禽類のごとき目だ。先程の穏やかな笑顔とは違い、鋭い笑みを浮かべている。

はて、自分は何か変な事をしただろうか。アンネゲルトはしばらく首を傾げた後で、日本語を使ったのは十分変だったかもしれないと思い至った。

アンネゲルトは、母とティルラと、公の場で日本語を使わないと約束している。ここが公の場と言えるかどうかは置いておいて、使ってしまった事に違いはない。

「妃殿下？　お顔の色が優れませんが、お加減でもお悪いのですか？」

アンネゲルトの顔色が青くなったのを見て、エンゲルブレクトがそう聞いてくる。まさか約束を破ったから後でくる説教が怖くて背筋が寒くなっている、とは言えなかった。そんな子供のような事を知られるのは恥ずかしい。

「い、いいえ、大丈夫です。……その、ちょっと故国が懐かしくて」

「先程の呟きは帝国の言語ではなかったと思いますが？」

そういえば、目の前の人物はオッタースシュタットでアンネゲルト達を助けてくれた時に、帝国の言語を使っていた。

アンネゲルトが異世界の国で育ったという事は、秘密でも何でもない。異世界の国の言葉だ、と言ってしまってもいいのだろうか。

ただ、いくら魔導に対する忌避感が薄れつつあるとはいえ、それと異世界は別ものではないのか。気味が悪いと思われたらどうしよう。

そう悩んで言い淀むアンネゲルトに助け船を出したのは、やはりティルラだった。

「アンナ様がお育ちになられた異世界の国の言葉ですよ」

あっさり言ったティルラに、誰よりもアンネゲルトが驚く。思わず隣に座る彼女の横顔を見つめてしまった。すると、ティルラは無言で小さく頷く。

一瞬その場がしんとしたが、すぐにエンゲルブレクトの雰囲気が柔らかくなった。

「そうでしたか。異世界というと、噂に聞く技術の発達した国でしょうか」

「え、ええ、そうなの。帝国はその異世界——日本から多くの物や技術を持ち込んでいます」

ほっとしたアンネゲルトは、日本と帝国の繋がりについていくつか話す。日本から持ち込んだ技術や、それに独自の改良を加えて帝国内に広めている事などだ。

エンゲルブレクトは真剣な様子で聞き入っていた。それに気をよくしたアンネゲルトが、つい熱弁を振るってしまったのは仕方ない事だろう。

話が一区切りついた時、エンゲルブレクトは驚くような願いを口にした。

「なるほど……妃殿下、出来ましたら私にもその故国の言葉をお教え願えないでしょうか？」

「え？」

アンネゲルトは固まって目を泳がせる。まさかそんな反応が返ってくるとは思わなかったのだ。

「優れた力を持つ国の言語ならば興味があります。無理でしょうか？」

「え、ええと……」

アンネゲルト達の周囲だけが、再び緊迫した空気を醸し出した。無理と言えば無理だし、出来ると言えば出来る。問題は教師役がいない事だ。

話せる事と教えられる事は、似ているようでまるで違う。ただでさえ、日本語は世界的に見ても難解とされる言語なのだ。

ティルラなら出来るだろうが、彼女は仕事が立て込んでいて、そんな役目まで押しつけられない。

そのティルラはといえば、静かに事の成り行きを見ているようだ。いつもなら助けてくれるのに、とアンネゲルトは筋違いの恨みを持ちそうになる。

――あれ？　でも、ぺらぺらになるまで面倒を見る必要はないのかな？

日本語を使う場面など、この国にいる限りそうあるとは思えない。ならば相手の気が済むように形だけさらっと教えて、お茶を濁してもいいのではないだろうか。

考え込むアンネゲルトに構わず、エンゲルブレクトはさらに言い募る。

「妃殿下のお育ちになった国の言葉でもあるのですから、ぜひ」

「へ？」

驚きすぎておかしな声が出てしまった。今の一言は、一体どういう意味で取ればいいのだろう？

自分達が守るべき人の、育った国の言葉だから覚えようというのか。それとも。

――な、何だか変な意味に取れるんですけど⁉

返答に苦しんでへどもどするアンネゲルトに、ティルラがようやく助け船を出す。

「教えるにしても、妃殿下がなさる訳ではありません。教師役は私になりますが、よろしいですか？」

「無論だ」

「それと、私は今多忙を極めています。手が空くまではお待ちいただく事になるかと」

「それも承知した。では、よろしく頼む。妃殿下も、よろしくお願いいたします」

「え、ええ……」

結局押し切られてしまった。

――いいのかしら？　これで。

エンゲルブレクトとヨーンの二人には、既に船への出入りを許可してある。日本語の勉強の為に通う事に何の支障もない。ティルラがいいと言うのなら、いいのだろう。

釈然としない思いを抱えたまま、その日の視察は終了となった。

王太子妃を船まで送り届けたエンゲルブレクトは、護衛隊の野営地へ戻っていた。

「どういう風の吹き回しですか？」

背後からヨーンに問いかけられる。何の事かと目線だけで聞けば、彼は無表情に近い顔で囁（ささや）いた。

「妃殿下の故国の言葉についてです。何故あのような事を？」

部下達は少し離れたところをゆっくり進んでいる。エンゲルブレクトはそちらを一度見てから前を向いて答えた。

「何故も何も、我々は妃殿下の為の部隊だからな。より妃殿下の近くにいる為に、言葉を覚えるのはいい手だと思うのだが？」

「本当にそれだけで？」

優秀すぎる奴はこういう時に困る。苦笑したエンゲルブレクトはそれ以上何も言わなかった。ヨーンも聞こうとはしない。全ては宿舎としている狩猟館に戻ってからだ。

船と野営地はそう離れていない。ティルラからの要望で船から見えづらい場所だが、何かあった時にはすぐに駆けつけられる距離だ。もっとも、あの船にいる限りは王太子妃は安全だろう。

一度入っただけだが、あの船の中で迷わず王太子妃のもとへたどり着くのは、相当苦労するはずだ。

階数の多さ、内部の広さ、複雑さ。どれをとっても、そこらの館や城など目ではない。船そのものが迷宮に思えた。

移動手段もそうだ。あの動く箱、エレベーターは知らない者にとっては用途すらわからないだろう。実際、エンゲルブレクト達も最初はわからなかった。あれがあるせいか、階段はひどくわかりづらい場所に設置されており、それも移動を困難にさせている。

また、帝国から同行してきた護衛船団の存在があった。護衛船の中身も同様なのかはわからないが、王太子妃の乗る船があれなのだ。それを護衛する船にも魔導技術が使われていないはずがない。

エンゲルブレクト達護衛隊が真価を発揮出来るのは、おそらくアンネゲルトが社交界に出るようになってからだ。王都に出れば、船の中と同様という訳にはいかない。

やがて、無言のまま野営地に到着した。馬は厩舎の当番に任せ、エンゲルブレクトとヨーンは狩猟館に入る。他の者達は野営組だ。

執務室に戻ると、ヨーンが物問いたげにこちらを見る。そんなにおかしな行動だったのだろうか、とエンゲルブレクトは苦笑した。

「そう睨むな」

「睨んではいません」

「そんなに訳が知りたいのか？」

「無論です」

「額面通りに言葉を覚えたい、とは思わないのか？」

「隊長が私の立場なら、そう思われますか？」

質問で返され、エンゲルブレクトは首を横に振る。思う訳がない。

「妃殿下が何をお考えか、わかるか？」

「ここしばらくの視察の事ですか？」

遠回しな言葉だったが、ヨーンにはしっかりと通じた。こういったところが得がたい男なのだ。

「そうだ」

エンゲルブレクトは執務用の机の椅子に座り、ヨーンにも座るように目線で示した。彼が手近な椅子を引っ張ってきて腰を下ろすのを見てから、エンゲルブレクトは話を再開する。

「これまでほとんど船から下りなかった妃殿下が、ここ数日は随分行動的だ。しかも我々護衛隊を伴っている」

「船に乗っているのに飽きたのでは？」

「それなら、わざわざ護衛隊の人員をとっかえひっかえする必要はないだろう？　同じ人間が護衛につかないように配慮しているようではないか」

アンネゲルト側からは、同じ隊員を同行しないようにと通達されていた。理由は隊員の顔を覚える為というものだ。

その理由自体はさして首を傾げるものではない。いざという時、顔のわからない護衛など危なくて使えたものではないからだ。きちんと「味方」なのだと、王太子妃側に認識してもらうのはこちらとしても大事な事だった。だが――

「何故わざわざこんな面倒な手を使う？　まるで護衛隊の人員全員を、一度は視察に連れ出そうとしているようだぞ」

単純に顔を覚えるだけなら、一堂に集めて並べさせればいい。何もこんな手の込んだ事をする必要はない。

本当に、顔を覚える事が目的なのか。彼の疑惑はその一点にあった。他に目的があるのではないか、あるとしたらそれは何なのか、帝国に利してスイーオネースには不利になる事ではないのか。

そう考える一方で、あの素直すぎるくらい素直な王太子妃が、そんな真似をするだろうかという思いもあった。彼女が、宮廷の老獪な政治家達と同じような事を考えつくなどあり得るのか。

信じたい気持ちが半分、疑う気持ちが半分というところだ。エンゲルブレクトにとって、王太子妃は護衛対象だが、彼女が国にとって害悪となるようなら見過ごす訳にはいかない。

「それと、言葉を覚える事との繋がりは？」

「言葉を習う目的で船に頻繁に出入りしていれば、妃殿下の目的を探る事が出来る。それと妃殿下が侍女と会話をしている際、時折聞いた事のない言葉を使っているのを知っていたか？」

「そういえば……」

言われて思い出したのか、ヨーンは軽く頷く。アンネゲルト本人が自覚しているかどうかは知らないが、例の言語を使って話している場面は多かった。

「言葉がわかれば二人が何を話しているのかがわかる、という事ですか」

「そうだ。それに」

「それに？」

首を傾げるヨーンに、エンゲルブレクトはにやりと笑った。

「この国で他に知っている人間が少ないという事は、誰かに聞かれた時にその内容を知られずに済むだろう？」

一石二鳥という訳だ。彼のこの一言で、ヨーンも言語習得に参加させられるのが決定した。

「それにしても、あのような言い方をしなくてもよろしかったのでは？」

「何かまずかったか？」

「側で聞いていて、隊長が妃殿下を口説いているのかと思いました」

率直すぎる副官の言葉に、エンゲルブレクトは眉間に皺を寄せる。

「人聞きの悪い事を言うな。真摯に教えを請うたまでだ」

「そうですか……まあ、妃殿下は赤くなるどころか、青ざめていらっしゃいましたしね」

つい気が急いて自制するのを忘れていたが、彼女は普通の女性だ。軍で鍛えたエンゲルブレクトが気迫を込めれば、怯えられるのも当然だろう。

「とにかく、しばらくは言葉を覚えるという大義名分があるから、船にも行きやすくなる。護衛するにもやはり側(そば)にいなくてはな」

　そのついでに、何の為の視察だったのかを調べればいい。

「忙しくなりますね」

「そうだな。望むところだ」

　この執務室で書類と睨(にら)めっこしているより、遥(はる)かにやる気が出てくる。エンゲルブレクトは窓から見える離宮の壁に目をやりながら、今後の事に思いをはせた。

　離宮改造が本格的に始動してからそんなに経っていないある日、イェシカとリリーは揃ってアンネゲルトの前にいた。

「……一体どうしたの？　イェシカ。そのやつれようは」

　一目でげっそりしているのがわかる状態だ。髪の艶(つや)はなく、目の下にははっきりと隈(くま)がある。

「リリーに魔導器具の講義をしてもらっていたんだが、如何(いかん)せん進め方が早くてな……」

　勉強疲れのようだ。しかも分野外の魔導に関する事である。魔導については偏見があるこの国だ。そこで生まれ育ったイェシカでは、基礎の基礎すら知らなくてもおかしくはない。

リリーも疲労の色が見えるのだが、彼女の方はそれを上回る嬉しさで一杯といった感じだ。ハイ状態とでも言えばいいのか。

「イェシカさんは覚えが早くて、教え甲斐があります！」

リリーの満面の笑みの裏には、イェシカの苦労があるらしい。

「リリー、お手柔らかにね」

イェシカが気の毒になって、そんな言葉をかけるアンネゲルトだった。

帝国では学校に行っていない家の子供でも、魔導の基礎程度は知っている。知らなければ魔導器具を使う事が出来ないので、どんなに末端の村でも教えるようにしてあるのだ。

無論、専門に教えている学校もある。魔導に関する学校を持っている国は、西域の中では帝国とその隣国のイヴレーアだけだそうだ。

中にはスイーオネースのように、魔導を忌避する教会の権力が強くて、魔導に関するもの全てが迫害される国もある。帝国の皇后の出身国ロンゴバルドがそうだ。魔導に関わる者は処罰されていた歴史があり、今でも魔導について口にする事すら憚られているのだという。

その点、スイーオネースはまだ緩い方だろう。魔導を研究していたフィリップが追放を食らった程度だ。それも、おそらくは見せしめの意味合いが強い。事実、彼以外に研究に関わっていた人間が王都から追放されたという話は聞いた事がなかった。

そのスイーオネースは魔導先進国である帝国と同盟を結び、魔導の技術供与を受ける事を望んでいる。国が大きく変わろうとしている証拠だった。

アンネゲルトがそんな事を考えていると、イェシカが何やら取り出した。

「まずはこちらを見てくれ」

そう言って差し出されたのは巨大な紙だった。カールシュテイン島の地図のようだ。その地図には離宮と狩猟館、庭園の様子が細かに描き込まれている。

ボロボロ状態のイェシカだが、何も魔導の勉強だけをしていたのではないようだ。

「これは？」

「現在のこの島の様子だ」

首を傾げるアンネゲルトに、イェシカは簡単に答える。彼女はさらに大きめの紙を数枚出してきた。

「そして、こちらが島に手を入れる為の案だ」

紙には、離宮の庭園や狩猟用の森に作る噴水、人工湖、人工水路などが詳細に描き出されている。先程の地図と突き合わせると、かなり手を入れる予定だと見て取れた。まさしく改造である。

「この島は水源が地下にあるんだ。生活用水はそこから引くとして、こちらの人工湖や水路の水源は海水でも構わないかと思っていたんだが……」

過去形である。イェシカはちらりとリリーを見やると、リリーが言葉を続ける。

「せっかく水源があるのですから、地下からくみ上げる事にしました」

「という訳で、淡水での人工湖及び噴水、水路のめどが立った」

水路はまだしも、人工湖となればそれなりの水量が必要になる。地下からくみ上げるにしても、魔導器具を使わなくては難しいだろう。

「そうまでして湖や水路を作る必要があるの？」

「水は大事だろうが。景観をよくする事にも役立つし、何より動植物を育てる」

イェシカの言葉に、アンネゲルトも納得する。考えてみれば、改造後の離宮ではこれまで以上に水の使用量が増えるはずだ。

イェシカによれば、既に森には自然の泉がいくつか存在するらしい。この際に、それらを水源として一括管理するという。

「森の方にも手を入れる事になるな。次はこっちだ」

イェシカは次の紙を引っ張り出した。

「これは庭園の造園計画。今ある庭園は古いから、一から造園し直すぞ」

紙には、区分けされた庭園の設計図が描き込まれている。現在の庭園は離宮の玄関側に花壇、その奥に植え込み、離宮を背にした左側に生け垣の迷路、右側に狩猟用の森が広がっている状態だ。

新しい造園計画は、花壇を作り替えて植え込みをなくし、水路をこちらにも作って人工の滝を作るというものだ。イェシカは図で示しながら細かく説明していく。

「植え込みがここまで広がっているので、これは全部取り払う。景観が悪いし防犯の為にもならない。花壇そのものは残すが形は変える。それと、庭全体に段差を作って景観に変化をつける。人工の滝は自然の傾斜を利用するものだ」

次々と告げられる情報に、アンネゲルトはついていくのがやっとだった。

庭園には他にも遊歩道と水路、噴水、池などが整備されるという。

「この辺りは、リリーとティルラから知恵を拝借したんだ」

噴水と水路、人工湖の提案はリリーから、森に遊歩道を作るという提案はティルラからだそうだ。

「森の中の見通しを、幾分よくしておいた方がいいかと思いまして」

ティルラがそう補足をする。

景観などの面からの発言ではなかったらしい。だが、そうすると狩猟用としては成り立たなくなる。見通しのいい森に獲物は住まないだろう。

そう言うと、ティルラは別に構わないのでは、と答えた。

「元は狩猟用だったとはいえ、アンナ様は狩りをなさらないでしょう？」

これには素直に頷く。狩猟は貴族の嗜み(たしな)で、女性も見物する事があるが、アンネゲルトは嫌いだった。楽しむ為だけに動物を殺す狩りに、意味を見いだせないのだ。

それに、とティルラは続ける。

「あれだけの森を放っておくのはもったいないかと思ったんです」

しばらく視察と称して島内を巡っていたが、当然森もその対象だった。その際、森でのピクニックをアンネゲルトが楽しんだので、どうせなら遊歩道を作って歩きやすくしてはどうかと考えたそうだ。間伐(かんばつ)も行い見通しをよくすれば、防犯にも繋がる。森の中の遊歩道は森林浴にもぴったりだ。

その話を聞きながら計画図を覗き込んだアンネゲルトは、ぽつりと漏(も)らした。

「いっそ、フィールドアスレチックを作ってもいいんじゃないかしら」

「ふぃーるどあすれちっく？」

イェシカに首を傾げられて、アンネゲルトは説明する。フィールドアスレチックとは、森林などの中に木で作った遊具を置き、それらを使って体力作りを行う事だ。名称そのものは和製の造語だそうだが、どのみちこちらで通じる言葉ではないので、その辺りは割愛している。

「そんなものを作ってどうするんだ？」

「どうするって、もちろん体力作りの為に使用するのよ？」

船の中にも多くのアクティビティが存在するが、そろそろ新しい物が欲しい。その為の提案だ。

イェシカはアンネゲルトの言葉に再び小首を傾げていた。

「体力作り？　誰が使うんだ？」

「私とか、ティルラとか……他にも希望者がいれば、使えるようにしてもいいんじゃないかしら」

難易度を上げれば、護衛隊や帝国からついてきた護衛船団の兵士達の訓練にも使えるんじゃないだろうか。後で相談してみよう。

「とりあえず、庭園の方はこんな感じだな」

そう言うと、イェシカは軽く溜息を吐き、広げた紙を全て丸めて一歩下がった。すると、リリーが前に出る。

「では、今度は私から。以前依頼されました空間での個人認証ですが、おおよその形がまとまりました」

「本当!?」

「はい」

通過する人間を識別するゲート状の物を設置し、許可を与えられた人間以外にはトラップを発動する。そういう仕掛けを作れないか、アンネゲルトが頼んでいたものだ。

このシステムが構築出来れば、離宮改造に面白い仕掛けを施(ほどこ)せる。

「あの後ティルラ様とも話し合いまして、いっそ島全体に仕掛けるセキュリティシステムにしてはどうかと」

「島全体……」

二人の会話を聞いているイェシカは、既についていけないようだった。とはいえ、ここでわからなくとも後でリリーが懇切丁寧に教えるだろうから、問題はない。

「島に上陸する時点で識別を行い、島内にいる間の居場所把握に役立てようかと思います。また、そこから誰がどの場所を通ったかのデータも取れれば、警備以外にも役立てられるのではないかと」

確かに優秀なシステムだけれど、やり過ぎればプライバシーの侵害になるのではないだろうか。もっとも、スイーオネースにその概念があるかどうかは謎だが。

アンネゲルトはそっとティルラに耳打ちした。

「やりすぎじゃない？」

「すぎるくらいで丁度いいとお思いください。お命を狙われているのはアンナ様なのですから」

ティルラにしても、先日の不審者の侵入を許したのは手痛い出来事だったのだろう。アンネゲルト同様、船にいれば安全という気の緩(ゆる)みがあったのかもしれない。だからこそ、これから構築する警備システムには全力を尽くすつもりのようだ。

アンネゲルトも、自分の命を引き合いに出されてはそれ以上言う訳にいかなかった。大体、大本(おおもと)のアイデアを出したのは自分なのだ。まさかこんな形になるとは思ってもみなかったが。

それにしても、これを全て実現させるにはかなりの時間と資金が必要になるだろう。費用については国王からいくらかかっても構わないと言われているが、実際にはどれだけになるのやら。アンネゲルトには想像も出来なかった。

時間の方も、覚悟さえ決めればいくらでもある。半年で帰ると言っていた頃が懐かしく感じられた。

ふと、先日行った場所が思い浮かぶ。

「あ、ねえ。庭園なんだけど、それに少し付け足しても構わないかしら？」

「何だ？」

「この……こちらの野原なんだけどね」

アンネゲルトはそう言ってイェシカの地図を再び広げ、離宮の玄関からまっすぐ進んだ部分に指を置いた。

「ここにも何か作れないかしら？　今は人の手が入っていないんだけど、整備したいと思うの」

イェシカは示された場所を覗き込む。庭園の奥の生け垣の、さらに奥に広がる野原だ。

ふむ、とイェシカは考え込んでいる。アンネゲルトも地図を見つめながら、どう手を入れるべきか思案した。

――いっそ芝生を敷き詰めるとか、花壇とか。防風林とかでもいいかな……ん？　待てよ。

「リリー、硝子（ガラス）の強化は出来るんだったわよね？」

「ええ、もちろん。離宮に使う硝子も全て強化いたしますよ」

リリーの返答に、アンネゲルトは一つ頷いた。だったらいい案がある。

「硝子で温室を作れないかしら？」

「硝子で温室？」

「ええ」

アンネゲルトは地図を指さしつつ続けた。

「離宮からこれだけ離れていれば、影は届かないから日照に関しては問題ないでしょ？強化した硝子で作れば、強度も問題ないでしょうし」

どのような材質で作られているか調べた経験はないが、日本にも大型の温室はあった。技術的に作れない事はないだろう。

「硝子で建物が作れるのか……？　ああ、いや、技術的な問題に関してはリリーに聞く」

「よろしくね。あ、それと暇が出来たら狩猟館を見に行く気はないかしら？　外観は素朴な感じだけど、中は目立たない部分にも装飾が入っていて素敵だったの」

「何!?　それはいいな。離宮の装飾に取り入れられるかもしれん。いつ行けばいいんだ？」

「事前に伝えておけば、いつでもいいんですって」

イェシカはすっかりその気になっている。自分の意見が通ったのが嬉しくて、アンネゲルトは満面の笑みだった。

よく晴れたある日、アンネゲルトの船をクロジンデが訪問した。彼女は帝国皇帝ライナーの従姉妹(いとこ)で、在スイーオネース大使エーベルハルト伯爵の夫人でもある。アンネゲルトにとっては子供の頃から可愛がってくれた親戚のお姉さんだ。

「うふふ。私、今日はアンナ様にいいお話を持ってきましたのよ」

アンネゲルトとクロジンデは、船の上階フロアにあるラウンジの窓側で、差し向かいでお茶を飲んでいる。

今日のアンネゲルトの装(よそお)いは普段の軽装とは違い、日中に着用するドレスだ。クロジンデが来るという事で、ティルラに「きちんとした格好をしてください」と言われた結果である。

「いいお話?」

「ええ。この国にいらしてもうそろそろ一月(ひとつき)でしょう? アンナ様もこちらの社交界にお出になってもおかしくはないと思いますの」

「それは……」

確かに、普通ならとっくに社交界に出て、貴族のご婦人方と交流を持っていなくてはならない。だがアンネゲルトの場合は最初が最初だし、しかも今は王宮から追い出されている。勝手に王宮に行ってもいいのだろうか。

返事をしあぐねているアンネゲルトに、クロジンデはころころと笑った。

「殿下の事でしたら、ご心配には及びませんわ。だって謹慎中ですもの」

「そういえば、伯爵が以前船にいらした時に、そんな話を聞きました」

王太子ルードヴィグは、アンネゲルトを王宮から追放した件で、国王から謹慎の罰を受けているという。ティルラは不服のようだったが、元から長くいるつもりのない国の事だ。アンネゲルトとしてはどうでもよかった。

それよりは、最初の予定通り半年で帝国に戻る事にならなそうな方が問題である。もっとも、離宮と島の改造が面白くなってきたところなので、問題というほどではないかもしれない。

「私、正直申しまして甘い裁きだと思っておりますのよ。王国側が、これで言い逃れをするようなら、私、帝国の陛下にお願いのお手紙を書かなくてはならないわ」

王太子謹慎の件は、クロジンデの夫であるエーベルハルト伯爵から、既に帝国に報告されている。それとは別に、皇帝の従姉妹(いとこ)として直接処罰を願う手紙を書くという事か。

伯父である皇帝ライナーも、アンネゲルトが半年で帝国に帰る心づもりでいる事を知っている。というより、唆した当人だ。とはいえ、彼が従姉妹や妻に甘く、弱い事も事実。

いつだったか、皇后シャルロッテとクロジンデに頼まれ、ある貴族家を宮廷から追放した事がある。裏で色々やっていた家だからというのもあるが、きっかけはその家が彼女達を不快にさせた為、怒った二人がライナーに直談判したのだ。あの豪快な男が、小柄な女性相手に小さくなっている姿を想像すると、つい笑みがこぼれる。

「笑い事ではありませんのよ！　アンナ様」

「ご、ごめんなさい、お姉様」

それでもアンネゲルトの笑いは治まらなかった。こうして周囲の人が怒ってくれるのは、自分を思っての事だとわかるから嬉しい。それが顔に出てしまったのか、クロジンデが「め！」と言わんばかりの表情をした。

「アンナ様を侮る事は、帝国を侮る事と一緒ですのに。アンナ様も王太子殿下もそこのところをわかっていらっしゃらないわ。もう少し自覚を持ってくださいませ」

「は、はい」

帝国を出る時にも言われていたのだが、今一つ実感が持てずにいる。この船も、侮られないようにという皇帝の配慮から用意されたものだった。

「話が逸れましたわね。例の男爵家の娘も王宮から追い出されて、しばらくは社交界に出てこないでしょうから、今のうちにアンナ様の顔を売っておこうと思いますのよ」

男爵家の娘とは、王太子の愛人の事だ。そうか、彼女も処罰されたのか。

「はあ」

先程までの怒りはどこへやら、にっこりと微笑むクロジンデの美貌を眺めながら、アンネゲルトは覇気のない返事をした。

それには構わず、クロジンデは扇で口元を隠して少し声を落とす。

「あまり大きな声では言えませんけど、これは国王陛下のご意思でもあるんです」

彼女の言葉に、アンネゲルトは目を見開く。何故お茶会に国王の意思が関わってくるのだろう。首を傾げるアンネゲルトに、クロジンデが言葉を続けた。

「陛下は出来る限り早く王太子妃を社交界に出すように、とお考えなのですって。公にはなさいませんけどね」

何せ王太子妃が社交界に出ない理由が、理由だ。アンネゲルトがスイーオネースに留まっているのは本人の意思だが、もし彼女が帝国に帰れば、帝国との戦争になる可能性が高い。そのため帰る素振りを見せないアンネゲルトに、スイーオネース側は胸をなで下ろしているという。

この国に留まるのなら次は社交界に出てきてほしい、というのが彼らの本音なのだそうだ。特に、今回の政略結婚に賛成している貴族達は皆、今か今かと待ち構えているのだとか。

アンネゲルトは、帝国で付け焼き刃の社交界デビューを果たしてはいたが、あまり社交行事が好きではない。しかも、今は王都から離れた離宮の側にいるのだ。いちいち王都まで出ていくのは、はっきり言ってしまえば面倒臭かった。

出来れば、社交界にはもうしばらく出ないでいられないだろうか。そう思っても、口には出せない。

クロジンデとティルラの二人はと言えば、アンネゲルトのスイーオネースにおける社交のスケジュールを組み立て始めている。

「まずはお茶会からと思っているの。私とも仲のいい、革新派の夫を持つ夫人を招こうと考えています。ああ、心配なさらないで、アンナ様。最初から大勢のお客様をお呼びしたりはしませんから。まずは三人か四人程度と思っておりますのよ」

友好的な人物から交流を深めようという目論見らしい。革新派の人達にしても、帝国の姫であるアンネゲルトと繋がりを持ちたいと思っているのだろう。

革新派にとって、帝国から嫁いできた王太子妃は彼らの希望の星だ。当然、派閥のシンボルとしたい考えがあるはず。

派閥に組み込まれるのは危険を伴うが、それは時として防具にもなり得る。今のアンネゲルトの立場は弱すぎた。クロジンデもそこを考えて今回の提案をしたのだろう。

ティルラはクロジンデに丁寧に礼を述べる。

「ありがとうございます、クロジンデ様。ご夫君の伯爵にもよろしくお伝えくださいませ」

「ええ、もちろん。あなたも色々と大変ですものね、ティルラ。ああ、そういえばうちの人が建築士を紹介したんですってね、アンナ様」

「ええ、優秀な方を紹介していただきました」

イエシカの事だ。伯爵はあれ以降船に来てはいないが、手紙やその他の手段であれこれ便宜を図ってくれている。今も、改造に必要な資材の買い付けを請け負ってくれているそうだ。費用請求の為の王宮との折衝も、率先して引き受けてくれていると聞く。

大使という立場の為でもあるが、妻であるクロジンデの為でもあるのだろう。彼女がアンネゲルトの事を親身になって考えているのを知っているからだ。

話が一段落したところで、クロジンデに船の中を案内する事にした。彼女がこの船を訪れたのは、今日が初めてだ。広い船内は全ての施設を見て回ろうとすると一日がかりになりかねないので、主立った部分のみを見て回る事にする。

「噂の船に来る事が出来て、嬉しいですわ」

船の中に設えられた公園を歩きながら、クロジンデはそう口にした。

上から下まで、移動だけでも結構な時間がかかっている。しかも二人ともドレス姿だ。どうしてもスムーズにはいかない。

おまけにあちらこちらで興味を引かれたクロジンデが、同行した船長に質問をしまくるので、さらに時間がかかった。

そのおかげか、公園のベンチでアンネゲルトの隣に座るクロジンデは満足げだ。

「この船は皇帝陛下の御座船と同型なのですってね。私、あちらは内覧した事がありますのよ」

そういえば、帝国での内覧の際に母が、皇帝の御座船はこの船と同型だと言っていた。もてなしにも使えると言われたが、今のところクロジンデ夫妻とイェシカ以外にこれといった来客はない。

――あ……そういえば……

エンゲルブレクトとヨーンも、来た事があった。それで思い出したが、日本語を覚えるという話は、結局どうなるのだろう。このまま忘れてくれてもいいのだが、それも何となく寂しい。

アンネゲルトは吹き抜けから見える空を見つめ、軽い溜息を吐いた。

エンゲルブレクトが船を訪問したのは、クロジンデが訪問した日から二日後の事だった。先日の狩猟館視察の際に申し出た、日本語の勉強の件を詰める為だ。

図々しいかとも思ったが、あのまま相手任せにしてしまってはうやむやにされても文句は言えない。こういった事は行動あるのみである。

——いつ来てもこの船は不可思議だ。

エンゲルブレクトは、案内されたデッキから外を眺めながらそう思った。

ここが船の中だと言われても、今でも信じられない。空も海も外の景色も船内から見られるのだ。島の方を見れば離宮が、その向こうに広がるのは狩猟の森で、狩猟館もかろうじて見える。

「保守派の連中も、この船を見たら考えを改めるかな?」

「どうでしょう」

口元を皮肉っぽく歪(ゆが)ませつつ呟(つぶや)いた言葉に、副官が律儀に答える。

「見せるだけ無駄か」

エンゲルブレクトは辛辣(しんらつ)な響きで漏(も)らした。保守派の連中の頭にあるのは自己保身だけだ。この船を見たところで、欲しいと思いはしても、帝国との技術格差を見いだす事はないかもしれない。

幸い、多くの保守派は王宮を追い出された王太子妃には無関心のようだ。厄介な行動に出られるよりは、関わりを持たないでもらった方がいい。

情報によれば未だに王宮は革新派と保守派に二分しているという。それまでは中立を保っていた派閥も、今ではどちらかに呑み込まれたそうだ。

護衛隊の中でも、家がどちらに属しているかで妙な軋轢(あつれき)が生まれそうになっていた。事前に気付き鎮火させたが、実家との繋がりが切れない以上、これから先も同様の事が起こるだろう。

人員選抜の時には個人の能力のみで選んだが、それがここにきて仇(あだ)になりそうだ。

「……保守派に先はあると思うか？」

周囲に人がいないからこそ言える内容だった。エンゲルブレクト自身、保守派に先があるとは思っていない。

「いいえ」

ヨーンも同じ考えらしい。この技術を見せつけられた後では、楽観的な事は考えられない。王宮から離れている自分達でさえそう思うのだから、宮廷にいる賢い者達は切実に感じているだろう。

「陛下は何故動かない？」

国王アルベルトは決して愚かではない。なのに、今回の事に関しては随分と後手後手に回っている。それどころか放置もいいところだ。

——何を考えているんだ？

本人は王太子が何を考えているかわからないと言っていたが、エンゲルブレクトにしてみれば国王の思惑の方が読めない。

「相手の出方を見ているのか、それとも……」

言いかけたエンゲルブレクトは口を閉ざした。人の気配が近づいてきたからだ。

「お待たせしました」

来たのは王太子妃の侍女であるティルラだった。教師役は彼女だと言っていたから、出迎えも彼女になったのだろう。

「いや。今日は貴重な時間を割いてもらい感謝する」

「アンナ様がお望みですから」

愛想笑いを浮かべてそう言うと、ティルラは先に立って案内した。

「まずは船の中を案内します。次回からはご自身で教室として使う部屋までおいでください。迷った場合は、上部に目を向ければ方向を示した物がどこかに必ずありますので、それで行き先を見つけてください」

彼女が指さす先には、確かに板状の物に矢印と施設名、番号などが書き込まれていた。

「あの番号は？」

「部屋の番号です。各扉に番号が振ってありますので、行きたい部屋の番号をあの指示板で探せばそこまでの経路がわかります。ちなみに上二桁が階数を、下二桁が部屋の位置を表しています。部屋番号さえわかれば、大雑把な位置がわかるようになっているんです」

案内された部屋は、先程までいたデッキからエレベーターで降りた階にあった。扉に刻印された番号は一〇三六である。十階の三十六号室という事だ。

「ここです。特に連絡がない場合は毎回この部屋を使います。番号を忘れないようにしてください」

ティルラはそう言ってからドアを開けた。大きな窓のある部屋だ。窓の向こうには離宮が見える。

部屋の中には椅子とテーブル、壁際に戸棚が一つあるだけで、他には家具らしい家具は見当たらない。

「こちらにどうぞ」

指し示された椅子にヨーンと二人で腰を下ろした。ティルラは戸棚から何かを取り出している。振り返った彼女の手には、薄い本があった。

「これが、しばらくの間使う教材になります」

ティルラがテーブルに置いたのは、幼児向けの絵本だ。絵本自体は西域の中心辺りから流行りだし、近年スイーオネースでも貴族や富裕層の家庭に広がり始めている。ただし今ティルラが出した物は日本製だった。

こちらでは、本は貴重な品だ。印刷技術はあるが、製本に手間がかかる為一冊の単価が高い。だから子供向けの本は少なかった。二人の前にあるのは、今まで見た事もないような装丁の本だ。

「これは……」

「初めて見ました」

「これはアンナ様がお育ちになられた国の物です。幼児向けの絵本ですが、文章が簡単なのと絵でわかりやすくしてあるから、教材としては一番かと思ったんですよ」

古くてあちこち傷んでいるのは、アンネゲルトが子供の頃読んでいた本だからだという。長期休暇の度に絵本を持ってきて、二、三冊は置いて帰るのが常だったのだとか。

これが何故船にあるのかというと、帝国のアロイジア城に戻ったアンネゲルトが、懐かしがって荷物の中に紛れ込ませたかららしい。本人も、まさかこの本がこのような使われ方をするとは思わなかっただろう。

「では始めましょうか」

その一言で、日本語の授業が始まった。

エンゲルブレクト達が日本語の授業を受けている頃、アンネゲルトの私室では離宮改造に関して、イェシカとリリー、フィリップが報告に来ていた。

三人は、今日は地下室に関する報告を持ってきている。地下は全部で四層。その最下層のワンフロアをリリーの研究室にするというのだ。

工事自体、かなり大規模なものになりそうだった。

「ここまで作り替えて、いいのかしら……」

アンネゲルトは、今更ながらそう思う。今日はティルラが側にいないから、余計心細くなるのかもしれない。彼女はアンネゲルトの精神的な支えだった。

アンネゲルトの憂慮に、イエシカ達は首を傾げる。

「離宮は王太子妃のものだろう？　王太子妃がいいと言えばいいのではないか？」

「……その事なんだけど、実はこの島と離宮の所有権って、私にある訳ではないのよ」

「つまり、まだ王家のものという事ですか？　それは……まずいんじゃないのか？」

「でも、国王陛下からは好きにしていいと言われているのですよね？　ではよろしいんじゃないでしょうか？」

「私はどちらでも構わんぞ。あの離宮に手を入れられるのなら」

見たくない現実を突きつけるフィリップ、いいじゃないかと唆すリリー、我関せずのイエシカでは参考意見にならない。

——どうしよう……悩むなあ。

正直、ここまで島中に手を入れるとなると、所有権をはっきりさせておいた方がいいのではないかと思う。それもなるべく早く。

「いざとなったら買い取りとかになるのかしら……」

その場合の資金はどこから出るのだろう。うんうん唸って考えてみても、打開策は浮かびそうにない。ならば、今は目の前の事を進めるまでだ。

「いいわ、その事に関しては後でティルラと相談します。今は改造の件を進めましょう。リリー、地下室の具体的な案を見せてちょうだい」

アンネゲルトの吹っ切れた様子に、リリーも納得したのか手にしていたタブレット端末をテーブルに置いた。彼女が画面上で操作すると、立体映像が浮かび上がる。

「こちらが完成予想図になります。例の地下熱利用の為の空間はこちらに」

細長い縦穴が地下空間の端の方にいくつかある。ここにチューブを使って水を循環させ、地下の熱を地上に持っていこうという計画だった。

四階分の地下室を作るせいか、かなり深く掘削する予定だというのが見て取れる。その完成予想図を見ているうちに、アンネゲルトの脳裏に一つのアイデアが閃いた。

「ねえ。いっそ、うんと深く掘って、海の下に道を作る事は出来て？」

アンネゲルトの質問に、リリー達三人はぽかんと彼女を見つめる。何かおかしな事を言っただろうか。

最初に反応したのはリリーだった。

「技術的に出来るかという事でしたら、出来ますよ」

「だが、海の下に道なんぞ作ってどうしようというんですか？」

「海の下では水が溢れて道どころではないんじゃないか？」

フィリップとイェシカは懐疑的だ。二人の疑問に、アンネゲルトは楽しそうに笑った。

「一定の深さにして、道の周囲の強度を上げる事で問題は解決するはずよ。それに、ここにはリリーがいるんだから、アイデア次第で何とかなると思うのだけど」

そう頻繁にあるとは思わないが、王都に行かなければならない時に嵐が来たら、小舟では危険だ。かといってこの船、「アンネゲルト・リーゼロッテ号」を動かすのもためらわれる。これは外海用の船であり、内海用ではない。

そこで、カールシュテイン島と王都を地下道で結んだらどうかと閃いたのだ。地下ならば、外がどれだけ悪天候だろうと関係ない。

問題は王都側の出口をどこに作るかだが、それを考えるのは先でも構わないだろう。今は色々な考えを出す時期だ。

——王宮に作るのがいいのかな。さすがに問題があるかー。

ならば、王都の外れに作るのはどうだろう。地下道を馬車で行けば、そのまま乗り換えをせずに王宮に行ける。要は、アンネゲルトのものぐさから出た案だった。

あれこれ考えるアンネゲルトを余所に、三人は顔を見合わせている。

「本当に何とかなるのか?」

「理論上は……」

イェシカに聞かれたフィリップも、返答があやふやだ。理論では出来ても、実際にやるとなると様々な問題が浮上する。彼はその辺りをよくわかっているのだろう。

「大丈夫ですわ。技術の面ならばどうとでもいたします。それより地下部分は作ってもいいんですね？」

「それは問題ない。まだ図面段階なんだから、いくらでも付け足しは出来る」

リリーとイェシカは実現に向けて相談し始めた。

地下道に必要な深さや、地質を調べるのと同時に、一度島内と周辺の海底の地形なども調べなくてはならないらしい。その日程を決めようとしていた時、遠くから悲鳴が聞こえた。

「な、何⁉」

立ち上がりかけたアンネゲルトを押しとどめたのはリリーだ。フィリップが様子を見てくると言って駆け出し、程なく微妙な表情で戻って来た。

「あの、妃殿下、申し訳ありませんが同行願えますか？　俺では無理です」

訳がわからず、フィリップの先導で先を急ぐと、廊下の向こうに見えたのは奇妙な光景だった。

護衛隊隊長の副官であるヨーンが、ザンドラの脇に手を入れて抱き上げている。小柄なザンドラが、高身長の人が多いスイーオネースにあっても長身と言われるヨーンに抱えられているのだ。まるで大人と子供だった。

「な、何をしているの？　ザンドラを離してちょうだい」

「グルブランソン！　何の騒ぎだ!!」

丁度そこに、エンゲルブレクトも到着した。グルブランソンはヨーンの家名だ。彼の後ろにはティルラの姿もある。

「お前、いきなり姿を消したと思ったら、何をやっている！　彼女を下ろさないか!!」

エンゲルブレクトに怒鳴られても、ヨーンはザンドラを下ろそうとしなかった。抱えられているザンドラはパニックを起こしているのか、口をぱくぱくとさせている。

ヨーンは顔だけエンゲルブレクトに向けて、まじめな様子で問いかけた。

「隊長、この子の事を知っているんですか？」

「妃殿下の侍女殿だ！　いいから離せ！　これは命令だ！」

その一言で、ヨーンはようやくザンドラを下ろす。地に足がつくと、ザンドラは一目散に走って逃げていく。まるで小動物のようだ。

「ああ、逃げてしまった」

「当たり前だろう……何をやっているんだ、まったく」

その場に、何とも言えない空気が漂っていた。エンゲルブレクトも、副官の意外な一面に何を言っていいのかわからない様子だ。

何故こんな事になったのか、聞かない訳にもいかないので、その場で軽い事情聴取を行う事になった。

ヨーンの言い分によれば、エンゲルブレクトと離れて廊下を歩いている最中に、ザンドラを見つけたらしい。眠そうな様子でふらふらと歩いているので、子供が紛れ込んだのかと思ったそうだ。

「それで保護せねばと思い抱え上げたのですが、よく見れば子供という訳でもなさそうですし、興味が湧きまして」

「それで抱えたままだったのか……」

悲鳴を上げられたが、手放すのが惜しくて下ろさなかったと、ヨーンは重ねて白状した。まるきり動物扱いである。

「とりあえず、あなた方が船に来る時には、ザンドラには十階付近に近寄らないように言っておきますね」

ティルラが呆れた様子でそう言った。その言葉に不満げなヨーンを、エンゲルブレクトが叱責したのだが、効いているかどうかは謎だった。

フランソン伯爵は、元々スイーオネースの社交界に埋もれるような人材に過ぎなかった。重職を任される有能さはなく、さりとて名門と呼べるほどの血筋もなく、人脈も今一つぱっとしない。まさしく貴族社会では掃いて捨てるほどいる凡庸(ぼんよう)な存在だった。

彼は、保守派の小さい派閥に属している。というより、彼が中心となって一つの集まりをまとめていた。保守派の中には小さい派閥がいくつもある。それぞれ思惑が異なるせいか、一丸となる事がないのだ。

フランソン伯爵は、不機嫌な様子で派閥の会合から戻ってきた。今日は定例会の日だったのだ。

「忌々(いまいま)しい！　無能共め」

毒づく伯爵を、使用人達は遠巻きにしている。とはいえ、伯爵にとって使用人は物同然の為、気にかける事もない。それより、派閥の仲間の方が問題だった。

今夜の会合の主な題目は、カールシュテイン島に押し込められた王太子妃を亡き者とする計画が失敗に終わった事に関する話し合いだったはず。なのに、彼らの口から出てくるのは自分達の保身ばかりだ。

やれ陛下に知れたらどうだ、やれ本当は反対だった、挙げ句の果てには計画は全てフランソン伯爵の独断だったと言い出す者まで出る始末だった。

冗談ではない。先立っての計画は、派閥の合意を得て動かしたものだ。提案こそしたが、独断でやったと言われる筋合いはない。

結局、計画が失敗に終わった事も、彼らをすくみ上がらせている原因のようだ。帝国の小娘が生きていようといまいと、その命を狙った事実は変わらないというのに。

自分が派閥の長となる為にあえて能なしばかりを選んで派閥を組んだが、早くも先行きが不安だ。このままでは、筋書きの一部を書き換える必要があるかもしれない。

フランソン伯爵が私室で荒ぶる感情を鎮めていると、扉を叩く音が響いた。

「入れ」

すぐに、するりと一人の男が入ってくる。部屋の主であるフランソン伯爵の恰幅のよさに比べ、中肉中背のその男は影が薄い印象だが、伯爵の手の者の中では一番有能だった。

「いかがでしたか?」

影の薄い男、クリストフェルが伯爵に問いかける。

「お前の言っていた通りになった。後は頼むぞ」

「はい。お任せください」

今日の会合では、計画の失敗とは別に帝国の小娘の社交界への進出が取りざたされた。仲間の一人が小耳に挟んだところによると、国王がそれを望んでいるらしい。

例の計画が失敗しても、島から出てこないのなら放っておく事も出来たが、社交界に出てくるとなると話は別だ。特に、革新派の連中と手を結ばれると厄介な事になる。

ただでさえ保守派は革新派に押されて勢いをなくしているというのに、事態がこれ以上悪化したら巻き返しは難しくなる。

そうなる前に、社交界へ出る足がかりとなりそうな茶会で、小娘をつぶそうという話になったのだ。その茶会の主催は帝国の大使夫人で、出席者は革新派の重鎮を夫に持つ夫人達だという。

そこで王太子妃にもしもの事があれば、革新派にとっては大打撃だろう。そう会合でぶち上げてきた伯爵だった。

その内容は全て目の前にいるクリストフェルが提案したものだ。それだけではなく、カールシュテイン島襲撃の計画を練った(ね)のも彼だ。

彼が伯爵のもとに来たのは、去年の事だった。伯爵は、王都で夜遊びをした帰り道に暴漢に襲われた事がある。その際には護衛がついていたのだが、あっけなく倒されてしまったのだ。

そんな窮地を救ったのがクリストフェルである。彼は影の薄い見た目からは想像も出来ない動きで暴漢達を倒し、そのまま立ち去ろうとしたのだ。

それを呼び止め、家で雇ったところ、彼は実に役に立つ男だった。最初は用心棒代わりにと思っていたのだが、他の仕事もそつなくこなす。

何よりも、彼は伯爵にとって為になる人物と引き合わせてくれたのだ。

何故そんな伝手(つて)を持っていたのかは、何度聞いてもはぐらかされてばかりだが、彼が伯爵の為にならない事をした事はない。

島を襲撃した連中を見つけてきたのもクリストフェルだった。伯爵までたどり着けないようにどこにでもいるごろつきを集め、島の警備が手薄な場所から送り込んだ。伯爵は資金を用意して命令しただけに過ぎない。

結果は失敗だったが、それで伯爵が危なくなる事はなかった。だからこそ余計に、派閥の連中の態度が腹立たしい。

「得がたい男を手に入れたものだ」

先程までの不機嫌さはどこへやら、伯爵はいつの間にか上機嫌になり、好みの酒を呷(あお)った。

二　お茶会は試験会場？

その日は朝からよく晴れていた。気温が上がりそうな気がするが、ここは北の国であり、故郷の日本より湿度も気温も低い。

「それでも、やっぱり夏なのね」

アンネゲルトが支度を終える頃には、少し暑く感じた。もっとも、今着ているドレスが布地を重ねているデザインで、重ね着をしているも同然だからかもしれない。

しかも、昼間に着用するドレスは首元まできっちりと詰まっているせいで、いくら薄い生地を使っていても暑苦しく感じられる。昼間のドレスの胸元は、開けないのがマナーだ。

「どうしてもこれでないとだめかしら？」

「いくら昼間の茶会とはいえ、軽いお召し物でお出になる訳にはいきませんよ」

ティルラの言葉に、アンネゲルトは心の中で「ですよねー」と返し、誘導されるまま廊下を移動した。

今日はクロジンデに招かれたお茶会の日である。あの後、正式に招待状を受け取り、ティルラの先導で支度が進められていた。

まずは相応しい装いを、という事でドレスが選ばれ、それに合わせた装身具を整え、靴や扇などの小物類が揃えられる。そこにアンネゲルトの意見はほとんど反映されていない。

そして当日の今日、彼女はされるに任せて着付けられ、おとなしくしていた。逆らったところで勝ち目はないのだから、やるだけ無駄である。

本日の茶会で主催を務めるクロジンデは、人と関わるのが好きな人だ。その点からも、大使夫人という立場は彼女にとって適任と言える。

お茶会の会場は王宮の庭園だった。招待状に添えられていた短い手紙によれば、クロジンデが国王に許可を取ったのだそうだ。

庭園の警護は、本日に限って王太子妃護衛隊の仕事となっていた。その為、先発隊が既に王宮入りし、警護の準備を行っているという。

本来ならば王宮内の警護は宮中警護隊の仕事なのだが、宮廷を追われている王太子妃が「客」として来るという事で、急遽この方法に決まったそうだ。

「王宮でお茶会に出る事になるとは思わなかったわ」

王宮へ向かう馬車の中でぼやくアンネゲルトに、ティルラがすかさず指摘する。

「本来でしたら、アンナ様が招待する側になってもおかしくはないんですよ」

そう言われて、帝国の皇宮でも皇后主催で園遊会やお茶会が行われていたのを思い出す。こちらに来るまでの短い期間ではあったが、何度か招待された事があった。

普通に王宮で王太子妃として暮らしていたら、それらを主催するのはアンネゲルトの仕事の一つになるはずだったのだ。

——それをしなくて済んでいるんだから、やっぱり離宮に行く事になってよかったー。主催なんて面倒臭いもん。

招待客の選別から始まり、当日出すお茶の種類や茶菓子、食器やテーブルを飾る花の全てを主催が考えなくてはならない。園遊会ならば、酒と料理も加わる。

王太子妃や王妃というのは、ただ着飾っていればいいという立場ではない。一番の仕事は世継ぎをもうける事だが、人間関係を円滑に進められるようにあれこれ配慮するのも重要な仕事だった。

特に他国から嫁ぐ妃は、嫁ぎ先と実家の間を取り持たなくてはならない。意外と大変な立場にあるものだ。

到着した王宮で、侍従に案内されて長い廊下を歩く。程なく、本日のお茶会の会場にたどり着いた。既に場は整えられていて、主催のクロジンデはもちろん他の招待客も揃っている。今日の茶会の主賓はアンネゲルトだ。

「ようこそ、王太子妃殿下。今日はおいでくださってありがとうございます」

椅子から立ち上がり、クロジンデが笑顔で迎えてくれた。

「お招きありがとう、エーベルハルト伯爵夫人」

さすがに人前で「お姉様」と呼ぶ訳にはいかない。慣れない呼称を使うと何だか居心地悪く感じる。

「さあ、お座りになって。皆様をご紹介いたしますわ」

和やかな雰囲気で、茶会は始まった。

クロジンデから紹介を受けたのは、アレリード侯爵夫人アグネッタ・カイサ、オクセンシェルナ伯爵夫人クリスティーナ・リンダ、ビョルケグレーン伯爵夫人セルマ・アリシアの三人だ。

三人とも夫は革新派の中心的人物であるという。特にアレリード侯爵夫人の夫君、アレリード侯爵は革新派をまとめる人物なのだそうだ。

「アレリード侯爵は、今は内務大臣を務めていらっしゃるけれど、少し前までは外務大臣でいらしたのですよ」

クロジンデの言葉に、アレリード侯爵夫人は扇を口元に当てて上品に笑った。目を細めてはいるが、全体的に厳しい印象を受ける婦人である。

——外務大臣か……だから国外の状況をよく知っているって事……でいいのかな？

本日はティルラも同席しているが、この場面では助けを求められない。確認したい事は覚えておいて、後でまとめて聞いてみようと思うアンネゲルトだった。

アレリード侯爵夫人は、夫君の職業柄、自身も国外に長くいたらしい。

「色々な国を回りましたわ。帝国にも伺った事がございます」

「まあ」

気を遣われていると思っていいのだろうか。かと言って帝国の話題ばかり出すのも憚られる。

革新派の貴婦人達は、基本的にアンネゲルトに対して友好的だ。だが、それは帝国皇帝の姪でスイーオネースの王太子妃であるという立場に対しての好意である。決して個人的感情からではない。

和やかな雰囲気だが、何故か緊張を感じるのは初めて会う人が多いからだろうか。

——それだけじゃないよね……向こうは笑顔なのに目が笑ってないよー。

思い出すのは日本で受けた就職試験の面接だ。あの時もこれと似た雰囲気を感じていた。

——って事は、これって面接試験⁉

だがそう考えるとしっくりくる。彼女達にしてみれば、アンネゲルトは革新派の重要人物だ。この先革新派がどう関わっていくかを見定める役目を負っているのかもしれない。

どのような話題にどのような返答をするかによって、彼女達のアンネゲルトに対する評価が上下するのだろう。背筋に嫌な汗が流れる。

帝国での短い社交界経験から実感したこういう時の振る舞い方は、出すぎず、かといって引っ込みすぎない、という事だった。どちらに偏ってもいらない憶測を呼び、敵を作る結果になる。

「オクセンシェルナ伯爵夫人のご夫君は、お若い頃に留学経験がおありなのですって」

そう言うクロジンデに、アレリード侯爵夫人が悪戯っぽく混ぜっ返した。

「あら、エーベルハルト伯爵夫人、彼はまだ十分若くてよ」

「まあ」

座が笑いに包まれる。アレリード侯爵夫人は、夫と共にそろそろ五十に手が届こうかという年齢なのだそうだ。その彼女にとって、三十代のオクセンシェルナ伯爵夫妻は確かに若いと感じられるだろう。

周囲に合わせて顔では笑っているが、アンネゲルトの内心は冷や汗ものだ。帝国での花嫁修業の中に話術も含まれていたが、他国で実践するのはこれが初めてなのだから。

「夫の留学先はイヴレーアだったそうです。あの国でしたらあたくしも行ってみたいですわ」

髪同様に、ふわふわとした印象の話し方をするオクセンシェルナ伯爵夫人は、ふんわりと微笑んでカップを口元に運んでいる。

イヴレーアは帝国の西に接している国で、周辺では大国の一つに数えられる。帝国とはまた違う方向で魔導技術が発展している国だ。

もう一つ、イヴレーアを語る上で忘れてはならない事がある。アンネゲルトはそれを話題として挙げてみた。スイーオネースでも帝国でもない国の話なら、失敗する確率は低いだろう。

「イヴレーアは流行の発信地だもの」

イヴレーアで流行(はや)ったものが、周辺諸国に広まっていくのだ。貴婦人のドレスにアクセサリー、靴や布地のデザインなど、イヴレーアは常に最先端といわれていた。

「でも、かの国で今流行っているドレスは、私は好きにはなれませんわ」

そう言ったアレリード侯爵夫人は眉をひそめている。今イヴレーアで流行りのドレスといえば、スカートの形に特徴のあるものだ。横に広げず、後ろに流すタイプだったとアンネゲルトは記憶している。どのみちアンネゲルトにとっては、大分古く感じる。

イヴレーアの最新型のドレスだと、ダンスの際にスカートの後ろ部分を腕にかける必要があるのだとか。

しかも件(くだん)のドレスの夜会用は、デコルテ部分を大きく開けるだけでなく、腕も露出するそうだ。アレリード侯爵夫人が眉をひそめるのは、それらがはしたなく見えるという理由かもしれない。

いずれにせよ、現在イヴレーア本国で流行っているという事は、遠からず帝国やその他の国にも流行するだろう。

「侯爵夫人はお嫌いですか？　あたくしは面白そうで、一度着てみたいと思いますの。ビョルケグレーン伯爵夫人はいかが？」

オクセンシェルナ伯爵夫人に話を振られたビョルケグレーン伯爵夫人は、けぶるような金髪に若葉色の瞳をした細面(ほそおもて)の美人だ。歳の割に可愛らしいオクセンシェルナ伯爵夫人と比べると、ビョルケグレーン伯爵夫人は艶(あで)やかな女性だった。

「そうですわね……主人は着てみてほしい、と言っていましたわ」

ふふふ、と微笑みながら言う伯爵夫人は、昼間にそぐわない色香を醸し出している。

「ドレスといえば、帝国のドレスも素敵ですわね。妃殿下の今日のお召し物もそうですが、以前見た物も素敵でしたわ」

そう言ったのはオクセンシェルナ伯爵夫人だ。彼女はどうやらおしゃれに敏感らしい。

「エーベルハルト伯爵夫人のドレスは、スイーオネース風ですのね」

「私はこの国に三年いますもの。基本的に生活している国の物を身につけるようにしていますのよ」

アレリード侯爵夫人に聞かれて、クロジンデはにこやかに答えている。確かに、今彼女が着ているドレスは帝国風ではない。スカートの形が大分違うので、すぐにわかるのだ。

「帝国風のドレスが欲しい場合は、やはり帝国のお店に注文しなくてはだめかしら？」

「妃殿下、帝国のお店を王都辺りに出店させる事は出来ませんか？」

オクセンシェルナ伯爵夫人の言葉を受け、ビョルケグレーン伯爵夫人がアンネゲルトに話を振った。

ドレスの注文自体、どうするものなのかをわかっていないアンネゲルトは答えに詰まる。だが、ここできちんと返答しなければ、テストに合格は出来ない。彼女の中ではすっかり、今回のお茶会は社交界に出る為の資格試験となっていた。

「これから帝国との交易も増えるでしょうし、きっとドレスも入ってくるのではないかしら」

そう言いつつも、いっそイヴレーア風のドレスが流行(はや)ってくれれば、こんな質問をされる面倒はなくなるんじゃないか、と心の底から思うアンネゲルトだった。

護衛として庭園に詰めているエンゲルブレクトの位置にも、時折女性の高い笑い声が響いてくる。内容まではわからないが、茶会は盛り上がっているようだ。

今日の招待客は、主催のエーベルハルト伯爵夫人の采配(さいはい)で、王太子妃に悪感情を持たない夫人達が集められていると聞く。

帝国大使の夫人であるクロジンデとは、エンゲルブレクトも何度か夜会や舞踏会で顔を合わせている。美人で話し上手な彼女の周囲には、常に多くの人が集まっていた。

今日の茶会も、その人脈を使った結果だろう。王太子妃本人が望まなくとも、派閥自体が放っておかないのだから、いい機会かもしれない。

革新派と保守派は、言ってみれば親帝国派と反帝国派のようなものなのだ。革新派が帝国の姫である王太子妃を担ぎ上げたい事情は理解出来る。

問題は、保守派が革新派にあてこする形で王妃に近づいている事だ。おかげで今や、保守派は王妃派とまで言われているという。このまま行けば、派閥争いがそのまま王妃と王太子妃の対立を生む可能性があった。

——嫁と姑の争いか。

本人達にその気がなくとも、周囲がそうけしかける訳だ。本来なら国を二分する争いであるというのに、こう喩えると途端に小さい問題に感じるから不思議である。

——そういえば、王妃はまったく動かないな……

王妃が国王や王太子に対して無関心を貫くのは、これまでもそうだから別段不思議はないが、王太子妃に対しても無関心を貫いている。結婚祝賀の舞踏会では、まるでそこにいないかのような態度だった。

保守派の中には少なからず、王妃の出身国であるゴートランドとの結び付きを強めるべきだと主張する連中がいる。そうした連中にだけは関心を寄せるかと思いきや、そんな動きもないようだ。

「一番わからんのは女という事か」

王妃しかり、王太子妃しかり、王太子の愛人であるホーカンソン男爵令嬢しかり、だ。

独りごちたエンゲルブレクトは、赤毛の男爵令嬢を思い出していた。彼女は王宮から追い出されるとき、何の文句も言わずに出ていったと聞いている。あの性格なら、嫌味を山盛りにして言い放ちそうだが、それもなかったのだとか。

――ダグニー、お前は何を考えているんだ……

エンゲルブレクトとホーカンソン男爵令嬢ダグニーは幼なじみだ。お互いの親の関係で、二人が幼い頃から行き来があった。

それも、ダグニーの母親が亡くなって自然に消滅している。その上、エンゲルブレクトは十六歳で軍に入ると滅多に実家に帰らなくなった為、男爵家の事も、遠い記憶になっていた。

そんな彼の前にダグニーが現れたのは、彼女が十五の歳だ。社交界デビューをしたダグニーは父の財力に物を言わせて、毎回豪奢なドレスで夜会や舞踏会に顔を出していた。最初に彼女を社交界で見た時、あまりにも記憶の中の姿と違った為、最初は気付かなかったほどだ。遠目とはいえ、見慣れた相手だったはずなのに。幼い頃は、気が強いものの素直に笑う可愛い少女だったが、久方振りに再会した男爵令嬢は既に社交界の笑い方を身につけていた。

似合わないその笑い方に、側に行くのをためらったのを覚えている。もっとも、向こうも幼い頃に何度か会っただけの相手の事など、すっかり忘れているだろうと思っていたのだが。

彼女は、自分を憶えていた。ある夜会で庭園へ涼みに出た時に、背後から声をかけられ振り向いた先に、ダグニーがいたのだ。昔と、何も変わらない笑顔で。

それからは、夜会や舞踏会など社交の場で居合わせた時のみ、若干の交流を持った。彼女が王太子に見初められたのは、再会して少しした頃の話だ。驚きはしたが、そこまでおかしな話とも思わなかった。王族のみならず、貴族が愛人を持つのはよくある事だからだ。

独身の王太子が愛人を持つのがいいか悪いかは置いておいて、ない話ではない。

一度だけ、いいのかと聞いた事がある。口には出さなかったが身分の差が大きいし、何より成り上がり貴族の娘である彼女は社交界でも当たりが強かった。これで王太子の側になど上がった日には、さらに辛い事になるだろう。

しかし、彼女はいいのよと薄く笑むだけだった。それ以来、エンゲルブレクトはダグニーと個人的に会っていない。社交の場ですれ違う事があっても、挨拶以上の関わりは持たなかった。

そんな彼女は今、実家にいると聞いている。口さがない者達は、それ見た事かとあざ笑っていた。別に王太子の寵愛が枯れた訳ではないのに、何をそんなに勝ち誇っているのか、エンゲルブレクトには理解出来ない。

――あの坊やもへまをしたもんだ。

愛人との生活を守りたければ、形だけでも王太子妃を優遇すればよかったのだ。少なくとも、離宮にやるのは半年か一年先にするべきだった。それだけあれば、技術の受け渡しも終わっていて問題は大きくならなかっただろう。

王太子妃の側にはあのエーベルハルト伯爵夫人がついている。それだけの時間があれば、社交界での王太子妃の足場固めは容易に出来ただろうし、帝国への言い訳も立つ。その辺りを一切考えずに、自分の感情を優先して突っ走った結果が謹慎であり、愛人の王宮追放だ。ダグニーの方は社交界から追放を食らった訳ではないから、落ち着いたら王宮にも顔を出すだろう。

だが、王太子との関係は継続という訳にもいくまい。

――甘い顔をしていた国王も、考えを改めたようだしな。

政略結婚の条件である帝国からの技術供与は、まだ行われていない。こちらからも北回りの航路の情報を渡していないのだからお互い様なのだが。

このまま王太子妃をないがしろにすれば、大使辺りから帝国に情報が渡って、同盟破棄になりかねない状態だ。そうなれば痛手はスイーオネースの方が大きい。

その危険を回避する為、王太子は謹慎させられた。どういう形であれ、王太子が罰せられたという事実が重要なのだ。後はいつ謹慎を解くかが問題だった。

今回の茶会で、王太子妃の社交界への足がかりが出来る。となれば王太子の謹慎が解かれるのも近い。そのままうまく夫婦としてやっていけるとは思わないが、少しは王太子の頭も冷えたのではないだろうか。

アンネゲルトは王太子妃としてあるべき処遇を受け、王宮に帰る可能性がある。

そこまで思い至ったエンゲルブレクトは、茶会のテーブルの方を見た。相変わらず、華やいだ声が聞こえてくる。

アンネゲルトは、王太子の仕打ちに傷ついている様子を見せていない。

今は離宮の改修に夢中のようで、語学の授業の際に、ティルラからそれに関わる微笑ましい話を聞く事がある。エンゲルブレクトの脳裏に、アンネゲルトの屈託のない笑みが浮かんだ。あの笑顔を、今度は夫である王太子に向けるのかもしれない……

そう考えた途端、胸の辺りにちくりとした痛みを感じた。それはシミのように胸中に広がっていく。

これまで感じた事のないその痛みに、エンゲルブレクトは戸惑いを覚えた。一瞬意識がそちらに飛びかけたが、かすかな足音で現実に引き戻された。

音の方向に視線を向けると、ヨーンがこちらに向かってくる。

「隊長」

「何があった?」

必要な事は全て打ち合わせ済みなのだから、何もなければ副官が声をかけるはずがない。彼が来るという事は、打ち合わせにない事が起こった証拠だった。

「女が一人、こちらに向かっているとの事です」

今日、この東の庭園は茶会の為に貸し切り状態だ。誰も近寄らないよう通達が出ている。王宮勤めの人間はもちろん、訪れている貴族にもその報せ(しら)が行っているはずだ。

「誰だかわかるか?」

「下女のお仕着せを着ていますが、名前までは」

「庭園に入るようなら直前に取り押さえろ」

「は」

女でも用心するべきだ。刺客が男とは限らない。エンゲルブレクトは一度庭園をぐるりと見渡してから、副官が去った方角へ足を向けた。

◆◆◆◆

茶会はつつがなく進んでいる。開始当初は堅さが見えたアンネゲルトも、クロジンデの尽力のおかげか、もしくは招待客との相性がよかったのか、徐々にリラックスしていった。

この分なら問題なく終える事が出来る、アンネゲルトが安心した時に、その一言が出た。

「そういえば、王太子殿下が謹慎を申しつけられた事はご存じでいらっしゃるかしら」

アレリード侯爵夫人の言葉に、アンネゲルトが固まる。

――来た！

王宮で行われる茶会なら、絶対に出る話題だと思っていた。ここでの対応如何で、アンネゲルトのその後が決まる。なので、何度も繰り返し答え方をシミュレーションした質問だった。

下手に王太子の悪口を言おうものなら、いくら革新派の夫人達といえど、その後の付き合いはうまくいかないだろう。口は災いの元である。

かといって自分自身や帝国を軽んじるような言動は慎むべきであり、大仰に同情してみせてもだめだ。自分のルーツに誇りを持てない人間は、貴族社会では生きていけない。

アンネゲルトは一口お茶を飲んでから、ゆっくりと答えた。

「ええ、エーベルハルト伯爵が教えてくれました」

「そうでしたか。夫たる王太子殿下が謹慎と聞いて、お心寂しくあられたのではありませんか？」

気遣っているようでいて、アレリード侯爵夫人の目はこちらを値踏みする気満々だ。さすが革新派などという派閥のトップについている人を夫に持つだけはある。

緊張でごくり、とのどが鳴った。アンネゲルトは微笑んで、何でもない事のように口を開く。

「そうね。でも、殿下は少し思い込みが激しいようだから、これをいい機会として周囲の方々の意見を参考にしていただきたいと思うわ。国を背負われる方だもの」

聞こえのいい言葉を使っているが、つまりは、自分の考えに固執(こしつ)するからこういう目にあうんだ、もうちょっと周囲の声にも耳を傾けろ、と言っているのだ。

あからさまな悪口ではないものの、相手の欠点はきちんと指摘し、かつ改善点も提示している。全て計算ずくであるが。

アレリード侯爵夫人にも、その真意はきちんと伝わっているようだ。一瞬目を見開いた彼女は薄く笑んで、続けて問いかけた。

「その周囲の方々には、妃殿下ご自身も含まれておいでですか？」

「ええ、もちろん。機会があれば色々とお話ししたいと思っています」

扇で口元を隠して、上品に見えるように笑う。口からでまかせではない。出来る限り早く話し合っておいた方がいいとは思っている。

本当なら、結婚式の後にきちんとこれからの事を話し合おうと思っていたのに、その場で離宮行きを申し渡されてしまったせいで実現しなかったのだ。

あれがなければ、今頃はお互いに干渉せずに王宮で生活出来たのだろうか。仮定でしかないが、もう少し粘ればよかったのかもしれない。

――いや、取り付く島もなかったしなー。それに結果論だけど、離宮に来られてよかったと思うし。

あまり言いたくないが、王宮は生活面でも暮らしにくそうだ。今は船で暮らしているから不自由はないいし、離宮の方は改造ついでにあれこれと手を入れる予定になっている。

なので王太子自身を憎んではいない。荒れ放題の状態とわかっていてヒュランダル離宮を選んだ辺りに底意地の悪さを感じはしたが、それに対して怒っているだけだ。

アレリード侯爵夫人は、表情を緩めてアンネゲルトを見つめていた。様子から察するに、テストには合格したという事だろうか。ぜひそうであってほしい。

「妃殿下のお考え、よくわかりました。私も話し合いは大事だと心得ております」

アレリード侯爵夫人の言葉に、二人の伯爵夫人も無言で頷いている。それを見ているクロジンデは満面の笑みだった。

貴族社会において、派閥に属さずにやっていく事は困難だ。まして王宮が二分している以上、アンネゲルトが望むと望まざるとにかかわらず巻き込まれる。離宮にいてもそれは変わらないだろう。であれば、自分に好意的な派閥と手を組んだ方がいい。

――迷惑よねー。てか中立派はどこ行った?

彼らに頑張ってもらえば、三つどもえでこちらに関わっている暇はなくなるのではと思っていたのに。

そうなったらなったで、さらに激化するだろう派閥間の争いに巻き込まれるという考えは、アンネゲルトにはなかった。

そろそろ茶会も終わりに近づいている。そんな中、不意にティルラが中座を申し出た。

「妃殿下、少し席を外します」

「……ええ」

何かあったのか、そう聞きたかったが控えた。あったとしても、ここで言える事ではないはずだ。

「あら、あちらの方はどうかなさったの？」

「少し、席を外すそうよ」

オクセンシェルナ伯爵夫人の問いに、アンネゲルトはにこやかに答える。理由を聞かれたらうまく誤魔化さなくてはならなかったが、幸い聞かれる事はなかった。ほっと胸をなで下ろしていると、アレリード侯爵夫人から声がかかる。

「殿下と妃殿下のお話し合いは、殿下の謹慎が明けてからの方がいいでしょうね。いつ頃解かれるのか、陛下にお聞きしなくては。それ次第で妃殿下に都合を合わせていただかなくてはなりませんもの」

いつの間にやら、王太子との話し合いのセッティングがされつつあった。どのみち一度は意見を交わさなくてはならないから、アンネゲルトとしては好都合だが。

「頼んでもいいのかしら？」

「ええ、お任せくださいませ。本来ならアスペル伯爵夫妻が動くべきなのかもしれませんが、あの方達はこれまでも苦労なさっていらっしゃるから。伯爵夫人の事はお聞き及びでしょうか？」

「ええ」

アンネゲルトの教育係であったアスペル伯爵夫人は、例の舞踏会の時に倒れて以来、寝付いたままだという。心労か、はたまたショックが強すぎたのか。

アンネゲルトも心配して、ティルラに頼んで見舞いの品を贈らせている。ほんのわずかな間ではあったが、世話になった女性だ。

「伯爵の方も顔色がよろしくないと聞きましたわ」

「まあ。おいたわしい」

オクセンシェルナ伯爵夫人達もアスペル伯爵夫妻の話を知っていた。彼らの話は社交界で頻繁に噂されているようだ。

――それもそうか……

夫は王太子の、夫人は嫁いできた王太子妃の教育係を務めているが、肝心の王太子夫妻は別居中である。二人の結婚に伴う同盟まで危うくなっていると、伯爵夫妻の責任を問う声もあるそうだ。

そんな経緯から、社交界では面白おかしく噂する人達が多いらしい。

――あれ？　……って事は伯爵夫人が倒れたのって、私のせい？

それに気付くと、罪悪感をひしひしと感じるアンネゲルトだった。

◆◆◆◆

ティルラは、合図をよこしたエンゲルブレクトのもとへ急いでいた。

茂（しげ）みを回った先に見つけた彼の側（そば）には、珍しく副官がいない。

「何かありましたか？」

彼が自分に合図を送るのは、何かあった時だけだ。

エンゲルブレクトは一度周囲を確認してから、小声で答えた。

「女を一人、捕縛している。こちらの庭園に入り込もうとしていたようだ」

本日茶会を催（もよお）している東の庭園は貸し切りだ。招待客と護衛以外は人が立ち入るはずがない。

エンゲルブレクトの先導で、捕縛者を収容している部屋へ急いだ。

そこは物置部屋のようで、窓のない狭い場所だった。数人の護衛隊員に囲まれ、後ろ手に縛り上げられている若い女が、床に直（じか）に座っている。

「念の為聞くが、見覚えは？」

「いいえ」

エンゲルブレクトの問いに、ティルラは冷徹な声で返した。こちらに来てから収集した、王国内の犯罪者リストにもなかった顔だ。

「た、助けてください!!　私はただ侯爵夫人に頼まれてお届け物を持ってきただけです!!」

女がいきなりティルラに縋ろうとして、護衛隊員に押さえ込まれる。

「届け物というのは?」

「これの事かと。手にしていました」

隊員の一人が、椅子に置いてあった籠をティルラに渡した。上にかけられた布を取り去ると、焼き菓子が入っている。

「これを、侯爵夫人が持ってこいと?」

今回の出席者に「侯爵夫人」は一人しかいない。アレリード侯爵夫人だ。ティルラの質問に、女は首を強く縦に振った。

「そ、そうです」

「では、あなたは侯爵夫人宅の使用人だというんですね?」

「い、いえ。私はこの城で下働きをしています」

その一言に、ティルラは目を一瞬細めた。だが、女はそれに気付かない。

「そう。城で下働きを。あなた、その服はどうしたの？　下働きなら下女の服を着ているのはおかしいわよね？　それともこの城では、下働きにもそんなにいいお仕着せをもらえるのかしら？」

基本的に、どこの城も下働きは表に出てこない。なので服装に明確な規定はないのだ。ただ清潔である事のみを義務づけられている場合が多い。

一方、下女は侍女の下について表を出歩く事がある。なので専用のお仕着せが決められているのだ。

スイーオネースの王宮もそうしているというのは、把握済みだった。

「こ、これは侯爵夫人から渡された物です！　王宮の中を歩くなら、このくらい着なくてはだめだと」

「嘘ね」

ティルラの言葉に、女は怯（おび）えたように顔を青ざめさせる。彼女が着ているのは、確かに下女のお仕着せだ。だが侯爵夫人が用意したというのは嘘だろう。

アレリード侯爵夫人の本日の目的は、王太子妃であるアンネゲルトを革新派側に引っ張り込む布石（ふせき）作りだ。そして、主催者はアンネゲルトの遠縁に当たる帝国の伯爵夫人、クロジンデである。今日の茶会はアンネゲルトにとっても、他の招待客にとっても、失敗出来ない大舞台だった。

その茶会で、わざわざ下働きの者に下女の服を着せ、あまつさえ焼き菓子を差し入れるという不作法はするまい。

招かれた茶会に茶菓子を持参するのは、主催者の用意した物が気にいらないと示す事になるので、茶会でやってはならない行為とされている。

敵が誰かは知らないが、随分と陳腐な手を使ったものだ。わかりやすすぎて反吐が出る。

「誰に頼まれたの？」

夫人に頼まれたという主張を続けるかと思ったが、女は口をつぐむ。ティルラは大仰な溜息を吐き、首を横に振った。

「そう。言いたくないのならいいわ」

「おい」

ティルラの言葉に驚いたのは女だけではない。エンゲルブレクトもだ。何もせずこのまま女を放すのかと目で語っている。

「この娘、船に連れていきます。よろしいですね？」

相手に尋ねるというよりは、確定した事を伝えているに過ぎない。この場の主導権は、現在ティルラにあった。

「船に連れていってどうするんだ？」

「船でお留守番のリリーが欲しがっていたんですよね」

エンゲルブレクトが首を傾げている。彼はリリーの事をよく知らなかった。知っていれば、もう少し違う反応を示していただろう。

細かい説明は省き、ティルラは女を船へ移送するよう告げて、その場を去った。

本日のエーベルハルト伯爵夫人クロジンデの主催した茶会は、滞りなく終了した。

「では妃殿下、王太子殿下とのお話し合いの席の用意が調いましたら、お報せいたします」

「ありがとう。よしなに」

別れ際、アレリード侯爵夫人からそう言われたアンネゲルトは、ふわりと微笑んで感謝を述べる。侯爵夫人の方でセッティングしてくれるというのなら、喜んで乗らせてもらおう。

「妃殿下、またお会い出来る日を心待ちにしておりますわ」

「私もです。ではごきげんよう」

二人の伯爵夫人から挨拶を受けて、アンネゲルトはクロジンデと共に三人を見送った。その姿が見えなくなって初めて、アンネゲルトは大きく溜息を吐く。

本来なら主賓の彼女が最初にこの場を去るのがマナーだが、主催がクロジンデなので、残っておしゃべりをしていく事にしたのだ。主賓は、こうしたちょっとした我が儘が許される立場でもある。

「お疲れ様でした、アンナ様」

「いえ、お姉様の方こそ。主催、お疲れ様でした」

そう言い合うと、二人は目を見合わせて笑った。

「今日の感触ですと、お三方にはいい印象を持っていただけたようですわね」

「そうかしら……そうだといいのだけど」

自分でもいい感触だったと思う。だが、端から見たらまた違うのかもしれない。油断は禁物だ。

肩に力が入ったままのアンネゲルトに、クロジンデは優しい笑顔を向けている。

「大丈夫ですわ。先程の皆様の様子、ご覧になったでしょ？　アンナ様はもう少し自信をお持ちにならないと」

「はい、お姉様」

二人でまた顔を見合わせて笑っていると、席を外していたティルラが戻ってきた。

「遅くなりました。申し訳ありません、お見送りもいたしませんで」

「いいのよ。何かあったのでしょう？　お客様は私とアンナ様でお見送りしたから」

クロジンデもティルラの職責は知っている。彼女が席を外したのなら、それはアンネゲルトと帝国の為になる事なのだと理解しているのだ。

「そろそろ船にお戻りになりますか？」

「そうね」

茶会は終了しているのだから、これ以上王宮に留まる必要もないだろう。

「では馬車までご一緒しましょう」

クロジンデの誘いに乗って、三人で東の庭園を後にした。

◆◆◆◆

船に戻りアンネゲルトを私室まで送った後、ティルラは船底部分にある部屋へ急いだ。

そこにエンゲルブレクトが捕縛した女がいる。彼女を護送する際に言付けておいたので、リリーもそちらにいるはずだ。

「失礼」

部屋に入ると、女とリリー、それにエンゲルブレクトとヨーンの二人もいた。他の護衛隊員は見当たらない。その代わり、護衛船団の兵士が何人かいるのが見える。

あまり広くない部屋には、椅子と机、大きな書棚があるだけだ。

ここはリリーの仮の研究所だった。殺風景に見えるが、その実、色々な機材が隠されている。

「リリー、どうかしら？」

「この女性から情報を抜けばいいんですよね？　安全性が高い方がいいですか？」

リリーは縛り上げられた女の側にしゃがみ、相手の様子を観察している。女の方は薄気味悪そうにリリーを見ていた。

「一体、何をするつもりなんだ？」

エンゲルブレクトが訝しげに問いかける。ティルラは彼にちらりと目線をやっただけで答えず、リリーに言った。

「手段は問いません。安全性も無視して結構。ただし確実に情報を取りなさい」

「本当ですか!?」

途端、リリーは頬を紅潮させてティルラを振り返った。その顔には期待が溢（あふ）れている。

ティルラは苦笑しつつも頷いた。

「欲しかったんでしょう？」

リリーは何度も頷き、部屋の隅に向かう。

「その、何が起こるか教えてもらえると助かるのだが」

エンゲルブレクトは、先程より低姿勢でティルラに尋ねた。彼女達がこれからやろうとしている事が、彼にはまったく見当がつかないらしい。

ティルラは、哀れみを含んだ目で彼らを見た。

「聞かない方がいいですよ。ついでに、見ない方がいいかもしれません」

「そういう訳にはいかない。不審者を捕縛した責任があるからな」

予想通りの返答に、ティルラは軽い溜息を吐いた。確かに、これで席を外すような人間なら、最初から王太子妃護衛隊の隊長には選出されないだろう。

「そうですか……悪夢にうなされても責任は取れませんが、よろしいですね？」

エンゲルブレクトとヨーンは妙な表情をしている。忠告はしたのだから、ここから先は彼らの自己責任だ。

結局、エンゲルブレクト達は自分も見届けると言ったのだった。

声もなく床に倒れた女を見て、エンゲルブレクトは口元を手で押さえた。ティルラの言っていた事に納得すると共に、やはり見届けておいてよかったと思っている。

あの後、リリーは女に対してある物を使った。その結果がこれだ。

彼女によると、一度使ったら二度と人らしい生活は出来なくなるらしい。直前まで普通の尋問を行ったが、女が口を割らなかった為に使用された。

「……やはり鮮明な物は出てきませんねえ」

リリーは薄い板状の物を覗き込みながら、そう呟いた。それが何なのか、何を見て先程の言葉が出てきたのか、エンゲルブレクトにはさっぱりわからない。

不審そうなエンゲルブレクト達を横目に、ティルラがリリーに尋ねる。

「文字変換は可能？」

「出来ますが、固有名詞はないようです。ご覧になりますか？」

そう言ってリリーが差し出した板状の物を受け取ったティルラは、幾度かその表面をなでた。

「ダメね。相手を特定出来るような情報が何もないわ」

「どういう事だ？」

訝しげなエンゲルブレクトの疑問に、ティルラは板状の物をリリーに返しながら、彼に視線を向けて答えた。

「先程、女の記憶を抜いたんです。今回の『依頼』を受けた場面までは見られたんですが、相手は帽子を目深にかぶっていて顔が見えませんし、全身をマントで覆っているので何を着ているのか判別出来ません」

エンゲルブレクトは言葉もなかった。帝国の魔導技術とはそんな事まで出来るのか。

「ほんのわずかでも特定される情報を残さないようにするなんて。相手も手慣れていますね」

着ている物で、ある程度相手の所属する階級がわかるものだ。あの女を使った人物は、その事をわかった上で、マントで隠していたのだろう。

「やはり、どこかの貴族の手の者か……」

家によっては、汚れ仕事を専門にする人間を雇う事もあると聞く。この女に依頼したのも、そうした存在かもしれない。エンゲルブレクトの呟きに、ティルラは短く頷いた。

「庶民が王太子妃を狙うとは思えませんしね。リリー、有益な情報がないかどうか、引き続き見てくれる？」

「わかりました」

「この女は『処理』しておいてちょうだい」

「は！」

リリーと部屋にいた兵士にそれぞれ指示を与え、ティルラは部屋を後にした。エンゲルブレクト達も彼女に続く。

「あの女は死んだのか？」

エンゲルブレクトの問いに、ティルラは彼を見る事なく答えた。

「いいえ、生きています。本当に『生きている』だけですが。でも遠からず死ぬでしょうね。自力で動く事も、もう出来ませんから」

船に戻ってから女が持っていた焼き菓子を調べたところ、案の定、毒が混入されていたそうだ。ティルラからその報告を聞き、エンゲルブレクトは驚愕に目を見張りつつ彼女に尋ねる。

「この後はどうする？」

「リリーからの報告待ちになります。依頼主に繋がる情報があればいいのですけど」

「何かわかったらこちらにも報せてくれ。顔か名前がわかれば捕縛出来る」

「了解しました」

ティルラと途中で別れたエンゲルブレクトとヨーンは、カールシュテイン島に戻ると、護衛隊本部へ向かった。

「やっぱり高いよね……」

茶会の翌日、朝食後に船のデッキで一人ぼんやりしていたアンネゲルトは思わず呟いた。

「何がですか?」

「うわ！　びっくりした！　って、何だティルラか……」

慌ててデッキチェアから飛び起きると、そこには優秀な側仕えの姿がある。

「何だとはお言葉ですね。それよりも、高いとは何の事です?」

しっかり聞かれていたらしい。だが、考えてみれば、これは相談するいい機会ではないだろうか。

アンネゲルトはここしばらく考えていた事をティルラに聞かせた。

「離宮の改造が思っていたよりも大々的になったじゃない？　島の内部どころか地下まで手を入れる事になったから、島と離宮の所有権の事が気になり始めたのよ……。で、いざとなったら買い取れないかなー、でも、やっぱり高いんだろうなーって考えていた訳」

「なるほど。ですから申したではありませんか。陛下におねだりしておいた方がいいと」

「覚えてるわよ……」

そう言われたのは離宮の改造を考え始めた頃だった。当時は、こんなにあちこち手を入れる事になるとは考えていなかったので、そんな図々しい事を、と思ったのだ。だが、今となってはおねだりしておけばよかったと反省している。

「まだ遅くはないんじゃないですか？」

「そう……かな？」

ティルラはアンネゲルトの隣のデッキチェアに腰を下ろし、彼女に向かい合った。

「タイミングとしては、王太子殿下の謹慎明けを狙ってはどうでしょう？」

「謹慎明けを？　今のうちに動いた方がいいんじゃないの？」

謹慎が明けてしまえば、あの王太子の事だ。アンネゲルトの行動を邪魔してくる可能性の方が高い。だったら、邪魔が出来ない今のうちに動くべきではないのか。

しかし、ティルラの意見は違った。

「謹慎明けには何がしかの動きがあるでしょう。少なくとも、謹慎する事になった件に関して、王太子殿下は陛下に詫びを入れる必要があります。それも公式に」

親子といえど、国王と王太子では当然国王の方が立場は上だ。その国王の決めた結婚を危うくしたのだから、謝罪はあって然るべきというのがティルラの言い分だった。

「その席に、アンナ様も呼ばれる可能性が高いと思います」

「私が？」

アンネゲルトは、何故、と言いそうになって口をつぐんだ。王太子が謹慎する事になったのは、結婚祝賀の舞踏会での一件が原因だ。アンネゲルトは十分当事者であり、その場に呼ばれてもおかしくはない。

「じゃあ、そこでおねだり？」

「それが一番効果的と思います。いかがですか？」

ティルラにそう言われて、アンネゲルトは考え込む。ただ島と離宮をくださいと言っても、はいそうですかとくれる訳がない。何か代価が必要だ。

こういった交渉には、相手が欲しがる物を差し出さなくては意味がないけれど、アンネゲルトが出せる物はほとんどない。国王が欲しがっているのは魔導技術だろうが、それは自分の一存でどうこう出来る物ではなかった。

では、交渉相手を王太子に替えてみてはどうか。こちらにも提示出来る物はほとんどないと言っていい。彼が望むのはアンネゲルトが帝国へ帰る事だろうが、この島でやりたい事が山ほどある。今は帰る訳にはいかなかった。

うーんと悩んでいると、ある考えが浮かぶ。ヒントは、先程のティルラの言葉の中にあった。

「ねえ、こういうのはどうかしら?」

アンネゲルトは、思いついたアイデアをティルラに話すのだった。

アンネゲルトが帝国から乗ってきた船——アンネゲルト・リーゼロッテ号での日本語講義は順調だ。エンゲルブレクト達は単文なら読み書き出来る程度になっている。これには講師役のティルラも素直に驚いていた。

「優秀ですね、お二人とも。この短期間でここまで習得出来るなんて」

「ここはやはり、教師役がいいからだ、と言った方がいいか?」

「それは褒められたと取っていいですか?」

ティルラとエンゲルブレクトは、講義の合間に軽口を叩くくらいには打ち解けられたようだ。ヨーンは相変わらず口数が少ないが。

講義は毎日、午後一時にスタートして大体午後五時には終了する。毎回課題を出され、翌日の講義までに仕上げてくる事になっていた。

護衛隊は暇なのかと言われそうだが、護衛対象のアンネゲルトがいる船に護衛隊長として来ているのだから、職務の一環と言えなくもない。

というか、エンゲルブレクトはそう言って微妙な表情をする隊員を煙に巻いたのだ。彼らにも、隊長であるエンゲルブレクトが王太子妃の側にいれば、自分達も職務が遂行出来るようになるのではという期待があるのだろう。

何せ、アンネゲルトはなかなか船から下りてこない。一時は島の中をあちらこちらと見て回っていたが、それもこのところ減っている。何とか自分達の仕事が出来ないものかと、隊員は焦れてきている様子だ。

「新しい課題はこちらです。この本の中身を書き写してきてください」

目の前に出された絵本に、エンゲルブレクトは意識を戻した。

課題は講義の度に出されるもので、次までに必ず仕上げてくるように言われている。主にテキストに使った絵本の中身を書き写すというものだ。

アンネゲルトが育った異世界の国では、誰もが経験するものらしい。ティルラは「宿題というのですよ」と言っていた。

前日の課題を本人達の目の前で採点しながら、ティルラは雑談をしている。今日の話題は異世界における教育制度の在り方だった。

スイーオネースや近隣諸国では、読み書きや計算などを学べるのは貴族か富裕な商人、聖職者だけだ。まれに教会が身分を問わず初等教育を行う事もあるそうだが、全ての教会でやっている訳ではなかった。そのせいで識字率はどの国も低い。

ティルラの話によると、アンネゲルトの育った国の識字率は九割を超えているらしい。また帝国の公爵領では、農民の子供も学校に通うのだとか。

「何故農民の子供に文字を教えるんだ？」

そう尋ねるエンゲルブレクトだけでなく、ヨーンも驚きを隠せなかった。農民の子は長じて農民となる為、学ぶ必要性はないというのが彼らの意見だ。

ティルラからの返答は、彼らの予想を遥かに超えていた。

「農民の子といえど、読み書きや計算が出来て邪魔になる事はありませんよ。それにそうした者達の中から優秀な人材が出る場合もありますし」

そう言って、彼女は帝国で実際にあった例を教えてくれた。

農民の子として生まれたその人物は、農作業の手伝いが下手で、家では厄介者扱いだったそうだ。だが学校に通い始めると頭角を現し、やがては帝都で学ぶほどになったという。

「その者は、今では公爵領になくてはならない人材だそうです」

農民から優秀な人材が出るなど、エンゲルブレクトにとって、にわかには信じられない話だった。

「民衆の基礎学力の底上げは、国力を上げる事に繋がるそうですよ」

「誰がそんな事を？」

「公爵夫人でありアンナ様の母君である奈々様です」

今度こそ、エンゲルブレクトは驚きで声が出なかった。

同時に、王太子妃はそういう環境で育ってきたのかと納得もしている。時折こちらが予想もしない事をしでかす土壌は、その辺りにあるのかもしれない。

エンゲルブレクトは気を取り直し、話題を変えた。

「そういえば、あの後で何かわかった事はあるか？」

先日の、茶会に毒入りの焼き菓子を差し入れしようとした女の件である。ティルラは無言で首を横に振った。使われた毒は特別な物ではなく、入手経路から調べても何も出なかったらしい。

「そうか」

エンゲルブレクトは溜息交じりにそう呟(つぶや)くしかなかった。これでまた主犯への道が閉ざされたのかと思うと、溜息も吐きたくなるというものだ。

王太子妃を狙って、刺客を放った人物がいるのはわかっている。だがそこに至る手がかりが得られない。

エンゲルブレクトは王太子妃の護衛に関して、国王の代理人という立場である。だが、何の証拠もなくては動くに動けない。保守派の貴族を全員捕縛する訳にもいかないのだ。保守派の中には、いくつもの小さい派閥がひしめき合っている。それらが定期的に集まっているのは把握しているが、ただのサロンだと言われてしまえばそれまでだ。

そこで何が話し合われたのか掴めない限り、護衛隊には何も出来ない。

「打つ手なし、か……」

「そうでもないでしょう」

エンゲルブレクトの呟(つぶや)きを聞いていたティルラは、そう言うと手元の端末を覗き込んだ。

「彼女が玄人(くろうと)で、そうした人間に仕事を依頼した人物がいるというのはわかっているんです。対象はまだ絞り込めませんが、アンナ様の警護を強化していれば、いずれボロを出すでしょう」

「随分余裕なんだな」

王太子妃の側仕えとして常に側にいるティルラだ。誰よりも今の状況を憂えているかと思いきや、自分などより余程余裕のある態度に、エンゲルブレクトは疑問を覚える。彼女の余裕は一体どこから来ているのか。

ティルラはにやりと笑って言い放った。

「奥の手があるからですよ」

何を指してそう言うのか聞きたかったが、本日の講義の終了時間を告げられてしまった。それ以上話す気がなさそうなティルラから、先程出された課題を受け取って二人は部屋を出ようとする。

その時、エンゲルブレクトはふと、そういえばこのところアンネゲルトがこの部屋に来る回数が減った事に気付いた。

実は、日本語の会話練習の相手をする為、アンネゲルトはちょくちょくこの部屋に来ていた。おかげで彼女とも打ち解けたように感じていたのだ。

「妃殿下はこのところお見えにならないな」

雑談の延長のつもりだったが、エンゲルブレクト自身も驚くほど不満げな声が出てしまった。

「例のお茶会以降、あちこちから招待されていますので、お忙しいのですよ」

アンネゲルトはエーベルハルト伯爵夫人の主催した茶会で、事実上の社交界復帰を図った。その話を聞いた他の貴族から、あれこれ誘いが来ているというのはエンゲルブレクトも知っている。

今はどの誘いを受けるか選定段階だそうだが、その選定に忙殺されているのだとか。

「そうか。これからも王都にお出になる機会が増えるな」

「その時は護衛をよろしくお願いしますね、隊長さん」

アンネゲルトが使う呼称でティルラに呼ばれ、エンゲルブレクトは苦笑気味に了承した。自分がついている時に襲撃されるなど堪ったものではない。気を引き締めてかからなくては。

「もう一つ、聞いてもいいか?」

「あら、何でしょう?」

「何故君は妃殿下の事を『アンナ様』と呼ぶんだ?」

帝国風に略すなら「アンネ」になるのではないだろうか。そう疑問に思っていたのだ。

「アンネゲルト様の愛称だからですよ。もったいなくも公爵ご夫妻とご本人から、そうお呼びするお許しを得ています」

「そういう意味では……その呼び方はどちらかというと、ゴートランドやフェザーランド風ではないか？」

ティルラは、やっとエンゲルブレクトが何を聞きたかったのか理解したようだ。彼女はああ、と呟いた後、少し首を傾げつつ答えた。

「さあ？　ただアンナ様のお生まれになった国でのお名前がそうだから、そこからではないでしょうか。そういえば……」

「何だ？」

「帝国の皇太子殿下は、アンナ様を『ロッテ』とお呼びになります。リーゼロッテの愛称として、ですね」

ちなみに皇太子以外はその呼び名を使わない、とも教えられた。アンネゲルトを愛称で呼ぶのは親しい親族に限られているらしく、皆日本語名から「アンナ」の呼び名を使っているのだそうだ。

何故それをここで言うのか。エンゲルブレクトは問いただしたいと思ったが、その疑問は自分にも返ってくると考えてやめた。何故そんな事が気になるのか、と。

第一、帝国はスイーオネースから遠く離れた国だ。その皇太子がアンネゲルトの事をどう呼ぼうと、自分には関係ない。

ティルラの言葉には「そうか」とだけ返し、エンゲルブレクトは本日分の課題を手に狩猟館へ戻った。

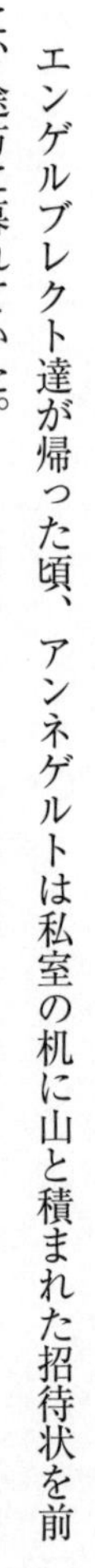

エンゲルブレクト達が帰った頃、アンネゲルトは私室の机に山と積まれた招待状を前に、途方に暮れていた。

「まさかこんな事になるなんて……」

彼女の考えでは、もっとゆっくり社交界復帰をしていくはずだった。前回のように少人数でのお茶会から、少しずつ規模を大きくしていけばいいと思っていたのだ。

だが、今来ている招待状のほとんどは、夜会や舞踏会といった大規模な会への招待ばかりである。

スイーオネースの貴族の、誰が革新派で誰が保守派なのかはティルラが押さえているはずだから、彼女の助言に従って返事をした方がいいだろう。そう思い、とりあえず招待状の中身だけを見て積み上げていたのだ。

そのティルラは、日本語講義の為に席を外している。そろそろ会話練習の相手をしに行こうかと思っていたところだが、この招待状の山を見て気が萎えた。自分が行かなくとも支障はないから、気が向いた時だけ行けばいい。

それに島と離宮の所有権の問題もある。大体の方向性や攻め方は決めたのだが、日取りが決まらない事には動けない。変な緊張感がずっと続いていて、さらに疲労が溜まりそうだった。

いっそ、国王に王太子の謹慎を解くように嘆願でもしようか。

「それも何か違うよなー」

行儀悪くテーブルに突っ伏していると、扉からノックの音が聞こえた。部屋に控えている小間使いが扉を開けるのが聞こえたすぐ後に、頭の上から声が聞こえてくる。

「アンナ様、遅くなって……って、すごいですね」

講義を終えたティルラが、アンネゲルトの私室に戻ってきたのだ。テーブルの上に積み上げられた封書の山を見て、さすがの彼女も少し驚いている。

「何か、結構重い催し物への招待ばかり来てるんだけど……」

比較的軽いお茶会への招待もあるが、その数は圧倒的に少ない。本来なら招待状が山となっているこの状況が当然なのだろう。だが、未だに離宮……というか船に引きこもっているアンネゲルトにとっては、荷が重かった。

スイーオネースに王太子妃として居続ける為には、こうした社交行事もこなせるようにならなくてはならない。それはわかっているのだが……

「どなたの招待をお受けするか、決めたんですか？」

「まだー。名前を貴族名鑑で調べれば爵位や家柄を知る事は出来るけど、どういう人物なのかまではわからないんだもん。招待を受ける受けないの判断がつかないよ」

アンネゲルトはぐったりと椅子にもたれかかっている。ちなみに、スイーオネースの貴族名鑑はデータとしてサーバーに格納されているので、端末から簡単に呼び出せるし検索も楽だ。

とはいえ、招待状の山を見て何から手をつければいいのかわからなくなっている為、それもしていない。

しばらく黙っていたティルラから、一つの提案がなされた。

「クロジンデ様を頼られてはどうでしょう？」

「お姉様を？」

アンネゲルトはようやく顔を上げた。ティルラは彼女の前に腰を下ろす。

「あの方でしたら、招待主がどのような人物かおわかりになるでしょう。クロジンデ様に選んでいただくもよし、人物像だけ聞いてアンナ様がご自身でお選びになるもよし。いかがですか？」

アンネゲルトはなるほど、と納得した。クロジンデならばこちらの社交界に慣れているし、何より人を見る目に長けている。どうして今までそれを思いつかなかったのか。

「お姉様にお手紙を書くわ」

「それがよろしいかと存じます」

やる事が決まったアンネゲルトは、気が軽くなったおかげか動きまで軽やかになっている。善は急げだ。

王太子の謹慎は未だ解けない。社交界でもいつ国王の怒りが解けるのか、という話題が出始めている。

それと同時に、王宮内には様々な噂話が蔓延していた。

「国王陛下は殿下をどう思われているのか」

「陛下がどう思われていようと関係ないだろう。陛下の王子は殿下ただお一人。我が国は王女には継承権がないのだから、世継ぎとなれるのはルードヴィグ殿下だけだ」

「いや、陛下の御子という事ならそうだが、甥御がおられるではないか」

「滅多な事を言うな。ご本人にその気がなくとも、妙な事を吹き込む輩が出ないとも限らん」

「殿下の謹慎も長引いていますわね。殿下がいらっしゃらない王宮は火が消えたようですわ」

「でも、殿下がいないおかげであの赤毛を見ないで済むかと思うとせいせいしますわよ」

「まあ、ひどい言いようですわねえ」

「あら、誰だってそう思ってますでしょ」

「それは……ねえ？」

「殿下もやり方がまずかったな。何も結婚祝賀の舞踏会で別居宣言をなさらなくともいいだろうに」

「そこがあの方の……な」

「確かに」

「しかし、これはゆゆしき問題だぞ。次期国王があれでは」

「教育係は何を教えていたのやら」

「そういえば、最近アスペル伯爵夫妻を見かけないわね」

「ご夫妻だったら、夫人は領地に戻っていらっしゃるって聞いたわ」

「ええ？　この時期に？　まだまだ社交行事は山とあるのよ？」

「そりゃあ、出てこられないでしょうよ。旦那様が教育なさった殿下が、奥様が教育係につかれた妃殿下を離宮に追いやってしまわれたんですもの」

「そうよね……」

「可哀想に、夫人は寝付いてしまって未だに起き上がれないというじゃないの。だったら静かな領地で静養させたいって伯爵が思われても、おかしくはないわ」

「貧乏くじを引かされたわね、伯爵夫妻は」

「いやだ、あなた。そんな下々の言い方をして」

ほんの少し王宮内を歩いただけで、これだけの噂話が耳に入ってくる。クロジンデの夫であり帝国の大使であるエーベルハルト伯爵は、やれやれと思いながら廊下を進んだ。

本日は国王陛下に呼び出されての登城だった。謁見の間ではなく私室の方へ案内されるという事は、私的な内容での呼び出しという事だ。

――さて、今回は何を言われるやら。

無理難題を言ってくる人物ではないが、やはり一国を預かる人間、一筋縄ではいかない相手である。

例の王太子の謹慎も、帝国としてはもう少し厳しい処罰を望んでいた。だが、のらりくらりと躱した挙げ句に謹慎させ、相手の男爵令嬢を王宮から追い出して体裁を整えた形だ。

愛人の追放が出来るのなら、とっととやっておけばよかったものを、と思わなくもないが、それを口に出す事はさすがに憚られる。

やがて、伯爵は重々しい扉の前に到着した。両側を近衛兵に守られたここが、スイーオネース国王アルベルトの私室だ。

来客がある事は報されていたようで、何も言わずとも近衛が扉を開けた。伯爵は一礼して中に入る。

「おお、伯爵。待っておったぞ」

その声を聞き、伯爵は相手に気付かれないように気合を入れ直した。彼の本領発揮の場である。


それからしばし後に、国王の私室から退室したエーベルハルト伯爵は軽い溜息を吐いた。今回の呼び出しは、王太子の謹慎を解く時期を前もって報せる為のものだったようだ。伯爵としても、このまま王太子を謹慎させ続けられるとは思っていないので、国王から打診された内容は妥当だと考えている。

謹慎のきっかけは帝国から嫁いだ王太子妃だから、帝国の大使であるエーベルハルト伯爵には公式発表前に報告したのだろう。

スイーオネース国内において、帝国に関する一切は彼に一任されている。何を皇帝に報告するかも、委ねられていた。

ただ、彼の妻は現皇帝の従姉妹である為、私信として皇帝に直接手紙を書く事がある。そこに何が書かれているかまでは、夫といえども把握していない。表向きは。とはいえ、今回の件は自分から報告する事になるだろう。

あの王太子が謹慎程度で態度を改めるとは思えないが、少なくとも自分が置かれた立場くらいは自覚してほしいものだ。

――もし自覚なしに同じ過ちを繰り返すようなら、姫を強制的にでも帝国に連れ帰らなくてはな。

もっとも、あのアンネゲルトの事だ、一緒に帝国に戻ろうと言えば嬉々として帰国の途につくだろう。その辺りの心配はしていない。

むしろ心配なのはこの国の行く末だ。次代の王があれでは、これからの付き合いを考え直さなくてはならなかった。

「さて、どう出るかな？」

今はまだ楽しむだけの余裕がある。伯爵は誰もいない廊下を、鼻歌を歌いながらゆっくり歩いていった。

招待状の選定でクロジンデを頼ると決めた翌日、アンネゲルトは早速彼女に連絡を取った。最初は手紙を書く予定だったのだが、それより早い手段があると言われたので、素直に使っている。通信は、ちょっとしたテレビ電話のようなもので、クロジンデの顔を見ながら会話が出来る。

『アンナ様の船があるおかげで、王都でも通信が使えるようになりましたのね』

ここから王都はアンネゲルト・リーゼロッテ号の通信圏内であったらしい。意外と広範囲に及ぶ事に、アンネゲルトは驚きと同時に嬉しさを感じていた。

クロジンデが使っている通信器は、船に積んでいた物を貸し出している。帝国でも高価な機材なので、数がないのだ。

　アンネゲルトは笑顔で答える。

「驚きました。でも便利でいいですね」

　これでいつでもクロジンデと打ち合わせが出来るのだ。帝国の魔導技術様様である。

『帝国との通信も、早く開通するといいですわね』

「そうですね」

　帝国とは距離が離れているので、現在は通信が使えない状態だ。だが、二国間の間にある無人島などに中継機を建設して、長距離通信が出来るようにすると聞いていた。

　アンネゲルトが半年で帝国に帰った場合は、設備をどうするつもりなのかと思ったが、その時はスイーオネースの帝国大使館との通信に使うのだそうだ。無駄にはしないらしい。

　モニターの中のクロジンデは、とても嬉しそうだ。

『招待状の件は了解しましたわ。ご安心くださいませ。どれを受けるべきかは私がお選びします。さー！　忙しくなりますわよー。あ、ティルラ。あなたは手伝ってちょうだいね』

「承知いたしました」

　アンネゲルトの私室で一緒に通信モニターを見ていたティルラが快諾する。言われずとも首を突っ込む気でいたのだろう。

本人が言うには、クロジンデの采配を見て、今後誰を近づけるべきで、誰を遠ざけるべきか把握するのだそうだ。

『先程招待状の中身の写しを送ってもらいましたけど、見た限り、焦ってお返事を差し上げなくてはならないものはございませんわ。じっくり選べますわよ』

にっこりと微笑むクロジンデを見て、何故か背筋が寒くなった気がしたアンネゲルトだった。

「お、お手柔らかにお願いしますね、お姉様」

果たしてアンネゲルトの言葉を聞いていたのかいないのか。クロジンデはモニター越しにもわかるほどやる気をみなぎらせて、手元に送られた招待状の写しを捌いていった。


アンネゲルトが招待状に埋もれている間にも、改造計画の方は着実に進んでいる。

「図面が仕上がったぞ！」

ある日、イェシカがそう言いながらアンネゲルトの私室にノックもなしに突進してきた。

「イェシカ。何度も言いますけど、扉を開ける時にはきちんとノックなさい。それと！

扉は乱暴に開けない」

　ティルラの叱責が飛ぶが、言われた方は気にした素振りもない。イェシカは興奮した表情で大判の紙をテーブルに広げた。

「見ろ！　私とリリーとフィリップの最高傑作だ！」

「イェシカ、走らないでとお願いしましたのに」

「どうしてそこで私の名前が最後なんだ？」

　イェシカから遅れて部屋に入ってきたのは、リリーとフィリップだ。今日は三人で報告に来たらしい。

「そんな事はどうでもいい！　ほら！　図面が出来上がったからいつでも工事に取りかかれるぞ！」

「そんな事とはなんだ！　そんな事とは！」

「あれだけ荒れているんだから、いっそ建て直すくらいの思いで引いたんだ」

「人の話を聞け!!」

　どうやらフィリップはリリーのみならず、イェシカにも苦労させられているようだ。

　ティルラが所用の為退室した後、残った面々で図面を覗き込む。図面は何枚かに分かれていた。

「これは離宮の建物の図面、こちらは森の狩猟館の分、あとこちらは庭園整備の図面だ。温室も設計しておいたぞ」

どれから見ようかと迷ったが、温室からに決め、引き抜いた図面をテーブルに広げた。するとイェシカが説明を始める。

「図面上だと大きさがわかりづらいかもしれないが、高さは普通の建物に換算して約五階分だ」

「そんなに高いの⁉」

アンネゲルトは驚いて声を上げた。せいぜい二、三階分だと思っていたのに、もっと高かったとは。そこまで背の高い植物を持ってくる予定はあっただろうか。

――あ、温室に置く植物の手配もしなくちゃ。

やる事は山積みである。アンネゲルトは意識を目の前の図面に戻して、イェシカに質問した。

「また随分と大きくしたようだけど、理由を聞いてもいいかしら？」

「温室とは大きな物ではないのか？　リリーが見せてくれた画像の温室は全て大きかったぞ？」

意外な答えだ。それにしても画像とは。

「リリー、一体何を見せたの？」

「温室がどのような物かを知りたい、と言うので、日本にある温室の画像を参考として見せたんです。いけなかったでしょうか？」

「そんな事はないけど……ちなみにどんな画像を見せたの？」

リリーは即座にタブレット端末を操作して、アンネゲルトに提示した。そこに表示された画像は、日本の植物園にある温室ばかりだ。なるほど、これを参考にすればあの大きさは当然かもしれない。

画像の中には数枚ほど、日本の物ではない見覚えのある温室も交ざっていた。

「ん？　これって……」

「ああ、それはティルラ様にいただいたデータです。公爵領の温室だそうですね」

そこに映っていたのは、アンネゲルトの実家であるフォルクヴァルツ公爵家の領地にある温室だった。

「こうして見ると懐かしいわ」

一年を通じて一定の温度を保っている温室は居心地がよく、幼い頃はよくお昼寝場所にしたものだ。

――あの温室を作らせたのって、絶対お母さんだよね。植物を手配する時は相談に乗ってもらおうかなー。

たとえ母自身が知らなくても、温室に植物を手配した人物を紹介してもらえるだろう。アンネゲルトは心配事が一つ減って気が軽くなった。

だが、新たな問題がすぐにやってくる。

「アンネゲルト様、温室を作るのは構いませんが、熱源をどうするかが大きな問題ですよ」

リリーからの疑問に、アンネゲルトは言葉に詰まった。確かに北の国で温室を作るなら、冬の間の暖房設備は必須だ。

「離宮同様、地熱を利用するのではだめなの？」

「そうするとしても、必要な温度まで上げるには何らかの対策が必要になります」

言われてみればそうだった。地熱は十五度から十八度程度しかないけれど、温室にはもう十度ほど上げる必要がある。

「ちなみに魔導を使った場合、コストがかかり過ぎると思われます。薪(まき)や石炭はさらにコスト増です」

「船の方から融通(ゆうずう)する事は出来ない？」

アンネゲルト・リーゼロッテ号の中身は最新設備の詰まったクルーズ船だ。船内のあらゆる施設に、エネルギー供給をする為の巨大な魔導機関が設置されている。

魔導機関とは、魔力を使いやすいエネルギーに変換する、発電装置に近い物だ。アンネゲルト・リーゼロッテ号はこれを用いて、船を動かしたり湯を沸かしたり、エレベーターを動かしたりしている。

そのエネルギーを温室の熱源として利用出来ないだろうかというアンネゲルトの提案に、リリーが珍しく渋い表情を見せた。

「出来ない事はないと思いますが、その為には温室を維持している間中、船を温室の側（そば）に置く必要があります。島の北側には船を係留しておける場所がありませんよね？」

カールシュテイン島は、南から北に向けて緩（ゆる）やかな傾斜がある島だ。温室の建設予定地は崖になっているせいで船を近づける事が出来なかった。

「いざとなれば工事で地形を変える事も可能ではありますが、そうなりますと工事費用がかさみます。それに船の力を使うのは、永続性の問題からあまりお勧め出来ません」

離宮改造だけでもかなりの費用がかかっているのだ、さらに崖の改良工事を入れたらどれだけになるのか。一時的な使用の為にそこまでするのもためらわれ、万策尽きたアンネゲルトは頭を抱え込む。

そんな時、イェシカが何か思いついた様子で口を開いた。

「温かくするのなら、温泉は使えないか？」

「温泉!?」

アンネゲルトとリリーの声が重なった。それにイェシカがこくこくと頷く。

「カールシュテイン島とその周辺には、いくつか温泉が湧いてるんだ。この島に湧き出ているのは泥だが、熱を取るだけなら何とかなるんじゃないか？　それこそ、リリーの魔導技術で」

アンネゲルトにとって、イェシカのもたらした情報は天からの恵みだった。

「泥？　本当なのね!?」

「あ、ああ。島の西の端の方に噴き出ている場所があるぞ」

アンネゲルトの食いつきように、イェシカは押されて仰け反っている。まさかここまで興味を持たれるとは思わなかったのだろう。

日本育ちのアンネゲルトにとって、温泉は聞き捨てならないものだ。うまくすれば、毎日天然温泉に入浴出来るではないか。

一瞬、離宮に大浴場を作って温泉を楽しんでいる自分を妄想したが、はたと気付く。島の西側にそんな物があっただろうか。

「あら？　でも私が島を視察した時には、温泉なんて見当たらなかったけど」

「見落としていたんじゃないのか？　島の本当に端だからな」

そう言われて思い出す。そういえば、西側は道が敷かれていないので視察を諦めたのだった。あそこで強行していれば、もっと早くこの情報を得られただろうに。

だが、今からでも決して遅くはない。

「リリー！　早速その温泉、調べてちょうだい！　使えるようなら離宮に引き込むわ!!」

「承知いたしました」

アンネゲルトの言葉に驚いたイェシカが、慌てて口を挟む。

「いや、だから泥が湧いてるだけなんだ！　お湯が出てる訳ではなくて――」

「大丈夫！　掘れば何とかなるはずよ」

「ほ、掘る？」

アンネゲルトの主張に、イェシカは目を白黒させている。一方、アンネゲルトはにんまりと笑んでいた。

温泉の泥が湧き出ているという事は、源泉は確実にあるはずだ。地中にあるのなら掘ればいい。幸い帝国にはその技術がある。

「まさか、温泉に入れるとは思わなかったわ。これで温室は大丈夫そうね。あ、ついでにクアハウスも建てましょうよ。イェシカ、離宮とは別に、温泉の為の建家を作ってちょうだい。場所は……そうね、西の端に湧くんだから、そこがいいわ」

「あ、ああ」

了承しながらも、イェシカの腰は引けている。フィリップは口を挟む隙すら見つけられず、後ろで黙って立っているだけだった。


「まあ、では温泉を？」

「そうなの。島の西側に湧いてるんですって。ただ、そのままだと使えないみたいだから、リリーに頼んで掘削（くっさく）出来るかどうか調べてもらおうと思うの」

アンネゲルトは戻ってきたティルラに、つい先程までイェシカ達と話していた事を伝えた。温泉にはティルラも驚いているようだ。彼女は日本での滞在が長く、必然的にあちらの文化に馴染（なじ）みがある。

だが浮かれてばかりもいられない。建築計画が大幅に変更になった為、イェシカは図面を一から引き直さなくてはならないらしい。

彼女に言われて初めて計画変更に関する労力を知ったアンネゲルトは、前言を撤回しようとした。ただの思い付きで他人の仕事を増やすのは気が引けたのだ。だが、当人はけろっとしたものだった。

『この程度の変更など可愛いもんだ。以前請け負った仕事なんて、これ以上の変更を四度五度とやらされたぞ』

これ以上の変更とは、一体どんなものなのか。聞きたいような、怖くて聞きたくないような。結局聞くのをやめたアンネゲルトだが、代わりに別の質問をしてみた。

『それでもその仕事、完遂したの？』

『当然だ。面白かったからな』

どこに面白味を見いだしたのかは知らないが、イェシカが仕事を請け負う基準が「面白い」の一点にあるというのはよくわかる。どうも彼女は職人気質というより、芸術家肌らしい。

イェシカに負担を強いるのだから、彼女を労う何かがないかとアンネゲルトは考える。いいアイデアが浮かばず悩んでいると、ティルラがしみじみと呟いた。

「それにしても、一挙に話が動きましたねえ」

「そうね。どんな物が出来るのか、楽しみだわ」

アンネゲルトは悩みも忘れて喜びをあらわにする。ここしばらくで一番の笑顔だ。日本で育った彼女は、ご多分に漏れず温泉が大好きだった。その温泉に毎日入れるかもしれないとなれば、嬉しくない訳がない。

「ですが、アンナ様。これら全部を作るとなると、相当かかるんじゃありませんか？　費用の方が」

「そうなのよねー。でも、費用は全部出してくれるって話でしょ？　どうにかなるかなーって」

　気楽な様子で話すアンネゲルトに、ティルラは苦笑している。そして、いきなり質問をした。

「確かに、費用は全て陛下が負担するという話でしたね。ですが、アンナ様。その費用がどこから出てるか、考えた事はありますか？」

「どこから……って」

「王室の宮殿であるヒュランダル離宮の修繕(しゅうぜん)費です。さて、どこから出るでしょうか？」

　まるで子供に聞くような言い方だ。少しむっとしたが、迷いつつ答える。

「陛下の個人資産……とか？」

「おそらく違うでしょう。離宮の修繕(しゅうぜん)という理由がありますから、国庫から支払われるはずですよ」

「って事は、税金!?」

　驚きのあまり、声が大きくなってしまった。ティルラはそんなアンネゲルトを見て、やはり気付いていなかったんですねと溜息を吐いている。

一方のアンネゲルトは、先程までのわくわく感が急速にしぼむのを感じていた。他国から来た自分が、離宮の改造と称して税金を使うのは許されないのではないだろうか。

これが国王や王太子の個人資産というのであれば遠慮はしない。結婚式当日にあんな目に遭わされた慰謝料として、望むまま改造をしようと思っていたのだ。

「それじゃあ……どうしよう……」

さすがに、今回の改造費を全て自前で用意する事は無理だ。アンネゲルト個人の資産はないに等しいし、親からの相続分を見込んでもおそらく足りないだろう。

青くなるアンネゲルトに対し、ティルラはどこか暢気だ。

「まあ、離宮は王室の持ち物ですから、そこに税金が投入されても誰も文句を言わないと思いますけどね」

「じゃあ、やっぱりダメじゃない」

島と離宮の所有権は王室にあるのなら、計画している大規模改造は躊躇する。かといって計画通りに所有権を勝ち取れたら王室の持ち物ではなくなるので、この国の税金を投入するのは筋違いだ。

アンネゲルトの意見に、ティルラは苦笑した。

「アンナ様、ご自分の身分を自覚していらっしゃいますか？　王太子妃は立派な王族なんですよ？」

「あ……」

忘れがちだが、確かに自分の立場は王太子妃で、この国の王族と言って差し支えない。だが、その身分もいつまでもつかわからない。アンネゲルトはこの国に永住するつもりはないのだ。

しばらく俯いて押し黙っていたアンネゲルトは、何か閃いたのか急に顔を上げた。

「……そうか、お金がないなら作ればいいのよね」

「は？」

「すぐには無理かもしれないけど、リリーの調査と、温室の出来如何では何とかなるかも！」

彼女はそう言うと、思いついたアイデアをティルラに説明し始めた。

「温泉が出るって話じゃない？　だから、そこで取れる泥を使った美顔パックを、商品として売り出してはどうかと思うの。あとクアハウスを作るようイェシカに依頼してあるから、そこも有料にするのはどうかなーって。ほら、船には腕のいいエステティシャンも多いじゃない？」

アンネゲルトの船にはスパとエステ、美容院などが入っていて、きちんと資格を持った従業員が常駐している。帝国からスイーオネースへ来る時には、アンネゲルトも世話になった。

また、帝国内の温泉施設には、泥を使ったパックで美肌効果をうたうところがある。きめ細かい粘土質の泥による肌の汚れの除去だけでなく、温泉成分による保湿などの効果があるのだ。

スイーオネースには、まだ美顔パックはないだろう。島のクアハウスを流行の美容法の一つと認識してもらえればいい。

「値段を高めに設定したら、結構いけるんじゃないかしら?」

「でも、それですと一般の女性には手が出ませんよ?」

そう言うティルラに、アンネゲルトはちっちっち、と立てた人差し指を左右に振った。

「相手は庶民じゃないのよ。貴族の奥様方をメインターゲットにするの」

美容に関心があるのは富裕層だ。中でも、金と暇を持て余している貴族のご婦人方相手なら、売り上げが見込めるのではないか。

「まだ先だけど、クアハウスが出来た暁(あかつき)には何人か招待して、実際に体験してもらうの。デモンストレーションってとこかな」

気に入ってくれた奥様にはリピーターになってもらい、パックもお買い上げいただくという寸法だ。もっとも、招待するのが王太子妃では、見えない圧力で買わざるを得ないかもしれない。ちょっと後ろめたいものの、それも含めて商売だと割り切る事にする。

「それと温室を作るって言ったじゃない？　そこに南でしか咲かない花を栽培して、それを使った香水も売り出せないかなって」

いつの世も、女性は美しくなる事に敏感だ。温泉に入り、美肌効果のあるパックを使って肌を整え、この辺りでは手に入りにくい花で作った香水を使うとなれば、興味を持つ人はいるだろう。

南の国から輸入された香水が出回っている可能性もあるが、その時は、違う花で香水を作ればいい。

しかも、輸入品は遠い場所から運ばれる為、輸送時間が長くてコストもかかる。品質保持の面でも普通の香水より高価になるはずだ。

だが、島で作ればコストダウンが見込める。その分費用に還元出来るのではないか。本当は化粧品のラインを全て揃えたいところだが、無理そうなので二種類に絞った。

アンネゲルトの計画を聞いたティルラは、しばらく考え込んだ後で口を開く。

「目の付けどころはいいかと思いますが……」

「本当に!?」

「ええ。ですが実際に売り上げを出すには、市場調査をして売り出し方を考えませんと」

ティルラの意見としては、周囲の貴婦人の力を借りた方がいいという事だ。

社交界では口コミが最強だが、現在のアンネゲルトは社交行事に復帰出来るかどうかというところである。売り込みをかけるには弱い立場だった。

「まず泥パックはクロジンデ様やアレリード侯爵夫人達を頼りましょう。アンナ様の名前がいい付加価値になるかもしれません」

アンネゲルトは頷きながら、真剣な表情で話を聞いている。

「あの方達に実際に使っていただいて、その効果を社交界で女性達に見てもらえば、向こうから使わせてくれと言ってくるはずです。その際、クロジンデ様達には無償で提供しても、表向きは高かったと強調していただきましょう」

帝国から来た王太子妃のもとにある、高価な化粧品という触れ込みにする訳だ。手に入りにくいと感じれば感じるほど、周囲への優越感を得る為に女性達が入手したがるという読みだろう。

「高級感を出す感じ?」

「というよりは、限定感を出すという方が当たっていますね」

　貴族の女性は、相手よりもいい物を持ちたい、優れていたいと思う傾向が強いそうだ。彼女達は手軽に買える物より、高価で手に入りにくい物に価値を見いだす。

「香水は、出来上がりましたら、まずアンナ様がつけてあちこちにお出かけになるといいでしょう。これから社交の場にも出ていかれるでしょうし、丁度いいかもしれません」

「私？」

「そうですよ。出来るだけ人から憧れられるように、言動に注意なさってくださいね。自分も王太子妃殿下のようになりたい、と思ってもらえれば、アンナ様愛用の香水も売れるものです」

　その心理はアンネゲルトも理解出来る。憧れの芸能人やモデルが使っているコスメが欲しくなるのと同じだ。

　国のモードを決めるのはトップにいる存在である。どんなに奇抜(きばつ)な物でも、上の人間が身につければ、下の者達はそれに倣(なら)う。

　その為、この国でファッション関連の何かを流行(はや)らせようと思ったら、アンネゲルトの立場は大いに役に立つはずだった。

　だが、今は王宮から離れていて、社交行事にも顔を出していない名前だけの王太子妃なのだ。さすがにこのままで無理ではないだろうか。

それについては、ティルラも同意見のようだった。

「まずはアンナ様が王宮に通うようにならないといけませんね」

「えー？」

「当然ですよ。宮廷は一番の市場です。頑張って売り込んでいただかないと」

「……努力します」

ティルラに言われて、アンネゲルトは小さくなる。どのみち社交界に出るのは既定路線。それに少し要素が増えたところでどうという事はない。

しかも、苦手な社交界とはいえ、そこにいる女性達が客になるのだ。ここは我慢するべきだろう。貴婦人の顔を金貨か紙幣だと思えばいい。

「どのみち、売り出すのは改造が終わってからになりますね。その頃にはアンナ様も社交界に出ている事でしょう」

「費用は一時的に国庫から出してもらって、売り上げが出たら返していく形に出来ないかなあ？」

「まあ……交渉次第では何とかなるかと」

王太子妃が商売をして金を稼ぎ、それで離宮の改造費用をまかなうなど、帝国でも例がない。スイーオネースでもないだろう。こんな交渉をされる国王はどう思うやら。

交渉役になるであろうエーベルハルト伯爵に、心の中で面倒をかけますと謝るアンネゲルトだった。

それから数日後。温泉の調査は順調に進んでいる。

「あまり深くまで掘る必要はないようです。まあ深く掘る事になっても、どうとでもしますが」

アンネゲルトの私室にやってきていたリリーは、続けて成分や効能の報告をした。泉質は弱酸性の硫黄泉（いおうせん）、効能として考えられるのは神経痛、肩こり、リウマチ、疲労回復、ねんざ、外傷などだそうだ。

「リリー、温泉の泥を使いたいんだけど、問題はないかしら？」

「泥ですか？　用途にもよりますが……」

「肌に塗ろうと思うの」

「ああ、美肌効果を狙う訳ですね。その点は問題ありません。不純物を取り除けば使用可能と存じます。一応、成分分析をしておきますね」

リリーは自分の分の報告は終わったとして、部屋を退出していく。

「次は私の番だな」

そう言いながら、イェシカは引き直した図面をテーブルに広げる。

「基本は変わらないが、面倒な事が増えたな……それも仕事のうちだが」

今回の改造はアンネゲルトの希望により、外観はほぼ変えない。外壁の修繕(しゅうぜん)は入るが、イメージはそのままだとイェシカが保証してくれた。

「中身は大分手を入れる事になるのだから、そのついでにあれこれ入れておいたぞ。例の掲示板の要望も、大分増えていたしな」

掲示板とは、離宮の改造案を募集するのに使用していたものだ。

イェシカの言葉を聞きつつ、アンネゲルトは図面を見る。すると、イェシカが説明を続けた。

「リリーに教えてもらって基礎部分の強度を増してある。そのおかげで間取りの自由度が上がったから、前とは大分変えてるぞ」

現在の間取りがどうなっているかはよくわからないから比較は出来ないが、新しい間取りはなかなか面白い物だった。

大きく取られた図書室や広間、建物の端に設置されたエレベーターシャフトや部屋の中に設置されたトイレやバスルーム、洗面所など、新旧の設備が混在している。アンネゲルトが依頼した大浴場もあった。

図面とは別に各部屋や、大浴場の完成予想図もある。大浴場が噴水のようなデザインで笑いそうになったが、これはこれで面白いかもしれない。

また、中でも温室の完成予想図には目を見張った。モスクに似たドーム型の屋根を持つ造りで、西洋風というよりはオリエンタル風に見える。しかも、骨組みには鉄骨を使うけれど、無骨にならないようなデザインになっていた。イェシカはこの短期間にリリーを通じて帝国の建築様式、果ては異世界の建築様式も学んだらしい。

「素敵ね」

温室は地図で見ると離宮からかなり離れているが、間を遮る物のない庭園で繋ぐので、離宮からもよく見えるそうだ。

「こちらの温室と離宮、源泉の近くに作るクアハウスと、ついでに狩猟館の方にも温泉を引き込む事になった。リリーが言うには地下道を利用して温泉を運ぶラインを作ればいいそうなので、いっその事、地下道で全てを繋げようかと思っている」

そう言ったイェシカが見せる地図には、源泉や離宮、狩猟館や新しく作る予定の温室とクアハウスを結ぶラインが引かれている。

確かに、地下道に集中的にライフラインの管を通せば、メンテナンスが容易になる。管を交換する際にも、いちいち土を掘り返す必要がない。

もう一度図面を眺めると、その中に一つ、名前が書かれていない施設があった。

「これは何？」

「ああ、リリーに頼まれて書き入れたんだ。何でも下水処理場……とかいったか」

イェシカの言葉を聞いて、アンネゲルトは納得した。失念していたが、トイレを水洗にする以上、必要な施設である。

「という事は、浄水場も必要なのかしら……」

「じょうすいじょう？　って、何だ？」

「あ、いえ、いいの。こっちの話だから」

アンネゲルトは慌てて誤魔化した。何しろ、リリーとの話し合いに慣れたイェシカは、わからない事があると理解出来るまでとことん聞く癖がついている。同様に説明を求められても、困ってしまうのだ。

ちなみに、これまでの離宮及び狩猟館では、井戸を使って水を確保していたようだ。その井戸は今も立派に使えるので、船で使う水もそこから調達している。

――浄水場の説明なんて、どうすればいいのかわかんないし。

日本で普通に水道を使用していた身ではあるが、水道水がどのように供給されるかまでは詳しく知らない。ましてや浄水場の詳しい説明など、到底無理だった。

イェシカは答えが得られず首を捻っている。後でリリーにでも聞いてほしい。

ともかく、これでライフラインのうち、上下水道は確保出来そうだ。おまけに温泉も引き込めるとあって、毎日の入浴が楽しみになった。

その時、アンネゲルトはふと思い出して声を上げる。

「あ」

「どうした？」

「温泉は離宮と狩猟館にも引くのよね？」

「そうだが？」

「温室同様、温泉を利用した暖房を作ってほしいの」

「それなら、リリーに言われて構築済みだ」

さすがである。冬が長く厳しい北の国なので、暖房は死活問題だ。

本来なら暖炉を使った暖房を考えるところだが、せっかく温泉があるのだ、その熱を利用しない手はない。建物の断熱効果と合わせれば効率よく暖める事が出来るだろう。

イェシカはテーブルの上の図面を差し替え、説明に戻った。

「そちらから注文の出た海底の地下道だがな、何とかなりそうだ。リリーの技術に感謝だな。ただ、実際に掘削を始めるのはもう少しかかるぞ」

「どうして?」

「地下道は王都まで引くんだろう? 王都側の出口をどこにするか決めてあるのか?」

「あ……」

決めなければと思いつつ、すっかり忘れていた。

――帝国の大使館はどうだろう……あー、でも借家だって言ってたっけ。じゃあ勝手に作っちゃダメかー。

アンネゲルトが悩んでいると、イェシカが口を開く。

「まあ、近いうちに決めておいてくれ。リリーの話では、途中まで作っておけばいいという事だしな」

王都側の出入り口が決まった時点で残りを作るという訳か。そう納得して、アンネゲルトは了承した。

「その地下道の事もあって地下室部分がかなり大きくなってるんだが……」

そう言いつつイェシカが改めて広げたのは、地下室の平面図である。確かに以前見せてもらった物よりも広くなっており、設備も増えていた。地下道の入り口予定の箇所は、馬車をそのまま入れる為に大きめに取ってあるらしい。

「地下部分に居住空間はいらないという事だったので、それ用にしか設計していないぞ。

壁も石組みが剥き出しになるから冬は寒かろうし」

図面にはエレベーターなどの位置も描き込んである。乗用が二基、貨物用が二基、小型の物が一基の計七基だ。

「そういえば、この端にある細い廊下は何かしら？」

「ああ、それは裏道だ」

「裏道？」

宮殿にそんな物が必要なのだろうか。アンネゲルトにとって裏道といえば、車で抜ける近道くらいしか思いつかない。首を傾げる彼女に、イェシカが説明を付け足す。

「知らないのか？　使用人達が主人や客の前に姿を現さずに仕事が出来るよう作られた、使用人専用通路だな」

そう言われてから見てみると、確かに裏道は全ての部屋に難なくアクセス出来るよう設計されている。

「必要なの？」

「必要だろう？　ここは王族の離宮なんだから」

常識だと言わんばかりのイェシカを、アンネゲルトは複雑な顔で見つめた。

こちらの身分社会の中では、使用人も表を歩いていいではないかという考えは、珍しいのかもしれない。こういう時に世界の差、正確には意識の差を感じる。

「それにな、使用人達も主やその知人と顔を合わせず仕事をする事が出来るのは楽なんだ。いちいち気を張るのは疲れるからな」

イエシカの言い分には一理ある。主である貴族側の都合ではなく、使用人達の都合と思えばいいのか、とアンネゲルトはようやく納得出来た。

イエシカが帰った後、アンネゲルトは王都のクロジンデに通信を入れた。例の泥パックの件で、彼女に根回しを頼む為だ。

『まあ、美容パック……ですの？』

さすが貴族の女性、美容という言葉には目がないのか、クロジンデの瞳は輝いて見える。

「ええ。口で説明するより、一度体感していただいた方がわかると思います。なので、まだ先の話ですけど、準備が整い次第こちらにいらっしゃいませんか？」

『ぜひ！』

クロジンデの次は、アレリード侯爵夫人達を招いて体感してもらおうと思っている。一度で納得出来るだけの結果が出せるかどうかはまだわからないが、試してみる価値はあるだろう。

パックの話から美容関係の話に花が咲いて、ひとしきりおしゃべりした後、クロジンデはにっこりと笑って爆弾を落とした。

『ああ、そうそう。アンナ様からお預かりした招待状ですけど、ある程度振り分けが終わりましたのよ』

そう言って、クロジンデは手元にある用紙をめくって見ている。

『いきなり舞踏会や夜会は重いでしょうから、やはり軽いものから始めましょう。幸い革新派の夫人方からご招待されているものがありますので、そこから選ぼうと思いますの』

「わかりました……」

どの招待を受けるかは彼女に一任しているので、反論はなかった。商売の為にも、ここは苦手云々を言っている場合ではない。頑張らなくては。

『最初は私も付き添いの形で同行いたしますけど、慣れたらアンナ様だけで出席しなくてはなりません。気を引き締めてくださいな』

「はい、お姉様」

アンネゲルトの社交技術の真価が問われるのは、これからだ。先のクロジンデ主催のお茶会は合格点をもらえたが、これから先もそうなるとは限らない。彼女の言う通り、気を引き締めなくては。

意気込むアンネゲルトを見て、モニターの向こうのクロジンデはふわりと笑んだ。

『そこまで肩肘張る必要はありませんのよ。アンナ様らしくお過ごしになれば大丈夫ですわ』

「そ、そうでしょうか？」

『ええ、もちろん。それに、革新派の方々はアンナ様には同情的ですよ。何せ舞踏会の場でいきなり王太子殿下から別居宣言をされてしまいましたものねえ』

どうもあの一件で、評価を落とした王太子とは対照的に、アンネゲルトは同情票がもらえたらしい。社交界でまことしやかに噂されている内容は、次のようなものだそうだ。

「妃殿下は悲しみに暮れて離宮にこもられているそうだ」

「いや、ヒュランダル宮はとてもではないが人の住める宮殿ではないぞ」

「そうですわ。あの離宮は恐ろしい噂があるじゃありませんの。殿下ともあろうお方が、何とむごい……」

「では妃殿下は今どちらに？」

「何でも帝国から乗ってきた船でお過ごしだとか」

「まあ……船だなんて、狭くて過ごしづらいでしょうに。おいたわしいですわね」

アンネゲルト本人が目を丸くしてしまう内容である。悲しみに暮れるどころか、これ幸いと離宮の改造に夢中になっているのだ。しかも、暮らしている船もそこらの建物よりずっと広くて住み心地がいい。

これには、クロジンデも一枚噛んでいたらしい。とはいえ、彼女が言うには、アンネゲルトの現状を人に話した事はなく、聞かれても意味深に目を逸らすだけだったそうだ。

『それで大抵の方は何かを悟ってくれますのよ。貴族社会に属している以上、そうした察しのよさは必要な能力の一つですから、皆様さすがですわね』

何も言わなければ、嘘を言った事にはならないという事か。今のうちにアンネゲルトへの同情票を集めておこうという魂胆らしい。

『まずは十日後の、個人宅で開かれる園遊会に出ましょうね』

モニターの向こうのクロジンデは、いやにいい笑顔でそう言った。アンネゲルトは背中に少し寒気を覚えたが、気のせいだと流す事にする。どのみち逃げられないのだから、せいぜい楽しむ事にしよう。

――開き直りは大事！

今のアンネゲルトの頭の中には、泥パックを売りさばく事しかない。一つの事に集中すると他がおろそかになる性格は、未だに直っていないようだった。

自分の屋敷に戻ったフランソン伯爵は、出迎えたクリストフェルを私室に呼びつけた。本日の会合で話し合った事を伝える為だ。彼を雇った時から、伯爵はあれこれとクリストフェルに助言を求めている。

「いかがでしたか？　旦那様」

「例の女が失敗した事に対して、派閥の連中は大分動揺していたぞ」

ソファにどかりと座りながら、伯爵はそうぼやいた。会合での彼らの様子を思い出すと、頭が痛くなる。一刻も早く切り捨ててしまいたい連中だが、彼らにも役割があるとクリストフェルに言われているので、我慢しているのだ。

当のクリストフェルは、伯爵の言葉を静かに聞いてから一言だけ返した。

「そうですか」

伯爵は彼から女を使う意図を聞いていた為に、失敗したと聞いても動揺せずに済んでいる。実際に暗殺は出来ずとも、王宮内で王太子妃を狙う事自体が重要なのだそうだ。

「旦那様、実は『あの方』から連絡がありまして」

「何⁉」

クリストフェルの言葉に、伯爵はソファから立ち上がって大仰な反応をした。

「あの方は何と仰ったのだ⁉　早く言わんか」

気が急いた様子の伯爵は、クリストフェルに掴みかからんばかりだ。一方、クリストフェルは小憎らしいくらいに冷静だった。

「落ち着いてください。ご指示によりますと、しばらく王太子妃については静観する、との事です」

伯爵は一瞬、動きを止める。静観するとはどういう事なのか。王太子妃を攻撃する案を出してきたのは「あの方」なのに。

「そ……それは……」

「一切の行動は慎むように、と重ねて仰っておいででした」

続くクリストフェルの言葉に、伯爵はソファに巨体を沈ませる。どういう事なのかわからない。あの方の立場上、帝国から来た王太子妃など邪魔なだけだろうに。何故ここに来て静観するなどと言い出すのか。

「……まさか、私に何か不満でもおありなのか？」

伯爵の疑念に、クリストフェルは意外と言わんばかりの表情をした。

「まさか。旦那様のお働きはよくご存じでしたよ。派閥の方々をまとめるのは苦労ばかりだろう、と仰(おっしゃ)ってました」

「では、何故――」

「方針が変わるかもしれない、とだけ」

「ほ、方針？」

呆然としながら繰り返す伯爵に、クリストフェルは普段と変わらず淡々と告げる。

「まだ定かではありませんが。その場合は旦那様に一番に報(しら)せるそうです」

伯爵は、安堵で体中の力が抜ける思いがした。見放された訳ではなかったようだ。それにしても、方針を変えるとは、一体何があったというのか。そして、どのように変えるのだろう。

クリストフェルに問いただしたいところだが、口が堅いこの男は話さないだろう。彼があの方の意図を語るのは、話してもよいと許可を得た時だけだ。

「……とりあえず、しばらくは会合も開かぬ方がいいな」

「そうですね」

クリストフェルはそう言うと、空になっていた伯爵のグラスに酒を注(そそ)ぎ、一礼して部屋を辞した。

◆◆◆◆

エンゲルブレクトとヨーンの日本語の授業は、本日も行われていた。授業の行われている部屋には、アンネゲルトの姿もある。会話の練習相手を務める為に来ているのだ。

一時期は精神的疲労から足が遠のいていたが、招待状の一件をクロジンデに丸投げした事で気が楽になり、また来るようになっている。

アンネゲルトは、エンゲルブレクトに質問されて答えに詰まっていた。

「コレ、ハ、ナーンデスカ？」

「え……何て言えばいいんだろ……」

たどたどしい日本語で聞かれたのは、スイーオネース名産の果物の名称だ。それは見た目と味はリンゴに似ているが、食感は洋梨（ようなし）に近い。

この果物は日本にはない為、固有名詞だとスイーオネースの言語と同じという事になる。それをどう説明すればいいのかわからなかった。

エンゲルブレクトは、アンネゲルトが呟（つぶや）いた言葉を固有名詞と捉えたらしく、確認してくる。

を告げる。

「あ、いえ、そうじゃなくて」

アンネゲルトは誤解を解く為、スイーオネースの言語で、この果物が日本にはない事

「ナンテイエバ？」

「味や見た目が似ている果物はあるのだけど」

「では、その名前をお教え願えますか？」

授業は基本的に、日本語での会話を中心に進められる。だが、こうして説明する場合にはスイーオネースの言語を使うのだ。

アンネゲルトは、船の中では帝国言語を中心に使っているものの、エンゲルブレクト達と話すときにはスイーオネースの言語を使っている。時折、頭が混乱しそうになるが、帝国とスイーオネースの言語は文法が似通っているので、何とかなっていた。

「リンゴ、よ」

「リンゴ」

アンネゲルトの答えを聞き、エンゲルブレクトはしばらくその名を唱えるように繰り返していた。手の中の果物を色々な角度から見ながらぶつぶつ呟く様に、アンネゲルトは小さく笑いを漏らす。

エンゲルブレクトとヨーンの日本語習得速度は速く、もうじき簡単な会話なら日本語で出来そうだ。発音の方はまだ怪しいところがあるが、意味が通じれば問題はない。彼らがこの船に通うようになって、何となくだが護衛隊員とも距離が縮まった気がする。

――縁があって知り合ったんだから、うまくやっていきたいもんね。

たとえ、その先にあるのが王太子との離縁であり、帝国への帰還だとしても。それまでは出来るだけ摩擦をなくしたい。

彼らが船から退出した後、ティルラが思い出したようにアンネゲルトに伝えた。

「そうそう。授業の前にイェシカが来まして、明後日から離宮の工事が始まるそうです。リリーが遮音を徹底させていますから、騒音はないと思いますが」

「そう。わかったわ」

既に八月も半ばを過ぎようとしている。北の夏は短い。すぐに寒い時期が来てしまうので、なるべく早く始めてほしかったのだ。

ちなみに、工事に関わる人員をどうするかも問題になっていた。問題になったのは、島のセキュリティについてである。未だに命を狙われているアンネゲルトの為にも、外部の人間を島に招き入れる事はしたくない。だが修繕には多くの人手が必要になる。

それを解消したのは、護衛艦に乗り合わせている工兵の存在だった。元々、彼らはスイーオネースでの魔導技術導入に伴(ともな)い、各種土木工事を行う事を前提に護衛艦に乗っていたのだ。

技術譲渡が例の王太子の別居発言により滞(とどこお)っている為、王国における彼らの出番もないままだ。そこに目をつけたのがティルラだった。

彼女がさっさとエーレ団長に話を通して、工兵の使用許可について形ばかりの手続きを済ませてしまったのだ。

「工兵ならば帝国から連れてきた者達ばかりですし、例のセキュリティシステムの試用も兼ねて丁度よかったですね」

「でも、彼らを勝手に使ってしまっていいの？」

「大丈夫ですよ。ここも王国の一部ではあるんですから」

工兵の本来の任務は、スイーオネースでの土木工事だ。カールシュテイン島もスイーオネースの一部には間違いない。こじつけに近い拡大解釈だが、筋は通っている。

アンネゲルトもこれ以上考えるのが面倒だったのか、その意見に納得した。それに、これから改造の為の人員を探すとなると、着工が遅くなる。

「有りあわせのもので間に合わせる感じだけど、背に腹はかえられないわよね。早く出来上がってほしいもの」

何度か図面の変更を頼んだせいで、着工が遅れ気味だ。温泉が出る事に気をよくして、大浴場や露天風呂を作ってほしいと頼んだのが、遅れている大きな要因かもしれない。

ちなみに、イェシカに聞かれて露天風呂がどんなものかを説明した時は、難色を示された。

『外で裸になるなんぞ、いいのか？　王太子妃なのに』

『誰かに見せる訳ではないもの。周囲にきちんと目隠しがあればいいんじゃないかしら。あ、いっそ屋上に作るのはどう？』

その発想に、イェシカが目を丸くする。浴場を屋上に作るなど聞いた事もない、と率直に言う彼女に、アンネゲルトは不思議そうな顔をした。

『今までなかったら、作ってはいけないの？　私のいた場所にはあったわよ？』

展望露天風呂を売りにしているホテルもあったくらいだ。離宮は丁度海が目の前なのだし、いい展望露天風呂が作れるのではないだろうか。

『……そうか、そうだな。よし！　リリー、相談があるんだが』

そう言って、イェシカはリリーと共に仕事部屋としてもらっている船の一室へ向かった。

その姿を思い出しながら、アンネゲルトは一つの過ち(あやま)に気付く。

「あ、足湯を頼むの忘れてた！　どうしよう、まだ間に合うのかな……」

慌てるアンネゲルトに、ティルラは苦笑しつつ内線の子機を渡すのだった。

三　いざ、園遊会

クロジンデが厳選した社交の第一弾は、園遊会だ。お茶会よりは規模が大きいが、夜会や舞踏会ほどには気を遣わずに済むというのがその理由だった。

「さすがはクロジンデ様ですね」

ティルラは支度を手伝いながら、重すぎず軽すぎない最良の選択だと感心している。

アンネゲルトにしても、日中に行われる園遊会の方がまだ気が楽だった。社交行事は基本的に、昼間の催し(もよおし)はカジュアルなもので、夜はフォーマルなものという分類になっているのだ。

今日の園遊会の会場は、王都にある個人の邸宅だ。本来なら王太子妃であるアンネゲルトが招かれる規模ではないが、主催が公爵夫人という事が決め手になったらしい。

ちなみに夫君のイスフェルト公爵は、革新派寄りの中立派だったそうだ。

中立派が革新・保守のどちらかに吸収されてしまったせいで、公爵も今では革新派なのだとか。しかし、後からの合流組である為、身分が高くとも中心的存在ではないのだという。その辺りも、クロジンデの選択に影響を与えたらしい。

王都に着いてすぐ、船にクロジンデがやってきた。道案内を兼ねて、会場まで同じ馬車で向かう事になっている。

「本日の園遊会で一番気を付けなくてはいけない相手は、ハルハーゲン公爵ですわ」

「ハルハーゲン公爵……というと、陛下の従兄弟に当たる方ですね」

クロジンデの口から出た名前は、スイーオネースの貴族名鑑で見た記憶があった。王家に連なる名前は帝国で真っ先に覚えさせられたのだ。

ハルハーゲン公爵レンナルト。先代国王の弟の長男で、王位継承権第三位の人物である。第一位は当然王太子ルードヴィグだ。

国王アルベルトにはルードヴィグ以外に男児はなく、また弟は全員死亡している。

「お姉様、今日の園遊会で注意する点などはありますか？」

何せ、社交の経験値が驚くほど少ないアンネゲルトだ。マナーに関しては叩き込まれているから問題ないが、この国ならではの慣習や、催し物ごとのお約束事があれば知りたかった。クロジンデは少し考えてからにっこりと微笑む。

「特にございませんわ。今日は本当に気楽な集まりですもの。あ、でも、私が紹介する方以外とはお話ししてはいけませんよ？」

「はい、わかっています」

スイーオネースでは、紹介を受けていない相手と話してはいけないというルールがある。

「後は先程も申した通り、ハルハーゲン公爵には近づかない事です。公爵には王位を狙っているという噂が絶えませんの。実際狙えるお立場ですしね。ですが、噂だけで本当に何か動いているという情報はないんですのよ」

限りなく黒に近いグレー、というところか。なまじ高位の継承権を持つから、そんな噂を立てられるのかもしれない。アンネゲルトは見た事もない公爵に少しだけ同情した。

「それと、公爵は以前まで中立派でしたけど、今は保守派ですの。元々、保守派寄りの中立派だったんですわ。今回の園遊会も、以前同じ派閥にいたよしみで招待されたのでしょうね」

今では保守派に所属しているハルハーゲン公爵だが、革新派となった元中立派の仲間との付き合いは途絶えていないらしい。

「革新派としましても、そうした元中立派の方々からもたらされる保守派の情報は欲しいですからね。相手が何を考えているかわからないと、手の打ちようがありませんでしょう？」

だから保守派の貴族との関わりも、特に咎められないのだそうだ。貴族の派閥の世界も色々とあるのだろう。

こうしてクロジンデから聞くに、王宮の派閥争いは熾烈を極めているらしい。

帝国も、その辺りは似たり寄ったりだ。皇宮で繰り広げられる貴族同士のやりとりを、奈々は「狸と狐の化かし合い」と言っていた。

アンネゲルトはそんな事を思い返しつつ、もう一つ質問をする。

「ハルハーゲン公爵というのは、どんな方なんですか？　お姉様」

「女性にはとても人気の高い方ですよ。北の国特有の薄い色の金髪に緑の瞳で、お顔立ちが整っていますの。会話も話題豊富で、相手を飽きさせないし疲れさせません。ご趣味は音楽と乗馬だそうですわ」

どこかで聞いた覚えがある。そう思ってよく考えたら、帝国にいた時に聞かされたルードヴィグの説明に似ていたのだった。父親である国王の従兄弟なら、公爵とルードヴィグには血の繋がりがあるのだから、似たところがあってもおかしくはない。

――セレブの親戚は当然ながらセレブという訳ねー。

ただ、今の時点では、公爵の方が貴公子という点でルードヴィグより上だ。何せアンネゲルトの知るルードヴィグは、常に仏頂面で不機嫌を隠そうともしない人物なのだから。いくら見てくれがよくても、正直萎える。

クロジンデは、軽い溜息を吐いて続けた。

「そういえば公爵は未だに独り身でいらっしゃるの。もういいお歳ですのに」

ハルハーゲン公爵は三十路半ばだそうだ。確かに王族の、しかも爵位を持っている男性がその歳まで独り身というのは不思議な話だった。普通なら、ルードヴィグのように政略結婚が組まれるだろうに。

こちらでの結婚適齢期は、女性は二十歳前後、男性は二十代半ばとなっている。ルードヴィグは適齢期ど真ん中で、アンネゲルトは行き遅れ気味で結婚した訳だ。

適齢期を過ぎても結婚していない人物は、それだけで要注意人物とみなされるのだとか。何か結婚出来ない重大な問題を抱えている、と思われるらしい。

――公爵の結婚出来ない重大な理由って何だろう？　借金とかおかしな性癖とか？　公爵の身分で借金はないかー。

クロジンデの言う「気を付けなくてはいけない相手」というのは、そういう意味ではないだろうが、少し気になった。アンネゲルトはさらに問いかける。

「公爵には、一度も結婚の話が出なかったんでしょうか？」

「話自体はあったそうですけど、三回連続で破談になったそうですわ」

「三回連続で破談？」

それもまたすごい話だ。詳しく聞くと、公爵側に問題があった訳ではなく、運が悪かったとしか言い様のないものだった。

一人目の婚約者は若くして病(やまい)に倒れ、二人目は令嬢の父親が失脚したせいで縁談そのものが流れた。三人目は横恋慕(よこれんぼ)した男に誘拐され、それが原因で令嬢本人が教会に入ってしまったのだそうだ。

「……なかなかすごいですね」

「おいたわしいですわよね。そんな経緯がありますから、周囲もうるさく言わないそうですわ。おかげで公爵は独身を謳歌(おうか)してらっしゃるとか」

まさしく独身貴族という訳だ。噂(うわさ)の公爵とは、一体どんな人物なのだろうか。

「アンナ様。先程も申しましたけど、不用意に公爵にお近づきになりませんように」

アンネゲルトの表情で彼女の好奇心を悟ったのか、クロジンデがじろりと睨(にら)んだ。

馬車は無事に、本日の目的地である公爵邸に到着した。

離宮のあるカールシュテイン島に引きこもって既に二月(ふたつき)近く。当時は夏の盛りだった気候は、今では秋の気配を漂わせている。もっとも、この国には日本ほどはっきりとした四季はないようだが。

それでも、屋敷に集った人々の装いには、秋の色が表れている。かくいうアンネゲルトのドレスも、深みのある色を基調にしていた。

今日は庭を使った園遊会であるから、スカートの裾は短めで、あまり膨らませていない形である。クロジンデのドレスも同様のラインだ。

馬車から降りて玄関に向かう最中、周囲の視線がアンネゲルトに集中していた。離宮のある小島に引きこもっているはずの王太子妃が王都にいるのだから、それも当然だろう。

「アンナ様、注目の的ですわね」

「お姉様……」

いい意味での注目というよりは、珍獣になった気分だ。そういえば、帝国に帰ったばかりの時も、今まで社交界に顔を出さなかった公爵令嬢が出てきたというので、まさしく珍獣扱いをされた。実際はともかく、少なくともアンネゲルトはそう思っている。

二人が注目を集めながら表玄関を潜ると、ホールでは主催者夫婦が客人を出迎えていた。

「ようこそ、今日は楽しんでいってくださいね。まあ、妃殿下！」

夫人の方がアンネゲルトに気付く。歳は四十後半くらいだろうか。目元と口元に若干の皺が見える。彼女は応対していた客に失礼、と小さく詫びてから、まっすぐにアンネゲルト達のもとへ近寄ってきた。

「ああ、ようこそいらしてくださいました！　今か今かと待ちわびておりましたのよ」

「招待をありがとう、公爵夫人」

「お招きいただきありがとうございます、公爵夫人」

クロジンデと共に、まずは招待の礼を述べる。この場で一番身分が高いのはアンネゲルトになるので、公爵夫人相手でも礼の仕方がクロジンデとは違った。

公爵夫人は胸の前で手を組み合わせ、いかにも感激しています、という風だ。随分と芝居がかった仕草だが、こういうのが好きな貴婦人は少なくない。

「妃殿下、ようこそいらっしゃいました。本日は庭と料理、酒などをご堪能ください」

夫人の後ろからそう言ったのは、五十代くらいの男性だ。歳のせいか、スイーオネースでは珍しい低身長だった。それでも目算で百七十は軽く超えている。

「ごきげんよう、イスフェルト公爵閣下。今日は天気に恵まれましたわね」

「本当に。エーベルハルト伯爵夫人にも、存分に楽しんでいってもらいたい。妃殿下もどうぞ楽しんでいってください」

軽く言葉を交わし合うと、また新たな客を出迎える為か、夫婦は失礼、と言って二人から離れていった。

「まずは第一関門突破ですわね」

「お姉様……余計緊張しますから、おやめください」

小声で言い合うアンネゲルトとクロジンデは、小間使いの案内に従って屋敷の奥へ進む。

まず案内された園遊会の会場となる公爵邸の庭園は、見事なものだった。帝国とはまた違う様式の広い庭のそこかしこにテーブルと椅子が用意され、既に結構な数の人間が思い思いに楽しんでいる。

「この時間ですと、まだ半分程度の人数ですかしら」

会場は庭全体だが、テーブルや椅子が出されているのは館に近い部分だけのようだ。人がそこに多く集まっている。庭園を見ている人達もいるようで、少し離れた場所に何人か人影が見えた。

「お姉様、ずっとここにいなくてもいいのかしら？　向こうのお庭を見に行ってもよろしくて？」

「それは後にしましょうね。まずは顔を売って繋がりを持たなくては」

言われてみればそうだ。今日ここに来たのは公爵邸の庭園を見る為ではない。社交行事参加へのリハビリなのだ。

それにしても、顔を売って繋がりを持つというのは、具体的にどうすればいいのかさっぱりわからない。帝国の社交行事でもそうだったが、あの時は立場が立場だったので、向こうからしきりに話しかけてきてくれて助かった。

庭園を見た後に案内された控え室で、アンネゲルトは溜息を吐く。こうしてわずかな人数で一部屋を使わせるというのは、それだけ主催にとって大事な客だと示す意味があるのだとか。

「緊張していらっしゃるの？」

アンネゲルトの溜息を耳にしたクロジンデは、優しい笑顔で聞いてきた。

「緊張というか……こういう場ではどうすればいいのかと思って」

アンネゲルトの弱音を聞いたクロジンデは、少し驚いたように目を見張る。

「アンナ様、帝国でも社交界にはお出になっていらっしゃったのよね？」

「え、ええ。付け焼き刃でいいから出ておけって陛下に言われて」

クロジンデはライナーの言いように、少し呆れたようだ。

「まあ、陛下ったら。では、その時の事を思い出せばいいですわ」

「でも、あの時は向こうから色々話しかけてきてくれたんですけど……」

最初の大舞踏会では人との接触を極端に減らしていたが、その後の社交行事では、会場に行っただけで周囲を囲まれた。

結局、自ら働きかけるという社交の第一ステップを覚えないまま、こちらに来てしまったのだ。

扇(おうぎ)の下で軽い溜息を吐くアンネゲルトに、クロジンデはくすりと笑って告げる。

「こちらでも基本は一緒ですわよ。皆様、アンナ様の事を知りたくてうずうずしてる方ばかりですもの」

アンネゲルトの溜息は、重い物に変化した。そういえば、玄関では興味の視線が注がれていたのを思い出す。

――面倒だけど、今日はその為に来てるんだから！

アンネゲルトは一度目を閉じて、気合を入れ直した。

「お姉様、やっぱりきっかけはこちらから作るべきかしら？」

「いい心がけですわね、アンナ様。でも大丈夫。何の為に私が同行したとお思いですの？

任せてくださいませ」

そう言い切ったクロジンデは、艶（あで）やかな笑みを浮かべている。

ちなみに、本日は側仕えのティルラ達は船でお留守番だ。また、護衛隊長であるエンゲルブレクトは同行していない。護衛隊の中から数人、隊長が推薦した人物が馬車を守ってくれた。

エンゲルブレクトが同行しなかったのには訳がある。本日は彼らも招かれている客なのだ。彼らとは王都までは一緒だったのだが、そこからは別行動をしていた。

やがて、部屋に案内の者が現れる。園遊会の始まりだ。

アンネゲルトとクロジンデは開始早々に、庭園自慢をしたい公爵夫人に捕まった。公爵家の庭園は名のある庭師が手がけて三年前に完成したそうで、王都でも有名なのだという。

「そうですか。確かに見事ですわね」

「まあ、ほほほ。お褒めにあずかり光栄ですわ！　庭園はここだけではありませんのよ！ぜひ全てを堪能していただきたいですわ！」

穏やかな夫君と違い、公爵夫人は大分テンションが高い女性のようだ。先程から彼女の自慢話を延々と聞かされて、さすがのクロジンデも笑顔が引きつりそうになっている。彼女でさえそうなのだから、アンネゲルトに至っては笑顔を作る事すら忘れそうだ。

何とか顔に貼り付かせてはいるが。

彼らの周囲には、見えない壁でもあるかのように、誰も近寄ってこない。

——他の人も、公爵夫人の自慢話を聞きたくないから避けてるのかしら……

アンネゲルトは扇に隠れてちらりと周囲に目をやった。遠巻きにしながらも、こちらにちらちらと視線を送る人が多いようだ。

——興味はあるけど、危険を冒してまでは近づきたくはない、ってところかな？

貴族らしい行動であるが、悪い事とは思わない。むしろ空気が読めるいい対応だ。その結果、クロジンデとアンネゲルトの二人だけが公爵夫人の餌食になっているけれど。

そんな二人に、意外なところから救世主が現れた。

「いい加減にしないか。妃殿下をお前が独占してどうする」

夫君の公爵だ。夫人は夫に諭され、今気付いたと言わんばかりに頬を赤らめている。

「あ、あら、私とした事が」

どうやらこれで解放されるらしい。アンネゲルトとクロジンデは曖昧な笑みを浮かべてその場を離れた。夫人は公爵に連れられて館の中へ入っていく。これから説教でも始まりそうな雰囲気だ。

「ようやく一息吐けますわね」

軽い溜息の後に、しみじみとクロジンデが呟いた。彼女も夫人の猛攻に辟易していたようだ。無論、アンネゲルトもである。

他の参加者と交流する前に、少し飲み物でもいただこうかとテーブルに向かう二人に、遠慮がちな声がかかる。

「ごきげんよう、エーベルハルト伯爵夫人」

遠巻きにしていた女性が、公爵夫人が離れるのを待ち構えていたかのように近づき、挨拶をしてきた。まだ若い女性で、アンネゲルトより二、三歳上くらいに見える。

クロジンデが、アンネゲルトに素早く耳打ちした。

「リンデロート伯爵夫人ですわ。ご夫君のリンデロート伯爵は、アレリード侯爵とも懇意ですの」

つまり彼女の夫も革新派という訳だ。主催者の夫である公爵も今では革新派だから、招待するのも同じ革新派の貴族が多いのだろう。

——あ、でも「今では保守派」の公爵も来てるんだっけ……

クロジンデから「要注意人物」と教えられている王族の公爵だ。近づくなと釘を刺されているので、あまり興味を持たない方がいいだろう。

つらつら考えているアンネゲルトの隣で、クロジンデがにこやかに挨拶を返す。

「まあリンデロート伯爵夫人、ごきげんよう。この間の夜会は楽しゅうございましたわね」

「ええ、本当に」

他愛のない会話を繰り広げつつも、リンデロート伯爵夫人の視線はちらちらとアンネゲルトに向いている。

「ああ、そうそう。ご紹介が遅れてしまいましたわね。妃殿下、こちらリンデロート伯爵夫人エンマ様ですわ」

「お初にお目にかかります、妃殿下」

「ごきげんよう、リンデロート伯爵夫人。今日の園遊会は賑々しい事」

アンネゲルトも愛想笑いを浮かべて、差し障りのない挨拶を交わす。スイーオネースでは、初めて会う相手には、知人を介して紹介してもらってから話しかけるというのがマナーである。特に自分より身分が上の相手には、このマナーが絶対だった。

だから、アンネゲルトの側にクロジンデが陣取っているのだ。彼女はスイーオネースの社交界でも顔が広く、今日の園遊会の参加者で知らぬ顔はないほどだった。

おかげで、クロジンデを介せば、誰でもアンネゲルトに話しかける事が出来る訳だ。

リンデロート伯爵夫人を皮切りに、アンネゲルトの周囲にはあっという間に人が集まった。

アンネゲルトが招待客達に囲まれている姿を、エンゲルブレクトは会場の端から眺めていた。彼と副官ヨーン、他数名の護衛隊員は招待客として会場にいる。全員が普段の軍服ではなく盛装だ。

こういう時、護衛隊に貴族出身者を入れておいてよかったと思う。身分を使えばこうした場への招待をもぎ取る事が出来るのだから。

いくら公爵夫人主催の園遊会といえど、警戒を怠る訳にはいかない。アンネゲルトはつい先日も王宮内で危険に巻き込まれるところだった。

しかも、今日はアンネゲルトの側にいるのがティルラではなく、帝国の大使夫人だ。ティルラならばこちらが少々気を抜いても問題ない程度に腕が立つが、大使夫人に同じ事を求めるのは無理な話だろう。

アンネゲルトから目を離さないようにしつつ、エンゲルブレクトは常に彼女の側にいる側仕えの事を考えていた。

ティルラは、以前は帝国の軍に所属する軍人だったという。帝国は軍に女性を入れるのかと驚いたものだが、彼女は優秀な軍人だったらしい。

――わざわざ腕に覚えのある者を側仕えにするとは……帝国の皇帝はこうなる事を見越していたのか？

もっとも王太子妃が嫁いでくる前に、皇帝の遠縁に当たる伯爵令嬢が謀殺されたというから、それを受けての備えだろう。

亡くなった伯爵令嬢には生前「彼女がスイーオネースに王太子妃として嫁ぐ」という噂があり、謀殺された理由もまさにそれだったとか。

事件の際に首謀者達は捕縛されたはずだが、それで全てが終わった訳ではないらしい。捕まった連中はアンネゲルトを狙う者とは別の集団か、あるいは同じ集団でも目くらましに使われたのか。

いずれにしても、王太子妃の命が狙われている事には違いなかった。

――だからこそ、気を抜く訳にはいかない。

たとえ革新派の公爵主催の園遊会であってもだ。

エンゲルブレクトはアンネゲルトから視線を外し、ある人物を探す為に会場中を見回した。だが目当ての人物は見当たらない。

「グルブランソン、ハルハーゲン公爵はどちらにおられる？」

エンゲルブレクトは、隣に立つ長身の部下、ヨーンにそっと尋ねた。公爵はこの会場で最も警戒するべき人物だ。

「閣下でしたら先程庭園の奥の方へ向かわれました」

ヨーンからの返答に、エンゲルブレクトは目線だけを庭園の奥へ向ける。ここからでは背の高い植栽が邪魔で、奥までは見通せない。ヨーンが特に言及しなかったという事は、ハルハーゲン公爵は一人という事だ。

――園遊会が始まったばかりなのに、一人で庭園の奥へ？

これが女連れというのなら話はわかる。独身のハルハーゲン公爵は同年代の女性のみならず若い女性からも人気が高く、どうかすれば王宮の人気を王太子と二分する勢いだ。また、公爵が仮に妻帯していたとしても、こうした場での「お遊び」は目こぼしされるのが通例である。本人は女好きを公言してはいないが、それなりに遊んでいるのは周知の事実だった。

その公爵が一人で行動とは、らしくない。

「誰かと待ち合わせか……？」

「ざっと見たところ、閣下以外にこの場を離れているのは、主催の公爵夫妻だけのようですが」

「単独行動か……」

それならば、女云々ではないだろう。それに、そういう意味で待ち合わせをするなら、昼の園遊会ではなく夜の夜会を選ぶはず。では、今日公爵が来たのは、純粋に招かれたからという事だろうか。

元は同じ中立派とはいえ、今は革新派であるイスフェルト公爵の園遊会に出てくるとは。中立派出身という事で、ハルハーゲン公爵は保守派の中で居場所がないのだろうか。保守寄りだった中立派を呑み込み、色々な派閥が乱立する保守派は、元からまとまりが悪いと言われていたが、さらに混迷していると聞く。

最大派閥は王妃派で、王妃の出身国であるゴートランドとの結び付きを強固にしていく事を第一にしているらしい。

ハルハーゲン公爵がどの派閥に属しているかまだ判明しないが、どの派閥ともつかず離れずだというのが、最新の情報だった。

どの派閥にも入れないのか、それともあえて入らないのか。

「閣下には色々と噂（うわさ）がありましたね」

ヨーンの一言で、思考を現実に戻された。今、公爵の思惑を考えても仕方ない。自分がやるべき事は、アンネゲルトの身の安全を守る事だ。

「本人が表だって動いたという話は聞いた事がないがな」

エンゲルブレクトは、人に囲まれているアンネゲルトの方へ視線を据えた。彼女は周囲の人々へ、少しぎこちなさの残る笑顔を向けている。

普段の屈託のない笑顔を見慣れているエンゲルブレクトにとって、痛々しさを感じさせる笑みだった。

アンネゲルトは、愛想笑いのしすぎで頬の筋肉がどうにかなりそうなのを堪えていた。クロジンデは一体どうやってあの笑顔を維持しているのだろう。今度秘訣を教わりたい。

――その前に、愛想笑いしなくてもいい状況になればいいのになー。

アンネゲルトの口から軽い溜息が漏れたのを見て、クロジンデが周囲の人達に声をかける。

「妃殿下はお疲れのようですわ。皆様、少し休ませてさしあげませんこと？」

「まあ、そうですわね」

「気付かずに申し訳ありません、妃殿下」

口々に言う人達に、アンネゲルトはなけなしの気力を振り絞って愛想笑いを向けた。

「ありがとう。ではお部屋の方で休ませていただくわ」

人の輪が崩れて出来た隙間からクロジンデと抜け出して、館の中に入る。その後ろ姿をエンゲルブレクトが離れた位置から見ていた事に、アンネゲルトは気付かなかった。


館の中はひんやりとした空気が漂っている。客人は全て庭園に出ているので、館の人口密度が低くなっている為だろうか。


通りかかった小間使いが控え室まで案内してくれた。彼女は飲み物と軽い食事を持ってくると言って、部屋を後にする。

「前回のお茶会に続き、今日の園遊会も大成功のようですわね」

クロジンデがうきうきとした様子で言うのを、アンネゲルトはソファにぐったり沈み込みながら聞いていた。

「自分ではよくわからないのだけど、あれでよかったんでしょうか？」

「十分ですわ！　今日の招待客の中で、アンナ様の印象はかなりよくなっていますわよ」

そうだといいのだが。この先の事を考えると、心証をよくしておくに越した事はない。

——何せ、お高い商品を買ってもらわなきゃならないんだから！

愛想を振りまくのに疲れて、アンネゲルトの思考はやや明後日の方向に飛んでいる。元々大人数であれこれするのは好きではなかった。学生時代も、少人数のグループにばかり所属していたのだ。

「そういえば、今日はアレリード侯爵夫人達はいらしていないんですね」

「ええ。彼女達との縁は既に出来上がっていますから、それ以外の方達と、と思いましたのよ」

アンネゲルトは納得した。確かに王太子妃としても、この先の商売の為にも、人脈を広げておく必要がある。

——たとえ苦手な大人数の催し物だったとしても、文句は言えない。

少し遠い目になったアンネゲルトに、クロジンデは優しく声をかけた。

「侯爵夫人方とは、また別の集まりで会えますわ」

どうやら、アンネゲルトが彼女達に会いたがっていると誤解したようだ。真実は違うのだが、ここでそれを指摘する必要もあるまい。アンネゲルトは曖昧に微笑んで話題を変えた。

「……お姉様がこちらにいらしてくださって、本当に助かりますわ」

「あら、いきなりどうなさったの？」

「改めて実感したんです」

実際、気心の知れた親族という存在が、これほど心強いとは思わなかった。

アンネゲルトが言うと、二人はどちらからともなく笑い合った。

小間使いが運んできた飲み物と軽食で小腹を満たすと、クロジンデは先に庭園に戻って様子を見てくると言った。

「このお部屋からは出ないようになさってくださいね」

「そこのお庭もだめかしら？」

部屋の外には、建物で囲まれた小さい中庭が見える。テラスから直接下りられるようだ。

「そのくらいでしたら構いませんわ。でも、お庭からは出ないでくださいましね」

クロジンデはそんな事を言ってから部屋を出ていった。まるで子供に迷子にならないよう注意するみたいだな、と思ってアンネゲルトは苦笑を漏らす。

しばらく部屋の中にいたアンネゲルトだが、中庭が気になり始めてテラスに出た。要するに、じっとしているのに飽きたのだ。

こちらの庭は周囲を建物に囲まれていて小ぶりだった。園遊会が催されている庭園と離れているせいか、あちらの賑やかさは届いてこない。

煉瓦敷きの遊歩道が細かく花壇と植栽の間を走り、庭そのものにアクセントを加えているようだ。アンネゲルトはテラスから見渡して感嘆の声を上げた。

「綺麗……」

そういえば、せっかくの園遊会だというのに、周囲に愛想を振りまく事のみに集中して庭を堪能していなかった。

クロジンデから、今日の園遊会の出来は十分だとお墨付きをもらっている。彼女が戻るまでの短い間、この庭を楽しむくらいは許されるだろう。

そう考えたアンネゲルトは、テラスからそっと庭へ出てみる。

下りてから改めて見てみると、庭師の心遣いが溢れているような美しい庭だ。夏の陽光を浴びて色鮮やかに咲く花々、高低差を活かした植栽。アーチ型に設えられているのは、定番のバラだろうか。

アンネゲルトは、花壇の側にしゃがみ込んで小さな花を愛でていた。夢中になっていた彼女に、人影がかかる。

この庭へ出るには、自分達が使っている控え室を通るしかない。クロジンデだろうか。

「お姉様?」

そう言って振り返った彼女の目の前に、見知らぬ男性が立っていた。

――誰だろう？　この人。どうしてここにいるのかしら。

歳の頃は三十路半（みそじなか）ばくらいか。もっとも、こちらの人間の年齢を当てられたためしのないアンネゲルトだから、もしかしたら違うかもしれない。

顔立ちはいいと思う。通った鼻筋に涼やかな目元などパーツそのものが整っている上、配置も絶妙だった。

彼が着ている細かい刺繍（ししゅう）の入った上着は、上流階級の中でもさらに上の人間である事を示している。彼も今日の園遊会の参加者なのだろう。

先に動いたのは相手の方だった。彼はアンネゲルトに優雅な仕草で手を差し伸べる。

「どうなさいました？　妃殿下。このような場所で」

「え？」

「ご気分でも優れませんか？」

アンネゲルトはしばらく間を置いてから、そう言われるのは自分がしゃがみ込んでいるせいだと理解した。貴婦人ならば、ドレスを着たまま庭でしゃがみ込むような事はしない。

アンネゲルトは慌てて立ち上がろうとして、バランスを崩した。

「あ！」

「おっと。大丈夫ですか？」

倒れそうになったところを支えてもらったのは助かるが、抱き込まれるような状態になったのはいただけない。

「あ、あの、ありがとう。もう大丈夫です」

そう言いながら距離を空けようとするものの、二の腕を掴まれたままだ。アンネゲルトが困惑の目で見上げれば、彼は何故か楽しそうな表情を浮かべている。

「そうですか？　では、部屋までお送りしましょう」

控え室に使っている部屋は目と鼻の先だ。送ってもらうほどの距離ではない。

「いえ……」

「このような場所で紹介も受けずに声をおかけした事はお許しください。迷い込んだ庭で思いがけない方を見つけて、つい」

物腰は柔らかいが、強引さを感じる。それに、この人物はどこからこの庭に入ってきたのだろう。よく見れば、庭の奥の壁に小さいアーチ状の口が開いている。あそこからのようだ。

アンネゲルトは、ふとクロジンデの言葉を思い出した。近づかないよう忠告された人物が、確かこんな外見ではなかっただろうか。それだけで彼を要注意人物と断じる事は、

もちろん出来ないが。

そういえば、まだ相手の名前も聞いていない。

「あの」

「何でしょう？　妃殿下」

「あなたはどなた？」

随分と間が抜けた質問だと、言った当人も思っていた。

それと気付かれぬ程度に周囲を警戒しながら、エンゲルブレクトは度数の低い酒を口にした。北の国は酒豪が多いが、彼も例に漏れない。

「隊長、あれを」

ヨーンが指し示す方を見ると、エーベルハルト伯爵夫人の姿があった。だが、彼女の横にアンネゲルトの姿がない。

「妃殿下はどうしたんだ？」

「まだ館の控え室でしょうか」

ヨーンが言い終えるのを待たずに、エンゲルブレクトは大股で館に向かった。アンネゲルトが控え室として使う部屋の場所は、公爵夫人から聞き出している。

——こんな場所で妃殿下をお一人にするなど！

いくら厳選された人物しか入れない園遊会といえど、不用心にもほどがある行動だ。怒りはエーベルハルト伯爵夫人に向かった。

だが彼女への苦情は後回しにし、アンネゲルトのいる控え室へと急いだ。後ろからヨーンも続く。

公爵邸は広いが、造り自体は単純だ。アンネゲルトにあてがわれた控え室には、庭園から廊下一本で向かう事が出来る。

玄関ホールを過ぎて、反対側の棟に入ってすぐ左折する。手前から二つ目の扉が控え室だ。

ヨーンが扉をノックしたが、返答はない。彼と顔を見合わせたエンゲルブレクトは、緊急時と判断して返答がないまま扉を開けた。

部屋に入り込んだ二人の目に入ったのは、テラスの向こうの小さな庭で、男性と対峙しているアンネゲルトの姿だ。彼女の腕を目の前の男性が掴んでいて、まるで逢い引きの最中のように見える。

「隊長……」

ヨーンの言葉を待たずに、エンゲルブレクトはテラスへ飛び出した。

アンネゲルトの問いに、男性は一瞬目を丸くした。自分を知らない人間がいるとは信じられないと言わんばかりの様子だ。

——しょ、しょうがないじゃない！　宮廷には出ていないんだから！

今日の参加者は、ほぼ全員が初対面のアンネゲルトだ。目の前の人物が社交界で有名な人間だったとしても、わかる訳がない。

男性はすぐに柔らかい笑みを浮かべて、片手を胸に当てて軽く会釈した。

「これは失礼を。私は——」

「このような場所にいらしているとは思いませんでしたよ、ハルハーゲン公爵」

聞き慣れた声が男性を遮る。声の方を見ると、エンゲルブレクトがテラスからこちらに向かってくるところだ。

——ちょっと待って。今、隊長さんは何て言った？

驚いたアンネゲルトは、改めて男性を見上げる。やはり彼が例の要注意人物だったらしい。彼は未だにアンネゲルトの二の腕を掴んだままだ。

「手をお離しください、閣下。妃殿下がお困りです」

エンゲルブレクトは大股で近づくと、公爵の腕をアンネゲルトから外し、彼女を背中にかばった。普段よりも硬く低い声に、緊張感が漂っている気がする。

本来なら彼の身分では、王族の公爵に対し、このような言動は許されない。一瞬気圧されていた公爵だが、すぐに先程の軽い調子に戻った。

「サムエルソン伯爵かい。やれやれ、無粋な真似をするとは、さすがは無骨な軍人だね」

「お許しを。陛下より直々に妃殿下の護衛を承っておりますので」

そう言いつつも、エンゲルブレクトは警戒を解いていない。失礼な態度ではあるが、国王の名を出されてはさすがの公爵も強く出られないようだ。

「何もしていないよ。妃殿下がその場にうずくまっておいでだったから、気分でもお悪いのかと思って手を貸したまでだ」

公爵はそう言ってひょいと肩をすくめ、おどけて見せた。気障な仕草だが妙に似合っている。貴婦人方がいれば黄色い声の一つも上がるのかもしれないが、今ここにいるのは彼曰く「無骨な軍人」であるエンゲルブレクトと、その背中に隠れているアンネゲルトだけだ。

「閣下、何故この庭に？　誰に案内されたのですか？　イスフェルト公爵とはあまり交流がおありではなかったと記憶していますが」

エンゲルブレクトの詰問には棘が感じられる。彼は、保守派に属している貴族がこの場にいる事に不信感を持っているようだ。

エンゲルブレクトの態度に一瞬不機嫌な様子を見せた公爵も、痛いところを突かれてばつが悪いのか、苦笑を漏らして事情を説明し始める。

「……庭園を歩いていたら、小道を見つけてね。どこへ行き着くのか試してみたかったんだ。主催者の公爵には後で謝罪しておくから、見逃してくれないかな？」

「妃殿下がいらっしゃると知っていて、この庭園へいらしたのですか？」

エンゲルブレクトの言葉に、言われたハルハーゲン公爵よりもアンネゲルトが驚いてしまう。彼女は今の今まで、公爵がこの庭に来た理由には考えが至っていなかったのだ。

それにしても、王位を狙っているという噂がある公爵が、庭園に忍び込むような真似までして自分に近づこうとするだろうか。縁を持ちたいというのであれば、園遊会のマナーに則ればいいだけの話だ。

人目のないところで二人きりでいるのを見られたら、どんな醜聞が流れるか知れたものではない。

疑われたハルハーゲン公爵は、参ったと言わんばかりに両手を肩の辺りまで上げた。

「おいおい、今日の園遊会に集まった人々は、誰しも妃殿下とお近づきになりたくて堪らないはずだよ。無論私もその一人だ。本日の妃殿下は大変な人気で、容易には近づく事は出来ませんでしたが」

後半を、エンゲルブレクトの背後を覗き込むようにしてアンネゲルトに言ったハルハーゲン公爵は、芝居じみた仕草で胸に手を当てる。だが、エンゲルブレクトの警戒は未だ解かれなかった。

「ならば礼儀に適った行動をお願いします」

「そう怖い顔をしないでくれないか。本当にただの偶然なんだ。私はこの館に来るのは初めてでね。庭園の見事さに惹かれて奥へ奥へと進んだだけだよ。好奇心に負けてね。そうしたら——」

「この庭へ出た……と？」

エンゲルブレクトが途中で言葉を奪う。公爵は肩をすくめて言った。

「礼儀に反する事をしたし、妃殿下に不用意に近づいたのは私の落ち度だ。それはご本人にも謝罪する。だから今回の事はここだけの話にしてもらえないだろうか？」

アンネゲルトにも、これが公爵からの最大の譲歩だというのは理解出来た。何事も、引き際は大事だ。何より、少々強引な面がありはしたが、何かされた訳ではない。

アンネゲルトは、エンゲルブレクトの上着の袖をちょいちょいと引っ張った。

「妃殿下」

「あのね」

少し背後を振り返ったエンゲルブレクトに、アンネゲルトは日本語で言う。何となくだが、この会話を公爵に聞かれたくなかったのだ。

「何も、なかったの。だからもういいから」

なるべく平易になるよう、考えて口にした。

こちらを見下ろしているエンゲルブレクトの表情に、困惑の色が滲(にじ)んでいる。彼の立場としては公爵がここにいる事自体許しがたいのかもしれないが、このままでは動きようがない。それはエンゲルブレクトもわかっているはずだった。

やがて、彼は視線を公爵に戻し、軽い溜息を吐く。

「わかりました。以後、同様の事をなさらないよう願います」

「わかっているよ。妃殿下、失礼の段、平にご容赦を。では園遊会の会場で」

そう言い残すと、公爵は庭の奥へ姿を消した。やはり、あのアーチ状の部分が建物の外に通じているようだ。

小さな庭に、アンネゲルトとエンゲルブレクトが残される。

「よろしかったのですか？」

「え？　ああ、公爵の事？」

無言で頷くエンゲルブレクトに、アンネゲルトは苦笑気味に答えた。

「本当に何もありませんから。まあ、ちょっとびっくりはしたけど……」

「は？」

後半は声を抑えたせいか、はっきりと聞き取れなかったようだ。

「何でもありません。ところで、どうしてここに？」

「エーベルハルト伯爵夫人だけで会場に戻られたので、気になって来たんです。いくら公爵家の邸内とはいえ、お一人になられるのは感心しません」

よく見ている。説教じみた内容だが、エンゲルブレクトがわざわざ園遊会の招待客に潜（もぐ）り込んで護衛をしてくれている事は知っている為、反発する気にはなれない。

「ごめんなさい。お姉様にお部屋で待っているように言われたんだけど、少し退屈になったものだからお庭に出てみたの……」

こんな事なら庭に出なければよかった。出たとしてもテラスに留まっていれば、問題は起こらなかっただろう。

守られている立場だと自覚するよう、母にもさんざん言われていたのに。もし今日の事がティルラに報告されれば、おそらくお説教は避けられない。

来るべき未来を考えて落ち込むアンネゲルトの耳に、エンゲルブレクトの困ったような声が響いた。

「いいえ、私も言いすぎました……。無礼をお許しください。非礼はハルハーゲン公爵の方にあります。妃殿下の責任ではありません」

「でも、部屋でじっとしていないで庭に下りたのは私だわ。やっぱりお部屋にいればよかった」

「庭を見たかったのでしょう？　後で公爵ご夫妻にその事をお伝えになられるとよろしいかと。お二人とも庭には並々ならぬ情熱を注がれている方々ですから、喜ばれるでしょう」

確かに、ついテラスから下りてしまうほどに見事な庭だ。そこまで情熱を傾けるという事は、公爵夫妻はガーデニングが好きなのか。

――覚えていると役に立つかな？

社交では話題選びが重要になる。相手の好みに合わせた会話が出来れば、打ち解けるのも容易になるだろう。

アンネゲルトはエンゲルブレクトにエスコートされて控え室へ戻った。いつの間にか、ヨーンが控え室の扉の脇に立っている。

「どうなさいますか？　園遊会の方へお戻りになられますか？」

「ここでお姉様を待ちます。そろそろ戻られる頃だと思うので」

アンネゲルトがそう言い終えるか終えないかというタイミングで、扉がノックされた。ヨーンが扉を開けると、そこに立っていたのはクロジンデである。

「あら？　まあ、サムエルソン伯爵にグルブランソン子爵。こちらにいらしていたの？」

「エーベルハルト伯爵夫人、妃殿下のお側(そば)を離れる時には我々に一言言っていただきたい」

エンゲルブレクトの鋭い視線に、クロジンデはたじたじだ。

「あ、あら。ごめんなさい。つい……。でも、ここは革新派の公爵のお屋敷ですもの、危険な事はないと思ったのですわ……まさかアンナ様、何かありまして!?」

表情をさっと変えて詰め寄るクロジンデに、アンネゲルトは引き気味になりながら首を横に振った。

「な、何もありませんわ、お姉様」

「何かあってからでは遅いんですよ、伯爵夫人。妃殿下、これよりはお側におります事、お許しください」

エンゲルブレクトの真剣な様子に、アンネゲルトは頷くしかない。

そのまま四人で戻った園遊会は、やがて滞りなく終了時刻を迎える。ハルハーゲン公爵も、何事もなかったかのようにクロジンデから紹介を受けて会話に加わっていた。

園遊会から帰った夜、覚悟していたティルラからのお説教がない。珍しい事もあるものだと思ったが、進んで説教を聞きたい訳ではないので、そのままにする。

私室で一人なのをいい事に、アンネゲルトは行儀悪くソファに寝転んでいた。

「何か疲れたー」

人酔いしたのだろうか。それとも、ハルハーゲン公爵の毒気にでも当てられたのだろうか。

彼は秀麗な面差しの、少し歳のいった貴公子といった雰囲気だった。しかし、自分でもはっきりとはわからないが、あまり近寄りたくない人物だと思ってしまう。

「うーん……何が引っかかってるんだろう？」

王太子のルードヴィグを思い出させるからかと思ったが、ルードヴィグとハルハーゲン公爵は系統が違う美形だ。顔立ちに共通項があって苦手に感じるという訳ではなさそうだった。

あれこれ思い返してみても、強引そうだからという点しか見当たらない。とはいえ、それもしっくりこないのだが。

「もうそれでいいかー」

ここで考えたところで始まらない。アンネゲルトはソファから起き上がって本格的に寝る準備に入った。

四　実り多き社交行事

園遊会から二週間後、今晩のアンネゲルトの行き先は王都の歌劇場だ。目的は歌劇鑑賞ではなく、音楽会である。何でも今日の招待主が後援を務める音楽家が出演するそうだ。

「彼の才能は素晴らしいですぞ。はっはっは」

アンネゲルトの前で、自分が後援する音楽家の才能がどれだけのものか、大げさに語っているのが招待主である。彼もまた革新派の末席に連なる者だ。

曲の解釈がどうの、芸術性がどうのと言われても正直半分もわからないが、アンネゲルトは笑みをたたえて話を聞いていた。

夜の催し物とはいえ、個人主催の音楽会はそこまでフォーマルではないからまだ気が楽だ。

――でも、これからどんどんフォーマル度がアップしていくんだろうなあ。

今のところ、彼女がせっせと通っているのは、個人的な催し物に留まっている。おかげで付き合う相手を選ぶ事が出来るという利点があった。

　これが公式の夜会や舞踏会、晩餐会ともなれば、話す相手を選べない。宮廷復帰の折には、保守派の貴族ともうまくやっていかなくてはならなくなるはずだ。

　その前に、革新派の中で足場を固めておく必要がある、というのがクロジンデとティルラの共通意見だった。

　なのでクロジンデは、意図的に革新派の貴族との付き合いを優先しているようだ。保守派との付き合いは慎重にいく方針なのだろう。ちなみに、そのクロジンデは「次からは私がいなくとも大丈夫ですわね」と言って、園遊会以来、同行してくれない。

　——滞在、長引きそうだしなあ……

　離宮の改造もそうだが、魔導関係者の保護には時間がかかる。下手をすれば二、三年などあっという間に過ぎてしまうかもしれない。

　それに、せっかくあれこれアイデアを盛り込んだ離宮だ。ほんの少し住んだだけで離れるのは忍びない。こうしてアンネゲルトのスイーオネース滞在は、当初の予定を遥かに超える様相を呈してきた。

　おかげでこうして社交に精を出さざるを得ないのだが。

　今日の音楽会の主眼は当然音楽鑑賞なものの、社交行事である以上、それだけで終わる訳がない。

鑑賞会の途中で設けられている休憩時間は、歌劇場の休憩室、ホワイエで歓談だ。そこではアルコールや軽い飲み物、軽食などが出されていた。

アンネゲルトは身分が身分の為、席はボックス席だが、休憩時間は他の貴族同様ホワイエに出ている。

場はあちこちで歓談に勤しむ人々でごった返していた。アンネゲルトも知った顔を探して人の波間を進んでいく。

「妃殿下、ご無沙汰いたしております」

不意に脇から声がかかった。そちらをちらりと見ると、ハルハーゲン公爵がいる。彼も今日の音楽会に来ていたようだ。そういえば彼は、元中立派の保守派である。

以前の園遊会からは二週間だ。「ご無沙汰」というほどではあるまい。

「ごきげんよう、公爵。あなたもいらしていたんですね」

「ええ、今日の主催者である伯爵とは以前から懇意にしていたのですよ」

そうと知っていたら、今日の音楽会は不参加にしたのに。アンネゲルトはそう思ったが、当然態度にも口にも出さなかった。愛想笑いを顔に貼り付けて「まあ」と言っただけである。

「本日妃殿下に会えましたのも何かの縁、あちらで少しお話しでもいかがですか?」

ホワイエには、いくつかのソファが設えられている。その多くは既に飲み物片手の男女で埋め尽くされていた。

「空いてはいないようですよ？」

「何、親切な御仁が譲ってくださいますよ」

——使用中のところを横から奪うってかー!? さすが高位のお貴族様は違うわね！

自分もその一人だという自覚が薄いアンネゲルトは、愛想笑いで頬を引きつらせていた。

◆◆◆◆

歌劇場は不審者が入りづらい環境になっている。入り口という入り口に係の者が常駐し、少しでも不審なところのある人物は決して中に入れない。安心も売りの一つなのだ。

その歌劇場の、先程までアンネゲルトが座っていたボックス席に、エンゲルブレクトとヨーンの姿があった。彼らは今日も、王太子妃の護衛の任務中だ。

本来ならホワイエへも同行するべきなのだが、アンネゲルトからついてこないように言われていた為、ここに居残っている。

『歌劇場の中は安全なのでしょう？』

そう言っていた彼女に、危険な人物には近づかない、見知らぬ人物の誘いには乗らないなどの約束をさせたが、やはり心配である。

エンゲルブレクトは、語学習得を通じて以前より彼女に接する機会が増えた。側にいればいるほど、アンネゲルトは危なっかしい人物だという認識が深まる。

以前は側仕えのティルラを過保護だと感じた事もあったが、今なら彼女の行動が正しかったのだと理解出来た。あれは必要な事だ。

ちなみに、ボックス席にはザンドラもいた。彼女はヨーンを警戒してか、毛を逆立てたネコのような雰囲気を醸し出している。それを見て、エンゲルブレクトはヨーンに声をかけた。

「すっかり嫌われたな」

「何がいけなかったのでしょうか？」

無表情でそう聞かれても、何と返したものか。最初の出会いからして最悪だったという自覚はないらしい。

ホールの中に貴族達はいなかった。残っているのは、主についてきた小間使いや自分達のような護衛の人間だけである。

耳を澄ませば、彼らの話し声が聞こえてきた。

「聞いた？　王太子殿下、まだ謹慎を解かれないんだってー」

「王様も今回ばかりはすごく怒ってるって、奥様がおしゃべりしていたわよ」

「例の男爵令嬢の件もあるものね」

やれやれ、とエンゲルブレクトは溜息を吐きたくなる。噂好きなのは貴族の女性ばかりではないようだ。

ふと横を見れば、ザンドラがおかしな物体を客席の方に向けている。

「ザンドラ、それは何だ？」

エンゲルブレクトの問いに、ザンドラは唇に指を当てて静かにと示した。彼女は屈んで、謎の物体と紐で繋がれている箱状の物から、何かを取り出す。

そして、取り出したそれ——ヘッドフォンを耳に当てるよう、仕草でエンゲルブレクトに促した。彼が訝しく思いながらも指示通りにすると、人の話し声が聞こえてくる。

『何でも帝国はすごく怒っているらしく、陛下のところに連日抗議文が届いているんだとか』

『このままだと妃殿下は帝国に帰ってしまうかもしれないから、旦那様方が引き留めようと必死なのよ』

『おい、聞いたか？　例の男爵令嬢はお屋敷で泣き暮らしているというぜ』

『妃殿下を王宮から出したのは王太子殿下だが、国王陛下は連れ戻したいとお思いのようだぞ』

あちらこちらの使用人達の噂話だ。どうやら隣のボックス席からではなく、もっと離れた場所で話されているらしい。

「どうなってるんだ？　これは……」

エンゲルブレクトが漏らした呟きに、ザンドラがヘッドフォンを外しながら答えた。

「魔導器具の一つです。リリー様が作製しました。離れた場所の音も拾えるそうです」

リリーの名前に、エンゲルブレクトは先日の茶会に紛れてアンネゲルトを暗殺しようとした女を思い出す。あの時の光景には今でも背筋が寒くなるが、リリーの発明品に助けられたのも事実だった。彼女は一体どれだけの道具を作り出しているのか。

彼が苦い顔をしているうちに、ホール内の空気が変わり始めた。そろそろ休憩時間が終了し、観客達が席に戻る頃だ。使用人達のおしゃべりも段々と収まっていく。

「……おかしな噂が流れているものだな」

どこから発生したのか、事実と異なる話が出回っていた。帝国からの抗議文は来ていないし、ダグニーが屋敷で泣き暮らしているというのも嘘だろう。あの程度で泣くような女ではないはずだ。

　エンゲルブレクトはもう一つ気になる事があり、ザンドラの方を向いて尋ねる。

「一体何の為にそれを持ち込んだんだ？　まさか先程の噂話を聞く為に？」

　無言のまま頷いたザンドラは、魔導器具を片付け始めていた。今回の音楽会の休憩は一度のみで、これ以降は使用人達の話を拾える機会はない。

「そんな事をして、何になるんだ？」

「私にはわかりません。ティルラ様より命じられただけです」

　ザンドラはヨーン以上の無表情でそう答えた。

　どうせ話を聞くなら貴族同士のものの方がいいのではないだろうか。使用人達が知っている情報など、たかが知れている。それがわからないティルラでもあるまいに。

「何か有用な情報は得られたのか？」

　エンゲルブレクトも一部は聞かせてもらったが、あの噂話からは大した結果は得られないと思っている。

　ザンドラの返答は、彼の予想だにしないものだ。

「それを判断するのは私ではありません。戻ってティルラ様に報告するのが私の仕事です」

「報告って……先程の話を全て覚えているのか？」

「いいえ。これに記録してあります」

そう言うと、ザンドラは足下の箱を見た。エンゲルブレクトとヨーンも釣られて目線を下げ、ついでザンドラを見つめる。これは何なのか、と二人とも無言のまま視線で尋ねていた。

「これは録音機というそうです。先程の集音器で得た音を収録してあります。後で再生すれば、収録した音を聞く事が可能です」

「……それを我々に教えてもいいのか？」

「聞かれたら答えるように言われています」

これも、指示を出したのはティルラだろう。という事は、この録音機なるものの情報はエンゲルブレクト達が知っていても問題ないという事だ。

それにしても、帝国の魔導技術は変わった物が多い。これからもこうして驚く事が多いのではないか。

エンゲルブレクトには、それがよい事なのか悪い事なのか、判断がつかなかった。

◆◆◆◆

その頃、ホワイエの方では、ハルハーゲン公爵から逃げ切ったアンネゲルトが、次の相手と談笑しているところだった。

「先程までハルハーゲン公爵に捕まっておいででしたわね」

くすくすと笑いながらそう言ったのは、先日お茶会で知り合ったアレリード侯爵夫人である。今日は夫君のアレリード侯爵と共に出席していた。その夫君は別の集団と歓談中だ。

「からかわないでちょうだい、侯爵夫人。振り切るのに苦労したのよ」

実際、しつこくて困っていた。園遊会の時はそうでもなかったのに、今夜に限ってつきまとわれたのは、何だったのか。

——そういえば、園遊会の時もしきりに「話がしたい」と言っていたっけ……

「あら、あの公爵閣下を振り切るだなんて。社交界でも妃殿下だけですわね」

楽しげに笑っている侯爵夫人の言葉に、アンネゲルトは以前の事を思い出した。

クロジンデからは、公爵は王宮で人気があるという話を聞かされている。三度の結婚話が破談になっている人物では、他国との政略結婚は二の足を踏むだろう。

そうなれば、結婚相手は国内から選ぶ事になる。信心深い人なら呪われているのではと考えそうな状況だが、公爵は見た目がよくて王族の身分もある貴公子だった。三度の破談という「呪い」を気にせず、彼の夫人の座を射止めるのは、一体どの令嬢なのか。

「とりあえず、公爵の事は夫人になる可能性のある令嬢方にお任せしたいわ」

「それもそうですわね。ああ、夫の方の話が終わったようですわ。妃殿下、こちらが夫のビリエルです」

「妃殿下にはお初にお目にかかります。アレリード侯爵ビリエルと申します」

「ごきげんよう、侯爵。今後ともよしなに」

初めて見るアレリード侯爵は、すっきりとした身なりの男性だ。頭髪に幾分白い物が交じり始めているが、眼光の鋭さはまだまだ現役だと思わせるものがある。実際、彼は革新派をまとめている人物だ。

アンネゲルトの今日一番の目的は、この侯爵と繋がりを持つ事だった。夫人とは何度か社交の場で顔を合わせているが、革新派の中で立場を確立する為には、やはり夫君の方に会う必要があるらしい。

その後は他愛ない会話を少し交わし、最後にはお約束の一言をもらった。

「今度はぜひ我が家にお越しください」

「ええ、ぜひ」

　これは社交辞令などではない。アレリード侯爵家に招かれるのは、根回し済みの事だった。それをわざわざこの人が多い中で侯爵に言ってもらった理由は、アンネゲルトがアレリード侯爵邸を私的に訪問するという事を周知させる為だ。

　このやりとりが終わった時点で、今日の目的は果たしたと言っていいだろう。主催者には悪いが、今日の音楽会を利用させてもらったのだ。

「さて、本日のお仕事もこれで終わりですわね」

　裏を知っているからこその、アレリード侯爵夫人の一言である。これにはアンネゲルトもさすがに苦笑してしまう。

「さあ、休憩もあと少しで終わってしまいますわ。あちらでおしゃべりでもいたしましょう」

　アレリード侯爵夫人に誘われて、彼女の社交友達に紹介される。そのほとんどが革新派の夫人達だが、中には保守派の夫人も紛れていた。まだ王宮が二分される前からの付き合いなのだそうだ。

「そういえば、妃殿下のもとにはサムエルソン伯爵がいらっしゃるとか」

そう保守派の伯爵夫人に聞かれた時、アンネゲルトは素で誰の事だかわからなかった。しばらくして「ああ、隊長さんの事か」と気付く。

彼女は伯爵夫人に、にっこりと微笑みながら返答した。

「ええ。陛下からの命で私の護衛を務めてくれているの」

別段隠し立てするような事ではない。だが伯爵夫人は妙な表情だ。目元を歪ませた嫌な笑い方で、不快感を煽る。

「そうでしたの……伯爵もまあ、色々と大変ですものねえ」

「ちょっと」

「あら、皆さん既にご存じでしょう?」

隣にいた別の夫人に脇をつつかれて、伯爵夫人はその場にいる夫人方を見回した。しかし、誰もが口をつぐんで答えようとしない。

「な、何よ……私は悪くないわ」

「悪くなくても、言わなくてもいい事を言ったのは事実でしょう」

先程脇をつついた夫人にそう言われ、伯爵夫人は意気消沈している。この二人は、特別親しい仲のようだ。

何となく居心地の悪い空気が場を支配し、一人また一人とその場を去っていった。残ったのはアレリード侯爵夫人とアンネゲルトだけである。

「侯爵夫人、先程のお話って……」

聞いてもいいのかどうか、アンネゲルトは迷いながらも口にした。あの伯爵夫人の言い方では、気にするなという方が無理だ。

アレリード侯爵夫人は、一瞬何かを言いかけて口をつぐみ、深い溜息を吐く。それから首を横に振って口を開いた。

「……妃殿下のお耳に入れるべき話ではありませんが、知っておいた方がいいでしょう。先程のような事がこの先もあるでしょうし」

そう言った侯爵夫人が聞かせてくれたのは、王宮に流れるサムエルソン伯爵家の醜聞だ。

エンゲルブレクトはサムエルソン伯爵家の次男で、兄である長男がいたらしい。その兄は、体はあまり丈夫ではなかったが、頭がよかった為に将来の官僚候補と言われていたという。

さてこの兄弟、実は父親が違うらしい。伯爵夫人が次男を身ごもった時期、夫である伯爵は国を空けていたのだとか。

夫人は東国の血を引く美しい人だったという。異国風の顔立ちは王宮でも有名で、彼女を射止めた伯爵をうらやましがる男性も多かったのだそうだ。

そのせいか、どう考えても夫の子ではない子を身ごもった夫人の噂は、瞬く間に宮廷に広がったという。

だが、こういった醜聞は貴族の家ではよくある事だし、次男ならば家督を継ぐ事はない。だからあまり問題視されなかった。

しかし後々、長男が真冬にそりの事故で亡くなってしまう。カーブを曲がりきれず湖に転落したのだそうだ。助かったのは落ちる前に脱出した次男だけ。

当然、家督を継ぎたいばかりに兄を殺したのではないのか、事故に見せかけたのではないのか、とよくない噂が流れた。

「兄君の葬儀の席で、伯爵家の親族に家から出ていけと怒鳴られたそうですわ」

「なんてむごい……」

「母親の夫人は、今の伯爵が六歳かそこらの時に病没していますから、彼の味方は父親だけだったそうです」

「……ご自分の子ではないとわかっていても、ですか？」

「ええ」

その後、エンゲルブレクトが二十歳になるのを待たずに、父である当時のサムエルソン伯爵も病で亡くなったそうだ。既に軍に入っていたエンゲルブレクトは、当初家督を継ぐのを拒否したという。

「でも伯爵の遺言があった為に、家督を継ぐ事が決定したのですよ。前伯爵の遺言を国王陛下が支持なさったんです」

うるさかった親族も、それで引き下がったのだそうだ。家督を拒否していたエンゲルブレクト自身も、それ以上は否と言えなかったのだろう。

「そんな事が……」

普段見る彼からは、そんな過去を感じさせるような暗い部分はない。護衛対象である自分には見せまいとしているからか、それとも誰にでもそうなのか。何となくだが後者の気がした。

「彼は立派に伯爵としての仕事を全うしていますし、軍でその名を知らぬ者はいないほどの人物です。恥じる事など何もないと私は考えますよ」

「そうね、ええ」

侯爵夫人の言葉に頷きつつ、アンネゲルトは聞いた事を少しだけ後悔していた。興味本位で聞いていい事ではなかった。これから席に戻れば本人がいるのに、知らない振りが出来るだろうか。

――いっそ『聞いちゃいました！　ごめんなさい！』って謝っちゃった方が楽な気がする……

アンネゲルト自身も、日本にいた時は家庭の事情を聞かれるのが苦痛だった。ひとり親と思われて必要以上に気を遣われるのも、どれだけ親しい相手にも本当の事が言えないのも。その時、急に気付く。

――そうか、同じなんだ。

そう思い至った瞬間、重荷がふっと消えた気がした。知らない振りではなく、聞いたけど気にしていないという態度をとればいい。変に隠そうとするからぎくしゃくするのだ。

自分が彼の立場だったら、知っているなら堂々としていてほしい。顔色を窺うような態度は逆に傷つけるものだ。

「妃殿下、そろそろ休憩が終わりそうですわ」

「まあ、本当。教えてくれてありがとう、侯爵夫人」

アレリード侯爵夫人は笑顔で応えてくれた。

音楽会の後半も無事終わり、港への道をアンネゲルトを乗せて馬車が走る。アンネゲルトが揺られながらふと窓の外を見ると、馬上のエンゲルブレクトが目に入った。

あの後、席へ戻ってからも彼とは普段と変わりなく接する事が出来たと思う。もっとも戻ってすぐに音楽会の後半が始まったので、接する時間が短かったからだろうか。

誰がどんな噂をしても、彼に二度も助けてもらった事実は変わらない。そして、彼は今も職務に忠実に自分や周辺を守り続けてくれている。

自分が見るべきは彼本人だ。彼が誰の血を引いていても変わりはないのだ。

改めてそう思い、アンネゲルトは馬車に同乗しているザンドラに話しかけた。

「そういえば、録音の方はうまくいったの？　ザンドラ」

「はい。サムエルソン隊長にもお話ししました」

集音器の説明をしたのだそうだ。詳しい構造まで聞かれたので、それはリリーに聞いてほしいと言ったところ、ならばいいと諦めたのだとか。

――隊長さんはリリーが苦手なのかしら？

フィリップも、彼女には時折頭を抱えている。結構な美人なのに男性からは敬遠される何かがあるのかもしれない。アンネゲルトは、リリーの性格の問題だとは気が付いていなかった。

「彼は、他には何か言っていた？」

集音器に興味を示したのなら、その技術が宮廷に渡っているのかどうかが気になったのではないだろうか。だが、返ってきたのは意外な言葉だった。

「噂話が有用なのかどうかを気にしていました」

ザンドラの返答に、アンネゲルトは笑いを漏らす。

こうして夜の帳が下りた王都を、アンネゲルトを乗せた馬車は港へ向かってひた走った。

ようやく王太子の謹慎が解かれる事になったという報は、朝から王宮内を駆け巡っていた。関係各位が水面下で動いた結果だ。

「聞いたか？　とうとう王太子殿下の謹慎が解かれるらしい」

「その条件に、妃殿下への謝罪が含まれているんだとか」

「じゃあ、殿下は妃殿下へ謝罪する事を受け入れたのかしら」

「あら、では男爵令嬢はどうするのかしらね？」

「さあ？」

物見高い貴族達にとっては、自国の王太子の謹慎も、ただの見世物でしかないらしい。

「騒がしいな」

そんな王宮で、眉をひそめる人物がいた。国王アルベルトの側近の一人、ヘーグリンド侯爵リキャルドである。その呟きに、彼の有能な部下が淡々と述べた。

「は。殿下の謹慎が解かれるとの噂が出回っておりますから、そのせいでしょう」

侯爵は、内容に顔を顰める。

「自国の王太子の謹慎を、面白おかしく噂にするとはな。しかも謹慎の理由が理由だというのに」

他国からいただいた王太子妃を、結婚式の当日に王宮から追い出したのだ。謹慎程度で済んでよかったと思うべきである。

王太子妃の出身国であるノルトマルク帝国は、周辺諸国の中でも力のある大国だ。それと比べるとスイーオネースは北の辺境という印象がぬぐえない。実際、国力ではかなりの差が出ていた。

スイーオネースは北回りの航路を早くから開発し、遠く東域やその周辺の国との交易で富を得ているが、技術面では西域の中でも底辺に位置する。

それを解消しようとしての、帝国との政略結婚だった。皇帝の姪姫を王太子妃にいただく事により、周辺諸国でも一、二を争う魔導技術が王国に渡る。これを契機に国としての躍進を期待したのだ。

とはいえ、この結婚がよい面ばかりではないのは、ヘーグリンド侯爵も重々承知していた。一番の問題は強い力を持つ教会だ。彼らは魔導技術そのものを、神への冒涜と捉えて禁じている。

実際は、教皇の住まう教皇庁にも魔導技術が導入されていた。だが、それは聖別されているからいいのだという、よくわからない理屈を通しているそうだ。要するに教皇庁では本音と建前を使い分けているのだが、スイーオネースの教会はそうではない。司祭が極端な魔導嫌いで有名なのだ。

しかし、個人の好き嫌いで国の命運を左右させる訳にはいかなかった。

大体、教会が国の方針に口出しをする事そのものがおこがましい。ヘーグリンド侯爵は昔から国王に教会の力を削ぐよう進言し続けてきたが、未だに聞き入れられていなかった。彼は、そこに関しては王に不満を抱いている。

不満といえば、近頃革新派の間では、王太子に対する不信感が噴出してきているという。よくない兆候だった。

ルードヴィグは元々魔導技術導入に消極的であるし、愛人は保守派の中枢に食い込むホーカンソン男爵の娘である。さらに帝国から迎えた王太子妃を即日王宮から追い出し、あろう事かあのヒュランダル宮に押し込めたのだ。これにはヘーグリンド侯爵も、よく帝国が戦争を起こさなかったものだと冷や汗をかいた。

開戦を避けられた裏に、帝国大使のエーベルハルト伯爵の働きがあったという事は把握している。彼と国王との間にどういったやりとりがあったかまでは知らないが、表面上穏やかに過ごせているのは、二人の間で密約が取り交わされたからだろう。

そのおかげで王太子妃から王宮に対しては何の苦情も来ていないという。その代わり、離宮修繕（しゅうぜん）に関する費用の請求が来たそうだ。

王太子妃となった帝国皇帝の姪姫、アンネゲルトの情報は驚くほど少ない。ヘーグリンド侯爵も独自の伝手（つて）を頼って調べたが、母親の故郷である異世界の国で育ったという程度しかわからなかった。

一体どういう姫なのか不明な事だらけではあるものの、彼女が帝国皇帝の姪で、この国の王太子妃なのは変わらない。

「妃殿下は、いかがお過ごしか？」

「漏（も）れ聞こえましたところによりますと、エーベルハルト伯爵夫人の尽力により、社交の輪に入られたそうです」

そう告げる部下に、侯爵は無言で頷いた。このまま王太子が謹慎を解かれれば、王太子妃の王宮復帰も叶うだろう。というより、国王がそうさせるはずだ。

そうなれば、王宮の均衡も変わる。いい方に動くか悪い方に動くかはまだ読めないが、準備だけは怠らないようにしなければ。

ヘーグリンド侯爵は未だに噂話に興じている人々を尻目に、ゆっくりとその場を立ち去った。

「いいですか、殿下。誠心誠意お詫び申し上げれば、陛下ときっとわかってくださいます」

「わかっている。くどいぞ伯爵」

王太子ルードヴィグは、不機嫌な様子で王宮の廊下を歩いていた。彼にまとわりつくようにして苦言を呈しているのは、王太子の教育係であるアスペル伯爵である。

「妃殿下にも、よくよく謝罪なさってください。お可哀相に、あのヒュランダル宮を前にしてどれだけ心細い思いをなされたか……」

今にもハンカチを取り出して目頭を押さえかねない自分の教育係を、ルードヴィグは白けた目で見つめていた。

嫌ならとっとと帝国に帰ればよかったのだと言いたかったが、嘆願書に贖罪云々と書いてしまった以上、口には出せない。

謹慎中にこもっていた部屋から出て、真っ先に向かうのは父である国王アルベルトのもとだった。謹慎を解いてもらった礼を言いに行かなくてはならないのだ。

——謹慎させたのは父上だというのに。

自分を謹慎させただけではなく、愛人であるダグニーまで王宮から追い出している。これで自分が王太子妃に謝罪した日には、ダグニーに代わってあの女が王宮に住まう事になるだろう。

——まったくもって腹立たしい！

顔も知らない相手との結婚を強いられ、あまつさえ愛し合っている相手とは引き裂かれる。一体どこの悲劇の主人公かと、ルードヴィグは憤懣やるかたない。

早足で王宮を歩く彼の後ろから、駆け足でアスペル伯爵がついていく。その様子をたまたま見た貴族達が眉をひそめていたが、ルードヴィグが気付く事はなかった。

ルードヴィグが向かったのは謁見の間である。てっきり国王の私的な部屋で謝罪をさせられると思っていた彼だが、予想が外れていささか鼻白んでいた。

ルードヴィグは、今回の謹慎は自分のちょっとした悪ふざけに対する折檻のようなものだと思っている。そんな彼にとって、謹慎を解いてもらった礼と謝罪を謁見の間で行うという事は、どうしても納得がいかない。

——礼と謝罪を公の事にするとは、父上はどういうつもりだ？

ここに至っても、まだ理解出来ないでいるルードヴィグであった。

謁見の間の玉座には、既に父王のアルベルトが座しておりその近くには見慣れぬ姿がある。黒い巻き毛で鮮やかな緋色のドレスを着た女だ。

ルードヴィグは、扇で口元を覆う彼女の姿をしげしげと眺めた。どこかで見た記憶がある。はて、どこでだったか……

しばらく考えて、自身の妃であるアンネゲルトだと思い出した。結婚式の日に見たきりだったので、記憶が曖昧だったのだ。

相手を認識した瞬間、ルードヴィグはぎょっとしたが、すぐに腹に力を込めて玉座の前まで歩を進めた。

——この女、父上に縋りついたな。

大方、離宮に押し込められたのを不服に思い、自分が謹慎させられたと聞いてアルベルトに取り入ったのだ。そして、この謹慎解除にあわせて自分に謝罪させるつもりでいるのだろう。

勝手にそう思い込むルードヴィグは、アルベルトの前で礼を執った。

「少しは反省したか？　ルードヴィグよ」

そう父から声をかけられ、彼は危うく反論しそうになる。珍しくもそれをぐっとこらえて、傍目には反省していると見える態度で口上を述べた。

「陛下におかれましては、このたびは謹慎を解いていただき、心より感謝申し上げます。また謹慎に至る振る舞いをし王宮を騒がせました事、ここに謹んでお詫び申し上げます」

嘆願書にも書いた内容を口にし、深く頭(こうべ)を垂れる。その間、王太子妃は何も言わない。この場でこちらを誹(そし)る愚を犯す事はないようだ。

「ふむ。では嘆願書にも書いたように、そなたの妃にも許しを請うがよい」

アルベルトの言葉を聞いて、ルードヴィグのこめかみにびきっと青筋が走る。しかし、気を取り直して実に優雅に頭を上げた彼は、玉座に近い場所に立っている王太子妃を睨(にら)み付けた。

ルードヴィグはつかつかと彼女の至近距離に歩み寄り、若干見下ろす。

扇(おうぎ)で口元を隠した王太子妃の表情はわかりづらかったが、これだけ近づけば、様子が

よくわかる。彼女は無表情で、勝ち誇る訳でもなく、こちらを蔑む訳でもない。ただただルードヴィグを見ている。その視線は結婚式の時に見た物と同じで、不思議と不快ではなかった。

「非礼を詫びよう」

ルードヴィグはそれだけ言うと、頭も下げずにそのまま彼女を見下ろしている。

彼の言葉に対して、王太子妃は無言のままルードヴィグを見つめるばかりだ。王太子妃の許すという言葉がなければこの場が収まらないのはわかっているはずなのに、彼女は口を開こうとしなかった。

ルードヴィグは立場も忘れて苛つき出す。

――一体何がしたいのだ、この女は。罵りたいのならすればいい。それを逆手に取ってこちらの立場を有利にしてやる。

彼がそんな考えで書類上の妻を見下ろしていると、脇から声がかかった。

「王太子妃、そなたの夫を許すか？　許して王宮へ帰参いたすか？」

玉座から、アルベルトの助け船が出たのだ。これでまた父に借りが出来た、とルードヴィグは忌々しさに眉間に皺を寄せる。それもこれも目の前にいる女のせいかと思うと、握りしめた拳に力が入った。そろそろ皮膚に爪が食い込みそうだ。

「陛下」

彼が自分の目つきが険しくなっているのを自覚した頃、ようやく王太子妃が口を開いた。高すぎず低すぎない、耳触りのいい声だ。

「私が殿下を許すとは、何の事でございましょう？」

王太子妃のこの発言には、居並ぶ貴族達だけでなく、アルベルトとルードヴィグも驚いた。

あの舞踏会での出来事を、よもや忘れたという訳ではあるまい。やらかしたルードヴィグ本人が言うのも何だが、あれは十分恥をかかせたと言えるだろう。

アルベルトもさすがに言葉が出ない様子だったが、何とか絞り出した。

「王太子妃、それは――」

「離宮の件でしたら、むしろ感謝しております。それと、王宮へ住まう事はご遠慮させてくださいませ。私、あの離宮を大変気に入っておりますの。離れたくはございません」

そう言ってにっこりと笑った彼女を、ルードヴィグは呆(ほう)けた顔で見つめる。この女は、今何と言ったのだ？

同じ事をアルベルトも思ったらしく、訝(いぶか)しそうな声で尋ねる。

「今、何と申した？」

「あのような離宮をいただけて感謝しております、と申しました。しかも修繕は好きにしていいとも聞いておりますわ。エーベルハルト伯爵に建築士の方を紹介していただいて、既に修繕に入っております。それが楽しくて楽しくて、こんなに充実した毎日を送れるのも、殿下が私にあの離宮と島をくださったからだと、心より感謝しております」

謁見の間はしんと静まりかえっていた。

確かに長年放置されていた離宮であり、誰にも顧みられなかった建物である。だが、そこに住めと言っただけでやるとは一言も言っていない。

ルードヴィグはそう抗議しようかと思ったが、やめておいた。ここでそんな事を口にすれば、やはり反省は見せかけかと攻撃されるだけだ。

――あんな離宮と島程度で喜ぶとはおかしな女だ。しかも離宮にこもって王宮には戻らないという。願ったり叶ったりじゃないか。

そう思い、ルードヴィグは笑ってしまいそうになるのをこらえるのに必死だった。周囲の貴族連中はざわつき、国王の方を窺っている。この場を収める言葉を期待しているのだろう。

緊張感が漂う中、アルベルトは座したままちらりとエーベルハルト伯爵に視線をやった。それに気付いた伯爵は、軽い黙礼を返す。何か二人の間で事前のやりとりでもあったのだろうか。

ルードヴィグが訝しみながら見ている前で、アルベルトが笑い出した。これには居並んだ王国の貴族達もぎょっとしている。すました表情をしているのは帝国貴族のみだ。

「くっくっく、はっはっは。なるほど、そういう事か。よかろう、そなたが修繕する宮殿を取り上げたりはせぬ。そなたの望み通り、島とそこにある建物は全て王太子妃に与える。改めて、島共々好きに作り変えるがよい」

「ありがとうございます」

これで島と宮殿はこの女個人の持ち物となった。王がそれを認めたのだ。誰も否は言えない。

元々使い道があまりなく、先々代の頃から呪われているといわれていた宮殿だ。誰が修繕しようと、その後に住みたいと言い出す人間がいるとは思えない。父王は、そんな島と荒れた宮殿だけで戦争の危機を回避出来るのなら安いもの、とでも計算したのだろう。

「だが、離宮に引っ込んだままではいかんな。ここに住めとはもう言わんが、王宮へは出て参れ。社交行事にも復帰するがよい」

「はい、陛下。これまでおろそかにせざるを得なかった公務にも、復帰してよろしいのでしょうか？」

「当然だ。近々教育係を島へやる。その者から万事教わるように」

本来なら、とっくに教育係のもとで妃としての教育を始めていなければならなかったのだ。それをこれだけ遅らせたのも、ルードヴィグが王太子妃を王宮から追いやったからと責められているようで、気分が悪くなる。

こうして夫によって王宮を追われた王太子妃は、国王のお声掛かりで王宮への復帰が叶った。ただし変わらずヒュランダル宮に居住し、王宮へは行事の度に通ってくるという形を取る。世にも珍しい王太子妃の誕生だ。

ルードヴィグは、今日のこの場が何の為に用意されたのか、ようやく悟った。何の事はない、この女の為だ。自分も含め、スイーオネース貴族はこの場を飾る道具に過ぎなかった。

――そこまで、その女に肩入れなさるのか、父上……

女の背後にいるのは、魔導大国ノルトマルク帝国である。そこまでして魔導技術が欲しいのかと、ルードヴィグは父に対する不満をさらに募らせた。その彼の前で、父王と王太子妃のやりとりが和やかに進んでいる。

「修繕が終わった暁には行ってみたいものだな、そなたの離宮に」

「ぜひいらしてくださいませ」

王太子妃が笑顔でそう言うと、国王は一つ頷き解散を命じた。

王宮を辞し、港へ向かう馬車へ乗り込んだアンネゲルトは、嬉しそうな声でティルラに言った。

「バッチリ！　うまくいったわ」

「おめでとうございます。よかったですね」

「本当に」

走り出した馬車の中で、アンネゲルトは少し前に島と離宮の所有権の話をティルラとしていた事を思い出す。

『陛下は、王太子が私を王宮から追い出した事に負い目を感じているかな？』

アンネゲルトの質問に、ティルラはやや考えてから答える。

『負い目というよりは、外交問題に発展する事を恐れていらっしゃると思いますよ。エーベルハルト伯爵にも探りを入れていたようですし』

そういえば、例の祝賀舞踏会の後、すぐに国王から私的な会見を申し込まれていたと言っていた。

普通の家でも、嫁に行った途端に家から追い出されてあばらやに押し込まれたなんて立派な醜聞だ。それが国同士の政略結婚ともなれば、醜聞どころでは済まないだろう。

『じゃあ、私が追い出された件でこっちに貸しがあるって事でいい？』

『まあ、有利ではありますね』

実行するつもりはないが、アンネゲルトが帝国に泣きつけば即開戦になってもおかしくはない状況だ。王国側はそれをかわす為に、護衛艦隊の滞在許可や離宮の改造費用を確約し、王太子を謹慎させていた。

では、そもそもの問題そのものをなくすとこちらが言い出せば、どうなるのか。

そんな事を言い出したアンネゲルトに、ティルラが尋ねる。

『どういう意味ですか？』

『別居宣言はこちらにもありがたいものだったし、結果的に離宮改造は楽しいし、ある意味どっちも得をしてるでしょ？　だから、王太子が私を住めもしない離宮に追いやったって事実をなかった事にして、その代わりに島と離宮をおねだりしたら、くれないかなーって』

王太子の謹慎明けに、十中八九王宮から何かしらのアクションがある。それなら、それに乗っかる形で何もなかった事にすればどうか、というのがアンネゲルトのアイデアだった。

『王太子も愛人と過ごせるし、陛下も帝国との関係に頭を悩ませる必要はなくなるし、私も思う存分改造が出来るしで、一石二鳥ならぬ一石三鳥よ』

『そううまくいきますかどうか……』

『その為にエーベルハルト伯爵に力を貸してほしいんだけど、頼ったらだめかなあ?』

交渉相手は帝国とスイーオネースの王宮だ。内容としては、アンネゲルトが問題を収めるから静観していてほしい、というものになる。

ティルラは何やら考えていたようだが、やがてにっこりと笑って言った。

『頼るのは悪い事ではありません。伯爵のお仕事でもありますしね。そうですね、伯爵への依頼は私から言っておきましょう』

『そ、そう? じゃあお願いしようかな?』

『お任せください』

何となく、こういうティルラには逆らってはいけない気がしたので、アンネゲルトはおとなしく従っておいたのだ。その結果が今日に繋がったと思えば、あの時の判断は正しかったのだろう。

何にしても、これで最大の懸案事項が消えた。後は改造に邁進するのみである。

「これで遠慮はいらなくなったわ。イェシカ達にも頑張ってもらわなきゃ」

王都の大通りを走る馬車の車窓から晴れ渡る空を眺め、アンネゲルトは決意を新たにした。

離宮と島の所有権を認めてもらった数日後。ここしばらく、アンネゲルトは目に見えて疲労が溜まっていた。

「最近アンネゲルト様はお疲れのご様子ですねえ」

「そうね。そろそろ社交疲れが出ているのかしら」

そう話し合うのはリリーとティルラである。側仕えの二人は、他の者達よりもアンネゲルトの側にいる事が多い。その為、体調や気分の変化には敏くなっている。

身体的な疲労もあるだろうが、慣れない事をしたせいでの精神的疲労の方が大きいようだ。今も二人が見ている前で、アンネゲルトはソファにぐったりともたれかかっていた。

彼女が疲れている理由は他にもある。謝罪を受けた翌日には、国王から差し向けられた教育係がカールシュテイン島に来たのだ。以前の教育係だったアスペル伯爵夫人とはまた違う夫人で、彼女は非常に厳しい目でアンネゲルトを見ていた。

灰色の髪に薄い水色の瞳、眉間に刻まれた多くの皺は、やせぎすの体形とも相まって古いタイプの女教師を彷彿とさせる。

にこりともせず挨拶した教育係の伯爵夫人に対し、アンネゲルトは緊張していた。狩猟館の一室で行われる授業は、夫人に対して当初抱いたイメージとは違い、大変わかりやすいものである。要点をまとめて教えてくれるので、端で聞いているティルラにもすぐに理解出来たほどだ。とはいえ、やはり緊張と疲労が溜まっているらしい。

狩猟館の部屋を借りたのは、さすがに伯爵夫人をいきなり船内に招く訳にもいかなかったからであり、急遽決まった事だった。

夫人が教授する内容は、一年を通した大まかな王宮行事の種類、その中で公務として出席する義務が発生する行事、その際に気を付けるべき点などになる。アンネゲルトは真面目に講義を聴き、必要に応じてノートに書き留めていた。

夫人はまた、王宮で用心するべき相手の事も教えてくれる。

「妃殿下におかれましては、ハルハーゲン公爵とはあまりお親しくなさらない方がよろしいかと。王宮では口さがない者も多うございますからね」

ハルハーゲン公爵といえば、クロジンデがアンネゲルトに近づかないように忠告した名だとティルラも聞いていた。この夫人の口からも出てくるとは、一体どんな人物なのやら。

アンネゲルトから聞いたのは、見た目はいいが近づきたくない人物、という事だった。所属しているのは保守派であるという事だし、王族であっても積極的に交流を持つ必要はなさそうだ。

伯爵夫人は、他にも気を付けるべき人物を教えてくれた。

「違う意味で気を付けた方がいいのは、ヘーグリンド侯爵ですね。あの方は国王陛下の側近でいらっしゃる大変有能な方ですが、有能なだけあって相手にもそれを求める傾向があります」

つまり、ボロを出したくなかったらヘーグリンド侯爵には近づくなという事か。ティルラが気を付けねばと考えていると、夫人は言葉を足した。

「社交界に出たばかりの若い貴婦人を厳しく叱責なさった事が一度ならずあるのです。可哀相に、その貴婦人は社交界に出てこなくなってしまいました。妃殿下はまだ王国に慣れていらっしゃらないのだから、一足飛びに侯爵の望まれる水準を満たせるとは思わない方がいいでしょう。妃殿下がお悪いのではなく、侯爵の求める水準が高すぎるのです」

伯爵夫人は「そして、本人はその事に気付いていらっしゃいません」と続ける。溜息を吐きながら首を横に振る彼女を見るに、見た目に似合わず人がいいのかもしれない。

貴婦人叱責の件では、件数が増えた時点で苦情が入り、国王直々に侯爵に自重するよう勧告があったそうだ。だが、侯爵自身が自覚していないので、改善は難しいのだという。

「なので、あの方にはなるべく近づかない方が妃殿下の為と思われます」

アンネゲルトが真剣な様子で頷いているのを見て、ティルラは苦笑をしていた。

夫人の授業が始まってからアンネゲルトが最初に参加する社交行事は、王宮での夜会に決定した。折しも季節は晩夏、スイーオネースでは社交シーズンが終わる頃である。連日どこかしらで催し物が開かれ、多くの貴族が参加していた。
アンネゲルトもこれまでいくつか社交行事に参加しているが、いずれも個人主催のものばかりで、昼間に開催される物が中心だ。
今回の夜会は、開催地が王宮という事からもわかるように、主催は国王夫妻になる。

「貴族主催の催し物ですと、主催者が客をもてなすという点から、どのような身分の方であれ主催者側から招待客に挨拶をします」

夜会に参加する前の講義で夫人にそう言われ、アンネゲルトはこれまで参加した茶会、園遊会、音楽会などを思い出す。確かに形は違えど、どれも主催者側から客に挨拶をして招き入れていた。

「ですが、国王陛下主催の場合だけは異なります。王国にとって国王陛下は絶対の存在、臣下はたとえ招かれた立場とはいえ、主君に礼を執る必要があるのです」

つまり、客の方から主催者に、「招いていただいてありがとうございます」と礼を述べにいかなくてはならないという事か。

「それと王国の社交界において、初対面の自分より身分の高い方々に話しかける時には、必ず仲介を置くという約束事はご存じですね。妃殿下におかれましては、さらに上の身分をお持ちの女性は王后陛下のみとなります。妃殿下にお声をかけてくる者の中に見知らぬ者がおりましたら、それは礼儀知らずの者ですから返答なさらないように願います」

そういえば、園遊会で似たような事があったな、とアンネゲルトは思い出す。あの時はクロジンデが対応してくれた。本当にあの茶会やら園遊会は練習台になっていたのだ。

ふと浮かんだのは、結婚祝賀の舞踏会だった。あの時は仲介役が側にいなかったはずだが、あれは別枠という事なのか。

アンネゲルトの疑問に、伯爵夫人は事もなげに答える。

「あの舞踏会だけは特別なのです。王太子殿下がお側におられるはずでしたから……」

最後の方は少し言いづらそうだった。要は、新婚の妻の側には夫がいるはずなので、彼が仲介役を務めるのが普通だという事らしい。

伯爵夫人が気まずそうなのは、王太子の別居宣言がスイーオネース貴族にとって恥だからだろう。つくづく、あの王太子はあり得ない事をしでかしてくれた訳だ。

——その王太子も、とうとう謹慎が解かれたんだよね。

これからは王宮に行けば嫌でも顔を合わせる事になる。ティルラの情報によれば、例の男爵令嬢はまだ王宮に出てきていないらしい。一度追い出された身であるからか、遠慮して行事にも出てこないのだとか。

——別にあの二人の仲を裂くつもりはないんだけどなー。

どちらかというと、自分に関わらない場所でこちらの迷惑にならない事をする分には、何をしても構わないと思っている。あの王太子の事だ、下手に愛人を取り上げたりしたら逆恨みするのではないだろうか。今でも十分憎まれているけれど。

「そうそう、夜会当日は、妃殿下は王太子殿下と共に行動なさる事になります」

「え？」

考え事をしていたアンネゲルトの意識が、夫人のその一言で現実に引き戻された。どういう事だ、聞いていないぞと言いたいが、ここで夫人に食ってかかる訳にはいかない。

「あの、それはどういう……」

「夜会ですから、お一人で出席なさる訳にはいきません。また先程申し上げた通り、仲介役が必要ですので」

だからといって、あの王太子と一緒にいろと言われるとは。アンネゲルトは一気に憂鬱な気分になってしまった。

本日分の講義が終わって夫人が帰った後、アンネゲルトは狩猟館の窓から見える離宮に目をやった。まだシートで覆われた外観からは、どういった作業を行っているのか知る事は出来ない。以前聞いた報告では、基礎工事だけで年を越えるという事だったが。

「早く終わらないかしら」

今のアンネゲルトにとって、離宮の改造は初めの一歩に過ぎない。最終的には、フィリップのような魔導研究を志す者達が安全に暮らしつつ研究が出来る場、特区を作りたいと思っている。教会の権威が強いこの国で、自分が帰った後に少しでも魔導が根付くようにと願っての事だ。

危険な面も多い魔導であるが、人々の生活を豊かにしてくれるものでもある事をスイーオネースの人々はもちろん、教会にも知ってほしい。これは、魔導大国であるノルトマルク帝国から来た自分だからこそ、出来る事だと思っている。

それはともかく、今は目の前の夜会だ。またあの仏頂面と顔を合わせなくてはならないとは、一体どんな悪い事をしたらこんな罰が下るというのか。

「天の神様に文句言いたい……」

ぼそりと呟いたアンネゲルトに答える者は誰もいなかった。

夜会当日、懸案事項だったルードヴィグとの行動はなしになった。皆が事情を知っているし、何より国王から寛大な言葉をもらったのだ。どうしてもルードヴィグと共に夜会に出なくてはならないのか、とエーベルハルト伯爵にかけ合ってもらった成果である。

『ルードヴィグが必要と感じればそのように動くだろう。そうでないなら特別共に行動する必要はない』

おかげで、王太子の代わりに帝国大使夫妻が側につく事になった。

身分の関係上、主催である国王夫妻への挨拶の順番は早く、早々に本日の義務の一つを終える。後は声をかけてくる人達との歓談だ。

当然ながら、革新派の重鎮アレリード侯爵夫妻をはじめ、同じ派閥の貴族が次から次へと近寄ってくる。クロジンデはそれを捌きつつ、まだアンネゲルトが名前を知らない相手について耳元で教えてくれた。

「先程話しかけてこられた女性がヴァッスバリ伯爵夫人。旦那様は派閥内で中くらいの位置にいらっしゃいますわ。同じくらいの位置にいらっしゃるのが、こちらのビュールマン伯爵やスンドストレーム伯爵ですの。あちらからいらっしゃるのがレードルンド子爵。身分はあまり高くありませんが、交易で財をなした方で、派閥内でも有名ですわ」

正直、顔と名前を一度で覚えるのは無理だ。出来れば顔写真付きで一覧表を作ってほしい。アンネゲルトは本気でそう思う。

驚いた事に、声をかけてくる人物の中には保守派の貴族も多くいた。しかも元中立派という曖昧な立場の人達ではなく、保守派の中心人物達もアンネゲルトに近づいてきたのだ。隣で仲介するクロジンデ夫妻の緊張が伝わってくる。

「ご挨拶が遅れて申し訳ありません、妃殿下」

そう言って紳士の礼を執ったのは、保守派の筆頭集団を束ねるリンドバリ侯爵マグヌスであった。

「ごきげんよう、リンドバリ侯爵」

リンドバリ侯爵は随分と恰幅のいい体格をしている。細められた小さな目には、アンネゲルトの生理的嫌悪をかき立てるものがあった。

「妃殿下が王宮にお戻りになるのを、我ら一同、今か今かとお待ち申し上げておりました」

彼の後ろには数人の男性が控えている。皆似たり寄ったりの年代のようだ。彼らも全員保守派なのだろうか。

保守派の彼らが、革新派が神輿（みこし）のように担ぐアンネゲルトを待っていたとは。口から出まかせにしても、もう少し言い方があっただろうに。

「まあ、ありがとう」

だが、こんな社交の場で本音を言う訳にはいかないし、それは相手も同じだ。おかげで薄ら寒い笑顔での応酬となっている。

その空気を壊したのは、意外な人物だった。

「これは妃殿下、今宵（こよい）はまた一段とお美しい」

歯の浮くような言葉と共に現れたのは、ハルハーゲン公爵である。彼の後ろには貴婦人達が七、八人控えていた。

――すごいなー、周囲の視線が釘付けだわー。

そろりと見回せば、貴婦人達が公爵に熱い視線を送っている。彼女達は彼の後ろに控える一団に入りたいのか、それとも公爵の側に侍る事を許された女性陣がうらやましいのか。

公爵はアンネゲルトの手を取って甲に口づける。その動作もスマートだ。

「ごきげんよう、公爵。随分と華やかですわね」

嫌味でも何でもなく、アンネゲルトは本当にそう思っていた。公爵の後ろに従う女性陣は皆とても美しく、かつ自信に溢れている。

ただ、視線がいただけない。扇で口元を隠してはいるが、目元にはあきらかにアンネゲルトを見下す色が滲んでいた。クロジンデの溜息が聞こえる。

――隠すならもっときちんと隠さないと。……あれ？　って事は、隠す気はないって事？

つまり、軽んじられているのだ。彼女達にとって、アンネゲルトは新婚早々夫に追い出された妻でしかない。公爵とそう年代が変わらないところを見ると、彼女達全員が人妻であり、跡継ぎを産んだ母親と思われる。自分達が出来た事を出来ないでいる王太子妃は、さぞや滑稽な存在に映っているのだろう。

「閣下、お連れのご婦人方は少々躾がなっていないようですな」

リンドバリ侯爵も、彼女達の侮蔑の感情に気付いたようだ。言われた夫人方の機嫌が一気に下降する。

「ああ、別に彼女達は私が連れている訳ではないのだよ、侯爵。知らないうちに後ろについてこられてね」

ハルハーゲン公爵はそう言って女性陣をばっさり切り捨てた。驚いたのはアンネゲルトだけでなく、集っていた女性陣もらしい。

「まあ、公爵様」

「そんな……」

「ひどい言われようですわ、公爵様」

「私達は公爵様と楽しく過ごしたくて——」

各々が悲しそうな声を出して公爵に縋るが、彼の態度は素っ気なかった。

「おや？　私が一度でもあなた方に側にいてほしいと言った事があったかな？」

——……何だろう？　目の前でメロドラマを見せられてる気分なんですけど。

リンドバリ侯爵とアンネゲルト達は、完全にこの状況に置いていかれている。メロドラマの登場人物は公爵とその取り巻きの女性陣だけで、遠巻きに見ている他の出席者達もモブでしかなかった。

どうしよう、このままここにいなくてはいけないだろうか。アンネゲルトは助けを求めるようにクロジンデに目をやった。

彼女が口を開こうとしたまさにその時、意外な人物が先んじる。

「妃殿下、我々は場所を移しましょうか」

リンドバリ侯爵だった。渡りに船である。この際、彼への生理的嫌悪感など気力でねじ伏せよう。

「そうですわね。では公爵、よい夜を」

「あ、お待ちを――」

くるりと背中を向けると、後ろから何か声が聞こえた気がしたが、アンネゲルトは構わずリンドバリ侯爵とクロジンデ夫妻とその場を離れた。

「それにしても、妃殿下も大変ですな。王太子殿下に王宮を追われた上に、今度は『あの』ハルハーゲン公爵につきまとわれるとは」

少し離れた場に落ち着いてから、リンドバリ侯爵にそう言われ、アンネゲルトは曖昧な笑みを浮かべる。

「侯爵、お言葉が過ぎませんか？」

エーベルハルト伯爵は苦い表情をした。侯爵の言葉は事実だが、表向きそれはなかった事になっているのだ。

「エーベルハルト伯爵、私はあの時謁見の間にいたのだよ。事情は知っている。だがな、妃殿下も仰りたい事があるかもしれないではないか」

そう言うリンドバリ侯爵の笑みは、何とも嫌なものに見えた。ちらりとアンネゲルトを見る視線も、含むものがたっぷりとあるようだ。

こんな場で王太子妃の口から王室への不満を引き出そうとでもいうのだろうか。だとするなら随分な悪手だ。

アンネゲルトは内心を悟られないよう愛想笑いを貼り付ける。

「カールシュテイン島はいいところですよ。殿下には殿下のお考えがおありでしょうし」

リンドバリ侯爵は一瞬虚を突かれた様子だったが、すぐに大仰に首を横に振った。

「いえいえ、妃殿下は毅然となさらないと。申し上げにくい事ですが、王太子殿下が愛人を持つにしても、もう少し相手を選ばなくては」

随分な言いぐさにカチンときたが、顔には出さないよう努力する。どうやらリンドバリ侯爵はホーカンソン男爵令嬢がお気に召さないらしい。

――当然か……

保守派としては、勢いを盛り返す為にも王太子を取り込んでおきたいところだろう。

何せ次代の国王である。

王太子の側にいるのは、保守派とはいえ下っ端である男爵家の令嬢だ。筆頭集団を率いるリンドバリ侯爵は面白くないのだろう。出来れば自分の血筋に連なる娘を、それが無理でも筆頭集団の誰かの血筋の娘を愛人に、何なら次の「王太子妃」にと考えているのではないか。

アンネゲルトは帝国で聞いた、男爵令嬢をよく思わない貴族の話を思い出していた。

——自分達より下の人間が、王太子というアイテムを使って上に行くのが許せない、って奴だっけ。身分社会は面倒ね。

自分もその一員であるのに、相変わらず他人事なアンネゲルトだった。

その後も他愛のない話題を交わしてから、しばらくして侯爵と別れた。この時ほどクロジンデ夫妻が側にいて助かったと思った事はない。侯爵からの遠回しな嫌みだのは、主に夫君のエーベルハルト伯爵が躱してくれた。他の保守派の貴族達も、様子見とばかりにアンネゲルトに挨拶をし、一言二言交わした後、それぞれの社交に精を出している。

アンネゲルト達も他の人と話そうと移動したのだが、いつの間にか脇にぴったりとハルハーゲン公爵がついていた。クロジンデが何とかハルハーゲン公爵を遠ざけようとしたが、さすがに王族をぞんざいに扱う訳にもいかないので断念したようだ。

公爵は、今は一人である。先程まで後ろに引き連れていた貴婦人達とは、あの場で別れたらしい。

「先程のご婦人方を放っておいていいのかしら？」

「彼女達はとても退屈しているのですよ。私は退屈しのぎの相手に過ぎません。今頃は夫君と一緒にいるのではないでしょうか」

つまり、あまり騒ぐようなら旦那連中に物申すぞと脅した訳か。王族の公爵から睨まれては、貴族としては生きにくくなるだろう。

もっとも、先程の公爵の言いぐさを考えれば、あれ以上一緒にいたところで旨みはないとご婦人方が考えたのかもしれない。社交界に慣れきった人達は利に敏いものだ。

アンネゲルトの冷めた視線を気にもせず、ハルハーゲン公爵はしれっと話題を変えた。

「それより今朝、北のベネディクト山に雪が降った話はお聞きになりましたか？」

ベネディクト山というのは、スイーオネースの北に位置する山で、そこで初冠雪が観測されたらしい。

「まあ、本当に？　北国の夏は短いと聞いていたけれど、少し寂しく感じるわね」

日本人の感覚でいけば、秋はどこへ行ったと言いたいところだ。夏も短いが、秋はさらに短いのかもしれない。

正直なところ、アンネゲルトは暑さが苦手なので、夏が短いのは嬉しい事だった。だが本音をあらわにするのは、社交のマナーに反する。

実は、こうした世間話にも模範解答というのが用意されていて、その通りに受け答えしているのだ。アンネゲルトとしては茶番だと思うが、これも人間関係の潤滑油（じゅんかつゆ）だと割り切れ、と母の奈々に言われている。

『社会に出たら、そんなの当たり前になるわよ』

アルバイト程度しか社会経験のなかった当時のアンネゲルトには、奈々の言っている事が嘘か本当かわからなかった。だが、こうして少しでも社交界に参加してみると、奈々の言葉が納得出来る。

その後しばらく、ハルハーゲン公爵は各地の様子を話題に出してきた。それから話題が先日の音楽会に及び、アレリード侯爵の屋敷に招かれた話になる。

「もう訪問なされたのですか？」

「いいえ、まだなの。都合がなかなかつかなくて」

これは本当の事で、主に侯爵の方の仕事の都合だ。これからはアンネゲルトにも公務が入ってくる予定なので、さらに擦り合わせが難しくなる、とティルラがこぼしていた。

なるべく早めに訪問して、革新派との繋がりを公にしておきたい、というのがクロジンデとティルラの願いらしい。アンネゲルトが離宮改造に本格的に乗り出したのを見て、帝国への帰国は遅れると踏んでの事だろう。

「そうでしたか……ところで先程のベネディクト山ですが、麓に別荘を所有しているのですよ」

「そうなの」

珍しい話ではない。ベネディクト山は冬のリゾート地で、雪遊びや湖でのスケートを楽しめると聞いている。観光客も多くなる冬には、それを当て込んだ各種イベントが目白押しなのだとか。

そんな場所なら、貴族が別荘の一つや二つ持っていてもおかしくはない。今更自慢する事でもないだろうに、と思いつつ聞いていると、公爵はとんでもない事を口にした。

「雪の季節になりましたら、そちらにぜひ妃殿下をご招待したい」

さすがに開いた口が塞がらないアンネゲルトだった。

帰りの馬車の中で、アンネゲルトは大きな溜息を吐いた。

「お疲れ様です、アンナ様」

「本当に、疲れたわ……」

今日は心身共に疲れた気がする。その大きな原因は、おそらくハルハーゲン公爵だろう。クロジンデも同様にぐったりとしていたのだが、大丈夫だろうか。まあ、あのエーベルハルト伯爵がついているのだから、問題はないのだろう。

ハルハーゲン公爵は見た目がよく身分も高い。他人を見下すような素振りは決して見せず、明るく話し上手で、アンネゲルトでさえも時折引き込まれてしまう。

では好ましく思うかと言えば、答えは否だ。何故かうまく説明は出来ないが、何となく側(そば)にいると疲れるし、一緒にいたくない。アンネゲルトは手に顎(あご)を乗せて窓から外を見た。

星明かりの下の街は、大通りに面したいくつかの店に灯りが灯(とも)っている。きっと酒を飲ませる店だ。その他の建物は暗がりに沈んでいる。

王宮内もあまり明るくなかったのは、照明に使っているのが蝋燭(ろうそく)だからだろうか。あれらも近いうちに魔導器具に変わるのかもしれない。その様子をぼんやりと夢想するアンネゲルトに、ティルラは優しく問いかけた。

「本当にお疲れのようですね。ハルハーゲン公爵はそんなに苦手な方ですか？」

「何でわかるの!?」

驚きのあまり、アンネゲルトは一瞬で夢想の世界から現実世界に戻る。ティルラと話していると、時折こうして驚かされる事があった。彼女は今夜の夜会にも出席しておらず、あの会場にいなかったのに、どうして公爵と一緒にいた事やそのせいで疲れているのがわかるのか。

ティルラは微笑むだけで種明かしをしてはくれなかった。それに構わず、アンネゲルトはぽつぽつと愚痴をこぼし始める。

「うまく説明出来ないのだけど、何となく苦手なの。一緒にいると疲れるっていうか……」

立ち居振る舞いも貴公子然としていて、こちらを見下すような態度を取る訳でもない。本当に理由がわからないが、何故か一緒にいたくない人物なのだ。

どうしたものかと悩むアンネゲルトに、ティルラの答えはシンプルなものだった。

「ハルハーゲン公爵は保守派の方ですから、無理にお付き合いする必要はないと思いますよ」

「そう？　ならいいんだけど……でも向こうから来られたら、逃げようがないでしょう？」

相手の身分を考えると、失礼があってはならない。特に顔を合わせる社交の場では。

「そういう事でしたら、なるべくクロジンデ様とお過ごしになられるといいのでは？

クロジンデ様がいらっしゃらない場合は、革新派の夫君を持つご婦人方の側にいらっしゃればよろしいかと」

「それで逃げ切れるかしら？　お姉様でさえ、追い払えなかったのよ？」

「女性だけの会話に、男性は首を突っ込めませんよ」

古今東西、女同士のおしゃべりに付き合える男性はまずいない。ご婦人方の夫君でさえ近寄りたくはないだろう。そう言うティルラに、アンネゲルトはそんなものなのだろうか、と半信半疑だ。

「シーズン終了まであともう少し、頑張ってくださいね、アンナ様」

ティルラに励まされて、アンネゲルトは曖昧に笑った。

アンネゲルトが倒れたのは、シーズンも終わろうかというよく晴れた日の朝だった。

「アンナ様？　朝ですよ、起きてください」

いつものようにティルラに起こされて起き上がろうとしたアンネゲルトは、めまいを起こし寝台に倒れ込んだ。起床の手伝いをしようとしていた小間使い達の悲鳴が遠くに聞こえる。

「静かに！　誰か、船医を呼んできてちょうだい！」

「はい！」

ティルラと小間使いのやりとりが響く中、アンネゲルトは声を出せないでいた。起きなくては、と思っても体が重くて思うように動けない。口を開くのもおっくうなほどだ。その事にアンネゲルト自身が一番戸惑っていた。

「アンナ様、お熱を測りましょうね」

ティルラから差し出されたのは電子体温計だ。重い腕を動かして、それを何とか脇の下に差し込む。程なく測り終えた事を報せる軽い音が響いた。取り出そうとするアンネゲルトの手を制して、ティルラがそっと脇から抜き取る。

「三十八度少しです。結構ありますね」

「頭がくらくらする……」

やっとの思いでその一言を絞り出し、アンネゲルトはぐったりした。社交疲れが溜まっていた結果だろうか。昨日まで熱を出すような兆候はなかったのだが。

――やっちゃったー……

体調に関しては、自己責任の部分が大きい。昔から母である奈々にも言われていた事だ。それでも熱を出した時にはかいがいしく世話をしてくれた。

――具合が悪くなった時は普段以上に甘えていたっけなあ。

そんな記憶も蘇ってくる。仕事で忙しい身だったろうに、具合を悪くしたアンネゲルトを他人任せにはしない母だった。

そうこうしているうちに、呼ばれた船医による診察が始まる。

「風邪ですね。ここ二、三日で急に冷え込んできたし、何かとお忙しくしてらしたようだから、疲れも溜まっていたんだと思います。温かくしてよく休んでください。後で薬を出しますから、誰かに取りに来させてください」

そう言い残して、船医のメービウスは部屋を辞した。寝台の脇でアンネゲルトの首筋に冷たいタオルを当てながら、ティルラがそっと言う。

「今日の予定はキャンセルしておきますね」

「ごめんなさい……」

「アンナ様のせいではありませんよ。むしろ無茶なスケジュールを組んでしまった私達の責任です。申し訳ありません」

ティルラの言葉に、アンネゲルトは小さく首を横に振る。それこそティルラ達のせいではない。だがうまく言葉に出来ないうちに、やがて意識が沈んでいった。

「妃殿下がお倒れに？」

「ええ。風邪ですので心配はありませんが、しばらくはお部屋でお休みいただきます」

アンネゲルトが倒れた当日。ティルラは、いつものように日本語の授業を受けに来たエンゲルブレクトにもそう伝えた。王都の方にはクロジンデに頼んで報せてもらっている。幸い革新派の主立った貴族達との顔合わせは一通り済んだ後なので、安心して休ませられそうだ。

クロジンデからは、気遣いの言葉をもらっている。

『スイーオネースの冬は本当に寒いから、今からよく気を付けるように伝えてちょうだい』

アンネゲルトの負担を考え、見舞いは遠慮してくれたものの、通信画面のクロジンデは今にも駆けつけかねない様子だった。

本当ならば今日、彼女はこちらに来て、温泉からとった泥パックを試す予定だったのだ。アンネゲルトはもちろん、クロジンデ本人も楽しみにしていたというのに。

『アンナ様が快復なさったら、伺うわね』

そう言って通信画面の向こうに消えていったクロジンデからは、その後すぐに見舞いの品だと言ってハーブティーが贈られている。鎮痛解熱作用のある物だそうで、アンネゲルトの食事後のお茶に出すよう指示しておいた。

ティルラは本日のテキストをテーブルに広げながら続ける。

「そういう訳なので、アンナ様はご快復なされるまでこの部屋にはいらっしゃいません。無論、社交行事やご公務も休まれます」

「了解しました」

ティルラの言葉にヨーンが軽く頷いて答えた。王都に行く時には護衛隊も同行する。その為、アンネゲルトのスケジュールをエンゲルブレクトとヨーンも把握しておく必要があるのだ。

「風邪だと言っていたな」

エンゲルブレクトが顎に手を当ててティルラに確認した。

「ええ、それが?」

「いや、それなら月末の大舞踏会は出席出来るかと思って」

今月末に開かれる王宮大舞踏会は、社交シーズンを締めくくる大事な行事だ。余程の事がない限り、国内に在住する全ての貴族が出席する。外国籍の貴族も同様だった。

シーズン最初の舞踏会と、締めくくりの舞踏会にだけは出席が義務づけられているのだ。

当然、アンネゲルトも出席する予定になっていた。子爵家の娘であるティルラと、男爵家の娘であるリリーも同様だ。

「我々も出るが、妃殿下が出席するとなれば護衛の計画を立てなくてはならないのでな」

王宮の警護は別だが、港から王宮までの道は護衛隊の管轄だ。それについては、ティルラも異論を口にするつもりはない。

「護衛に関しては一任します。さすがに王宮にこちらの兵士を連れていく訳にはいきませんしね」

エンゲルブレクトが軽く頷いたので、ティルラは本日の授業を開始させた。

ふと意識が浮上して目を覚ますと、部屋の中は窓から差し込む夕日であかね色に染まっていた。

「姫様、ご気分はいかがですか？」

そう声をかけてきたのは、アンネゲルト付きの小間使いの一人である。彼女はアンネゲルトの実家、公爵領出身の娘で、帝都の公爵邸アロイジア城でもアンネゲルト付きとして働いていた。

「今何時かしら？」

「夕方の六時を回ったところです」

確か、昼頃に一度起きて薬を飲んだ覚えがある。眠くなる成分が入っていたせいか、ぐっすりと寝ていたようだ。おかげで体が随分と楽になっている。

部屋を見回すとティルラの姿がない。常に側にいる彼女がいないだけで、ひどく心細く感じられた。

「ティルラはどこ？」

「ティルラ様でしたら、エーレ団長とお話し中です」

エーレ団長との話なら、おそらく警護関連の内容だろう。そう、とだけ答えてアンネゲルトは身を起こした。

だるさが消えて、くらくらしていた頭もすっきりしている。薬がよく効いたようだ。

「起きられて大丈夫ですか？」

小間使いはアンネゲルトに手を貸しながら、心配そうに聞いた。

「大丈夫よ、少しのどが渇いたの。何か飲み物を用意してくれる？」

「はい、少々お待ちを」

そう言うと、小間使いは起き上がったアンネゲルトの肩に薄い上着を着せかけて、寝台のある二階部分からリビングに下りていく。アンネゲルトの使っている部屋はメゾネットタイプのスイートルームなのだ。

アンネゲルトも慎重に階段を下りていくと、小間使いが冷蔵庫から取り出したジュースを出してくれた。よく冷えた果汁がのどを滑っていく。

リビングのソファに座って、ジュースを飲みつつ小間使いと他愛もない話をしていたら、ティルラが戻ってきた。後ろにはエーレ団長もいる。

「アンナ様、お加減はいかがですか？」

「大分いいわ。心配をかけてごめんなさい」

「ああ、朝よりも顔色がよろしいですね」

そう言ってアンネゲルトの様子を見るティルラは、エーレ団長に椅子を勧め、自分はお茶を淹れに小間使いと共にミニキッチンに立った。

「大事なくよろしゅうございました」

エーレ団長の言葉に、アンネゲルトは苦笑しながら答える。寝起きの格好だが、子供の頃から親類のように接していた団長相手なので、お互いに気にしない。

「やっぱり色々と疲れていたのね。もう少し意識して睡眠時間を長くするべきだったわ」

まずは寝る事。それは幼い頃から奈々に叩き込まれた健康法の一つだった。睡眠不足は体力を削り、抵抗力を落とす。

しばらく社交行事で王都と島を行ったり来たりしていたし、なんだかんだで寝るのが遅くなっていた。その割に、朝はいつも同じ時間に起床するので、睡眠時間が削られていたのだ。

それに加えて精神疲労が溜まっていたのと、気温ががくっと低くなったのが原因だろう。スイーオネースはとっくに秋に入っている。

来月になれば、本格的に気温が下がっていくらしい。初めて体験する北国の冬が、もうそこまで来ていた。

アンネゲルトの体調がすっかりよくなった頃、朝からリリーが直談判しに来た。アンネゲルトの私室には、部屋の主（あるじ）とティルラ、リリーの三人だけである。

「どうしたの？　いきなり」

「実は……」

リリーが口にしたのは、彼女の現状の厳しさである。リリーは離宮改造の仕事と自身の研究、それにアンネゲルトやティルラに頼まれる道具開発と側仕えの仕事とで、忙しい日々を送っていた。

研究を含む魔導関連は、幸いフィリップというよき協力者に恵まれたおかげで何とかなっているが、側仕えの仕事ばかりは誰かに肩代わりを頼む訳にはいかない。

「という訳ですので、離宮の改造が一段落するまでは側仕えのお仕事を休ませてはいただけないでしょうか？」

何を言われるのかと身構えていたアンネゲルトは、リリーの話を聞いて肩すかしをくらった気分だった。彼女の事だから、もっととんでもない話かと思っていたのだ。少しだけ、その事を反省する。

リリーは真面目に側仕えの仕事について考えていたのだろう。だからこそ、中途半端な事にならないよう、休みを申し出てきたのだ。

「もちろん構わなくてよ。というか、そんなに負担になっていたのね。悪かったわ、気付かなくて」

よく考えてみれば、アンネゲルトの側仕えはザンドラ以外は皆兼業状態だ。

リリーは言うに及ばず、ティルラは警備全体の責任者でもあるし、何よりアンネゲルトに関する全ての事を統括している。リリーとはまた違った意味で忙しい身だった。

王都や王宮に出かける時にはさすがに側仕えの同行が必要になるが、社交シーズンが終わって島に引きこもりの生活になれば、それもなくなる。

身の回りの事だけならば小間使いで事足りるし、そもそもアンネゲルトは着替えも何もかも自分の手で行って、他人の手を借りる事が少ない。

リリーが休みを取るのはティルラも賛成らしく、横から口を差し挟む事もなかった。彼女は許可をもらってほっとしているリリーに、一つだけ確認する。

「あ、でも頼んだ物の進捗状況は報告してほしいのだけど」

「はい、それはもちろん。アンネゲルト様にもティルラ様にも、きちんとご報告差し上げますわ」

「そういえば、ティルラはリリーに何を頼んだの？」

アンネゲルトが頼んでいるのは、主に離宮に使う仕掛け関連だ。今ある技術をそのまま流用する物も多いが、一から作り上げる物もある。アンネゲルトがアイデアを出し、それを実現させるのがリリーの仕事だった。

「私からは島全体の警備に関する物と、後はアンナ様個人の警備に関する物ですね」

そう言ったティルラに、アンネゲルトは不思議そうな表情を向ける。

「私の警備？」

「ええ。身につけられて警備に使えそうな物を、と思いまして」

防犯ブザーみたいな物だろうか。

ティルラの言葉に、リリーは申し訳なさそうに体を縮こまらせる。

「色々と仕掛けを施すと、どうしても大型になってしまうんです」

何を作っているのかは知らないが、一体どれくらい大きいのか好奇心で聞いたところ、箪笥程度だという。さすがにそれは身につけられない。

「小型化に関しては、フィリップが効率のいい方法を考えてくれているんですよ」

そう言うリリーはとても嬉しそうだ。フィリップの存在は、彼女にいい影響を与えているらしい。フィリップの方がどう思っているかは知らないが。

とにかく、依頼した物がきちんと出来上がってくれれば問題はない。

「二人でうまく進めてね」

「いい結果を待っていますよ」

こうして離宮の工事が一段落するまでは、リリーはアンネゲルトの側仕えから外れる事になった。

五　狩猟館、炎上

狩猟館でのお妃教育は今も続いている。アンネゲルトが熱でダウンした分の遅れを取り戻そうと、教育係の夫人は張り切っていた。

その日も、本当なら昼過ぎぐらいには終わる予定であったものを、もう少しもう少しと言って結局夕方まで講義をしていたのだ。

長時間に及ぶ教育に疲れたアンネゲルトは、夫人が狩猟館を辞しても、しばらくその場で休んでいた。

船から狩猟館まで来るのに、今では側仕えは誰もついてこない。島の中での移動であるし、船から狩猟館まで馬車で移動する間の警護を、護衛隊が行うからだ。

「お疲れのようですね」

苦笑しつつそう言うのは、アンネゲルトの前に座るエンゲルブレクトだった。彼はこの後、彼女を船まで送る仕事がある。

「……必要な事を教えてくれるのだから、伯爵夫人には感謝しているのよ？　でも、疲れてしまうのは仕方ない事だと思うの」

何せ覚える事が多いのだ。帝国で受けたスイーオネースに関する教育は何だったのかと思うほどの量だった。

元々アンネゲルトは暗記系が得意ではない。完全に覚える為には、何度も繰り返さなくてはならなかった。

教育係の伯爵夫人の講義はスピードが速い上に、一度講義した内容は覚えている事を前提として次の講義がなされる。必然的に、次の講義までに前回までの全てを覚えておかなくてはならない。

「学校でもこんなに必死に勉強した事なんてなかったのに……」

つい日本語でぼやいてしまった。アンネゲルトはすっかり忘れていたのだ。目の前にいるエンゲルブレクトが、日本語を覚えつつある事を。

はっと気付いてそちらに目をやると、俯(うつむ)いて口元に手を当てたエンゲルブレクトの肩が震えている。笑っているのだ。

「……隊長さん、笑いたい時に無理をするのはよくないと思うわよ？」

アンネゲルトはスイーオネースの言葉でそう言った。

「し、失礼。いえ、大変なのですね、妃殿下も」

慌てて謝罪したエンゲルブレクトの肩はまだ揺れている。アンネゲルトはすっかりへそを曲げて、膨れ面でそっぽを向いた。子供っぽいとわかってはいても、機嫌が悪いんだぞと相手に示すにはこれが一番手っ取り早かったのだ。

エンゲルブレクトはまだ笑っている。彼は部屋に置いてあるベルで従卒を呼んだ。

「妃殿下と私にお茶を持ってきてくれ。例の物も」

狩猟館には女手がないので、こういう場合には従卒が雑用をこなしている。それにしても、例の物とは何だろうか。怒っているんだぞと膨れる事も忘れて、アンネゲルトは興味津々で従卒が戻るのを待った。

程なく戻ってきた従卒の手には、お茶と共に焼き菓子が載せられたトレーがあった。

「配下の者が、王都で人気があると言っていた焼き菓子です。お口に合いますかどうか」

なるほど、例の物とはこれの事か。アンネゲルトは一口大の焼き菓子をつまんで口に入れた。思っていた以上にバターの風味が利いていて、中に入っているジャムも甘すぎず、おいしい。

「おいしいわ。とっても」

「それはよかった」

先程までの不機嫌もどこへやら、アンネゲルトの口元には笑みが浮かんでいた。部屋の中には穏やかな空気が漂う。

ふと、エンゲルブレクトと目が合った。何だか気恥ずかしくて目を逸らしたアンネゲルトは、そこでようやく、今はこの部屋に二人きりだと気付く。いつの間にやら、部屋の隅にいた副官のヨーンの姿が見当たらない。

——ど、どどどどどうしよう！　隊長さんと二人っきりー!?

思えば、これまでエンゲルブレクトと二人きりになる事などなかった。アンネゲルトにはティルラがついている事が多く、エンゲルブレクトもヨーンと共にいる事が多い。

「初めての二人きり」という状況が、アンネゲルトを無性に気恥ずかしくさせた。

「妃殿下？　どうかなさいましたか？」

いきなり慌て始めたのを心配したのか、エンゲルブレクトに尋ねられたが、本当の事など言えはしない。アンネゲルトが、あーだのうーだの呻いていたまさにその時、狩猟館中に轟音が響き渡って、館そのものが揺れ動いた。

「きゃあああ！」

椅子から放り出されたアンネゲルトは、叫びながら床に倒れ込む。

「妃殿下!!　お怪我はありませんか？」

すぐにエンゲルブレクトに助け起こされた。アンネゲルトは頷くだけで精一杯で、声が出せない。恐怖で身がすくんでいた。

異変が起こった事はわかるが、何が起こっているのか。アンネゲルトがパニックに陥らずに済んでいるのは、ひとえにエンゲルブレクトの存在があるからだった。これが一人の時だったらどうなっていたか……

「誰かいないか！」

エンゲルブレクトの呼びかけに、ヨーンが部屋の扉を開けて駆け込んできた。

「隊長！　すぐに避難を」

「何があった？」

アンネゲルトはエンゲルブレクトに支えられて部屋を出る。ほとんど抱えられている体勢だが、そうでもしないと震える足は使い物にならず、歩けそうになかった。

何かの臭いが鼻につく。次いで肌に感じるほどの熱。これはもしや――

「狩猟館の一部が爆発、炎上しています」

「何だと!?」

エンゲルブレクトとヨーンが話している中、廊下に煙が回ってきた。

「た、隊長さん！　煙が！　煙！」

アンネゲルトの訴えに、二人は顔を見合わせた後、すぐに動き出す。エンゲルブレクトはアンネゲルトの手を引いて走り出した。その早さに足がもつれそうになる。

「今、隊員で手分けして消火活動に当たっていますが、火の勢いが強く苦戦しているようです」

「炎上しているのはどの部分だ?」

「東側です。お二人が西側にいらしたのは幸いでした」

狩猟館は左右対称の形をしたよくある様式の建物だ。アンネゲルトが講義で使っていた部屋は、護衛隊の執務室が集まる西側にある。東側は隊員の中でも位階が上の者達が、私室として使っていた。

「怪我人は?」

「今のところ、確認は出来ていません。書類は手分けして運び出している最中です」

「よし。火の回りに気を付けろ。いざとなったら荷物は諦めるんだ」

二人のやりとりを聞いている間にも、熱と煙と臭いは強くなるばかりだ。火元はこことは反対の方だというのに、こんなに熱さを感じるなんて。

——もしかして、このままここで焼け死んじゃうの?

島に侵入した男達に襲撃された時も、こんな事は考えなかったのに。

アンネゲルトは生命の危機を初めて実感した。それと同時に、恐怖からか足の震えが止まらなくなり、うまく歩けなくなる。

「妃殿下？　大丈夫ですか？　どこか痛められたとか……」

繋いでいた手にいきなり負荷がかかったのかもしれない。振り向いたエンゲルブレクトの表情が驚愕のそれに変わったと思った途端、アンネゲルトの体が浮いた。

いわゆるお姫様抱っこの体勢で抱き上げられたのだ。

「危急の状況につきご容赦ください！」

それだけ言うと、驚きのあまり口をぱくぱくさせるだけのアンネゲルトを抱き上げたまま、エンゲルブレクトは速度を上げて走り出した。

この体勢で下りる階段は、恐怖そのものだ。怖くてつい、目を瞑ってエンゲルブレクトの首筋に抱きついてしまった。振動の変化で一階に下りたのがわかったが、未だに目を開ける事が出来ない。

今いる場所は玄関ホールだろう。多くの隊員が駆け足で走り去っていく音や、大声で怒鳴る声が聞こえる。

「妃殿下、もう少しのご辛抱を」

そう小声で告げたエンゲルブレクトに、アンネゲルトはこくりと小さく頷いた。でも、まだ目は開けられない。

　聞こえてくる音の中には、ごうごうと響くものも交じっていた。あれが建物の焼ける音なのかと、頭のどこかが冷静に判断している。

「もう大丈夫ですよ。ここは安全です」

　そう言われ、やっと目を開けて周囲を窺うと、狩猟館から大分離れた離宮の側だった。工事の為に張られたシートが見える。

　遮蔽物がない為によく見える狩猟館は、半分近くを炎に呑み込まれていた。あの中にいたのかと思うと、改めて恐ろしさを感じる。

　アンネゲルトはそこでやっと、自分の今の状況に思い至った。

「た、たたたた隊長さん！」

　慌てたせいか、日本語が口をついて出る。エンゲルブレクトは幸い「隊長」という単語を習得済みだったらしい。すぐに返答がきた。

「はい」

「あの！　も、もう大丈夫だから下ろして」

　涙目で訴えるアンネゲルトに、エンゲルブレクトはやや困った様子を見せたが、ゆっくり下ろしてくれる。まだ少し足が震えるが、立てないほどではない。

　改めて見る狩猟館は、ここからもわかるほどにひどい状態だ。燃え上がる火の手は激しく、さすがの護衛隊の面々も混乱していた。

「野営設備は諦めろ！」

「水はまだか‼」

「中に人は残っているか⁉」

護衛隊の面々がバケツを使って井戸からくみ上げた水をかけても、火の勢いは一向に衰(おとろ)えない。

そんな中、シートの内側から数人が出てきた。護衛艦に乗艦している工兵達で、今は離宮の工事現場にいる者達だ。

彼らの中の一人が、アンネゲルトを見つけて駆け寄ってきた。

「姫！　ご無事でしたか。我々にも手伝いが出来ればと思い、何人か連れて参りました」

「手伝い……？」

ぼんやりと問うアンネゲルトに頷いて、工兵の一人は彼女の隣にいるエンゲルブレクトに向かう。

「護衛隊の隊長殿ですね？　消火活動に入りたいのですが、よろしいですか？」

「え？　あ、ああ。頼む」

工兵は許可を得るとその場で仲間を振り返り、手で合図を送って統率の取れた動きで狩猟館に駆け出した。

「中にはもう人は残っていないな!?」

「生命反応はありません！　いつでもいけます」

「護衛隊の隊長殿！　建物は諦めてください。いくぞ！」

エンゲルブレクトの返答を待たず、工兵達は等間隔に館の周囲を囲んだ。

「消火活動と言っていたが、一体何が始まるんだ？」

呆然としながら呟く(つぶや)エンゲルブレクトに、アンネゲルトも答えられなかった。彼らがどうやって消火活動をするのか知らないのだ。

その答えは、意外な人物からもたらされた。

「館を物理障壁で囲んで酸素の供給を断つんですよ」

「リリー!?　あなたどこから……」

「ここからですわ」

リリーはそう言ってシートを指さす。どうやら彼女も工事現場に詰めていたらしい。

「遮音(しゃおん)結界は中の音は漏(も)れませんが、外の音は聞こえるようにしてあるんですよ。爆発音が聞こえましたので、術式が使える者達を選んで先に行かせました」

異常事態を悟って、対処出来る能力を持った人員を先行させた訳か。彼女はこういうところが有能なのだ。常識という点では不安があるが。

納得するアンネゲルトとは違い、エンゲルブレクトは首を傾げていた。

「酸素？　とは何なんだ？」

そこか、と思いつつアンネゲルトはリリーを見る。彼女から説明した方がわかりやすく伝えられるだろう。

「大気中に含まれている物で、これがないと物は燃えません。水をかけるより簡単に消火出来ますよ」

リリーはにっこりと言ったが、エンゲルブレクトは理解出来ていないようだ。

「すぐに消火出来るはずよ」

アンネゲルトの言葉にも、にわかには信じがたいという様子のエンゲルブレクト。論より証拠、アンネゲルトは見ているといいと言って、狩猟館に視線を移した。

工兵達は既に術式の展開を終えたようだ。館の周囲が淡く発光する光の幕に覆われた瞬間、ばきっという音が鳴った。

「今のは何？」

アンネゲルトの疑問にリリーが答える。

「先程お話しした物理障壁で、火元とまだ燃えていない部分を切断したんです。先程、彼らが建物は諦めるよう言ってましたでしょう？　残った部分は強度的に危険なのでもう使えないという事です。切り離す部分が大きすぎますから」

今燃えている部分は狩猟館の三分の一近くだ。その部分を切り離したとなると、確かに館そのものの強度が保てず、いつ倒れるかわからない。

護衛隊の隊員は、その光景に声もなく見入っていたが、すぐに驚きの声を上げた。幕の中で、炎が館から引きはがされるように引っ張られているのだ。

「リリー殿、あれは一体……」

呆然としつつもリリーにそう聞くエンゲルブレクトも、消火の光景から目を離せないようだ。

「物理障壁で遮断した内部から、強制的に空気を抜き取っているんです。真空まではいきませんが、近い状態までは持っていけますよ。ああ、ほら。もう火が消えます」

彼女の言葉通り、火そのものが小さくなり、ぷつんと消えてしまった。焼けた建材から出ている煙は、斜め上へ引き寄せられている。

あっという間に終わった消火活動に、その場にいた護衛隊員のほとんどが呆気にとられていた。

「後は炭化した部分を崩すだけですから、すぐに終わります。そうしないと再燃する危険性がありますからね」

リリーの言葉が終わるか終わらないかというタイミングで、館の焼けた部分が音を立てて崩れる。その部分と今まで繋がっていた館の壁は、まるで鋭利な刃物で切り取ったような、綺麗な断面を見せていた。

「あれも……魔導で？」

驚愕(きょうがく)のせいか、エンゲルブレクトの声が小さい。無理はない。これにはアンネゲルトも驚いたくらいだ。

リリーは普段と変わらなかった。彼女にとってこれは常識の範囲らしい。

「もちろんですよ。ああ、崩した建材は温度を下げておいてください。でないと熱で思わぬ怪我をしますから」

「わかっております、リリー様」

リリーの言葉の後半は、消火活動に当たった工兵へ向けてのものだったようだ。彼女の言葉に答えたのは、先程エンゲルブレクトに許可を得た工兵だった。ここに来た者達をまとめている人物なのだろう。

「大分燃えてしまいましたね」

そう言ってリリーが見上げる狩猟館は、中央部分から東側がごっそりなくなっていた。

その範囲の広さが火事の勢いを物語っている。それを見つつ、アンネゲルトは今後の事を考えた。

この様子だと、狩猟館は閉鎖する事になるだろう。予定は少し狂ったが、元から護衛隊を船に収容する話は進んでいたのだ。ティルラはまだ不安があると言いそうだが、こうなっては収容しない訳にはいかない。

つらつら考えている中、エンゲルブレクトが声をかけてきた。

「妃殿下、このまま船へお戻りください。手の空いた者に送らせます」

「……はい」

自分だけ安全な場所に戻るのに抵抗はあるが、ここにいても出来る事など何もない。アンネゲルトはその事をわかっていた。

自分は残ると言うリリーに後を任せて、アンネゲルトは船へ戻っていった。

アンネゲルトの乗った馬車を見送ったエンゲルブレクトに、工兵の一人が報告に来た。

「現場から遺体が三体確認されています。一体は損傷が激しいですが、残り二体は身元の判別がつきそうです」

エンゲルブレクトはまだ煙の上がる現場に足を向ける。遺体は工兵達の手によって並べられていた。

「……この二人には見覚えがない。おそらく隊の誰かの従者だろう。グルブランソン、見覚えはあるか？」

「この二名でしたらオーケルンドとソレンスタムの従者です。どちらも実家から連れてきたと言っていました」

「その二人を連れてこい」

エンゲルブレクトの命令に、側にいた護衛隊員が即座に動く。呼び出しを受けた二人はすぐさま駆けつけ、足下に横たわる変わり果てた従者の姿に息を呑んだ。

「隊長……何故彼らが……」

「それは私が聞きたい。もう一人の人物に心当たりはないか？」

ソレンスタムは首を横に振ったが、オーケルンドは何かを考え込んでいる。

「オーケルンド、何か知っているのなら今すぐ話せ」

「――確信はありませんが、彼から聞いた事があるんです」

そう言ったオーケルンドは、目線で地べたに横たわる従者を指した。

「ここで仲良くなった従者仲間がいると。それがソレンスタムのところの者と……」

「と？」

「アルムクヴィスト子爵の従者です。名はトーケル・ヘダー」

エンゲルブレクトが指示を出す前に、周囲の護衛隊員が動く。すぐに、アルムクヴィスト子爵が両脇を隊員に固められてエンゲルブレクトの前に連れ出された。

子爵当人は、仲間にこんな扱いを受ける覚えはないと言わんばかりの困惑顔だ。

「隊長！　こ、これはどういう事ですか!?　何故私が――」

「アルムクヴィスト、君の従者は今どこにいる？」

「え？」

アルムクヴィストの声を遮り、エンゲルブレクトは低い声で問いただした。予想もしていなかった質問に、アルムクヴィストは一瞬詰まったが、すぐにはっとして周囲を見回す。

「どこって……そういえば、トーケルはどこへ行ったんだ？」

本当にわからないらしい。従者は主に付き従い、側にいるのが当たり前なものだが、この騒動でいない事にも気付いていなかったようだ。

「彼の体に、何か特徴はなかったか？」

エンゲルブレクトからの質問に、アルムクヴィストは事情がわからず首を傾げるだけだった。

「あの……一体……」

「特徴は？　あるのか？　ないのか？」

アルムクヴィストは、エンゲルブレクトの迫力に圧されて何も言えなくなっている。

その時、緊迫した場にそぐわない声がかかった。

「顔だけでよろしければ、今すぐ復元可能ですよ？」

リリーである。彼女はいつの間にかエンゲルブレクトのすぐ後ろまで来ていたらしい。

「っ！　リリー殿、ここは婦女子がいていい場所ではありませんよ」

エンゲルブレクトの側には焼死体があるのだ。女性が見るべきものではない。

「でもお役に立てますよ？　顔さえわかれば身元の判別が可能でしょう？」

両腕を隊員に掴まれたまま呆然と立つアルムクヴィストは、交わされている会話についていけていない。

「あの、お二方とも、一体何を――」

「この遺体があなたの従者がどうかを確かめてほしいそうです」

単刀直入に言い放ったリリーに、アルムクヴィストは目を見開き固まった。

「……え？」

「ですから、この遺体の顔をこの場限りで復元しますので、あなたの従者かどうかを確認していただきたいのです」

エンゲルブレクトは頭を抱えたくなった。そういえばリリーは、有能ではあるが、どこか常識を吹っ飛ばしている女性なのだ。

「リリー殿……復元をお願いします。アルムクヴィスト、残念だが君の従者は狩猟館の火災への関与を疑われている。すぐにこの遺体が君の従者かどうか確認してくれ」

リリーとアルムクヴィストは、どちらも無言のまま頷く。

結果、遺体はトーケル・ヘダーと確認され、アルムクヴィストはその場でくずおれた。その様子を見るに、アルムクヴィストは今回の件を知らなかったようだ。顔を覆って慟哭する彼を、誰もが痛ましいものを見る目で見ている。

そんな彼らに、工兵達が遠慮がちに声をかけた。

「消火活動が終わりましたので、これから現場検証に入りたいと思います。リリー様はどうされますか？」

「私は船に戻ります。ここまでの事を報告しなくてはいけませんから。サムエルソン伯爵はここでまだやる事がおありでしょう？」

確かにやる事は山ほどある。だが、まずは――

「船までは誰かに送らせましょう」

「あら、結構ですよ。歩かなくてもいいのですし」

リリーが微笑むのに、エンゲルブレクトは首を傾げる。彼は前の襲撃事件の際、リリーが空中を飛んでいた事を知らなかった。

「それでも、女性を一人で船に戻す訳にはいきませんよ」

ただでさえ、焼死体の顔を復元させるなどという事をさせてしまった後なのだ。リリーは気にした風でもないが、軍人としても紳士としてもすべきではなかったと反省している。

「では、お言葉に甘えさせていただきますわ」

そう言うと、リリーはエンゲルブレクトの呼んだ護衛隊の一人に連れられて厩舎の方へ向かう。

彼女を見送るエンゲルブレクトは、正直、厩舎や西側が狙われなくてよかったと思う。西側には執務室があるので書類が多いし、何よりアンネゲルトがいた。彼女の身に何かあったらと思うだけで肝が冷える。

エンゲルブレクトは不吉な想像を振り払い、目の前の現実に意識を戻した。

「アルムクヴィスト。君は自身と死んだ従者の疑いが晴れるまで軟禁とする。常に監視の目がつく事を忘れるな」

「……はい」

抗う気力もないのか、アルムクヴィストはおとなしく頷く。余程従者の死がこたえたようだ。

「手の空いてる者は遺体を運び出せ。オーケルンド、ソレンスタム、お前達にもしばらく監視がつく」

「はい」

「あの、隊長。彼らは……」

そう言ってソレンスタムが見たのは、運び出されようとしている従者の姿だ。

「全てが終わったら、きちんと弔う。約束しよう」

エンゲルブレクトの言葉に、オーケルンドもソレンスタムも安堵した様子を見せた。

ティルラは、リリーが火事の現場から船に戻ったと聞き、すぐさま彼女を呼び出した。

狩猟館での事を詳しく聞く為だ。

「おおよその事はアンナ様から聞きました。それで？　何がわかったの？」

「護衛隊の方々にはまだ伝えていませんが……」

そう言うリリーの表情は幾分硬い。

「ティルラ様、現場から魔力を感じ取りました。あの爆発は術式を使ったものです。油も使用されていましたが」

それを聞いたティルラの表情も固まった。妙な話だが、爆発が火薬を使った物ならまだよかった。前回同様、王国内の保守派か、反帝国を訴える者達だろうと考えられるからだ。

周辺諸国では火薬の開発はされていないが、東の国では存在が確認されている。そしてスイーオネースは、北回り航路でその東の国と交易を行っているのだ。火薬が入ってきていても不思議はない。

しかし、術式を使った爆発となると、話が変わってくる。

「帝国の術式だったの？」

魔導の術式は、開発した個人によって大きく変わる。ただ帝国やその隣国のように国が術式開発に力を入れている国にはそれぞれの魔導大系があって、術式から開発した国がわかるのだ。

「いいえ。それどころか、ここらではあまり見かけないもののようです。巧妙に隠しているので全ては読み取れませんでしたが」

今も工兵が残って現場検証をしていると言ったリリーは、彼らが何かを見つけてくれるのでは、と期待しているようだ。

だがティルラは違った。帝国内でも突出した能力を持つ魔導師であるリリーが見つけられなかったのなら、工兵が彼女以上の物を見つける事はおそらくないだろう。

けれど、他の何かを見つける可能性はある。

「彼らが何を見つけてくるにせよ、こちらも少し考え直さないとならないわね」

ティルラの一言に、リリーは黙って頷いた。

アンネゲルトのもとに火事の続報がもたらされたのは、翌日の昼頃だった。

「どうしてこんなに時間がかかるのかしら」

彼女の疑問に、ティルラが答える。

「現場であれこれ調べなくてはなりませんから」

アンネゲルトに報告を上げる段階で、おおよその事は調べ終わっていた。

犯人は、爆発現場から黒焦げで見つかったトーケルでほぼ間違いないとの事だ。彼の遺体からは油が検出されているらしい。

狩猟館に油をかける際に間違って浴びたのか、もしくは覚悟の自殺だったのか。

考え込むアンネゲルトに、ティルラが報告を続ける。

「爆発と火災による負傷者が数人出ています。死者は犯人と思われる人物以外に二名です。後は狩猟館の三分の一程度が焼け落ちました」

負傷者に関しては、幸い重傷者は出ていなかった。軽い火傷や、煙によりのどや目を痛めた程度なのだとか。

死亡した二人について、彼らは日頃から交流があったそうだから、トーケルを止めようとして巻き込まれたのではないかという見解が下されている。

アンネゲルトは死者を悼む為に黙祷をした。目を閉じると、昨日の光景を思い出す。

あの後、アンネゲルトは船医のメービウスから軽い精神治療を受けていた。

「ティルラ、狩猟館は取り壊すの？」

「そうですね。あれだけ焼けてしまっては、これ以上使用出来ないでしょうし。イェシカも建て替えた方がいいと言っていました」

いつの間にか、イェシカは焼けた狩猟館を見に行ったようだ。建築家の視点で見ても、あの館はこれ以上使わない方がいいらしい。

「彼らを船に収容したいの」

アンネゲルトの唐突な言葉に、ティルラは特に驚いた様子を見せない。アンネゲルトがそう言い出すと読んでいたのかもしれない。

「反対？」

「いいえ。そろそろ冬も近づいていますし、私もいい頃合いだと思います。問題があったとしても、どうにか出来る方法が見つかりましたし」

何だか物騒な内容があった気がするが、護衛隊を収容出来ると聞いて、アンネゲルトは安心した。

護衛隊にその報が届いたのは、アンネゲルトの私室で火事の話題が出たすぐ後であった。

「妃殿下の船に、我々を？」

「はい。つきましては、すぐに引っ越しの準備をなさってください。火事の後で混乱もあるかと思いますが……」

エンゲルブレクトのもとに使者として赴いたのは、いつぞや船に案内してくれた帝国兵士だ。彼が言うには、全ての荷物と馬を引き連れてくるように、との事だった。

「馬もですか？　あの船に？」

護衛隊の一人がそう漏らすのに、内部を知っているエンゲルブレクトとヨーンは頷き、ただ一言「行けばわかる」とだけ言う。これには隊員のほとんどが首を傾げたが、隊長とその副官の言葉であれば、疑う者は一人もいなかった。

今回の火事で負傷した者は、既に乗船している。後発になったエンゲルブレクト達が到着すると、船の横腹が開いていた。それを目にしただけで、隊員達の中から訝しそうな声が上がる。

「何だ？　あの船は」

「あれで航行出来るのか？」

「実際に帝国から我が国まで来ているじゃないか。それにしても……」

彼らの常識では、船に乗るのは甲板からだ。決して横腹からではない。だが誘導の兵士達はそちらへ行けと指示を出している。

島と船の間には簡易の橋が架けられていて、馬車も馬もそのまま乗せられるようだ。

「人間も？」

「はい。今回は人数が多いのでこちらからになります」

全員が乗り込んだ時点で、横腹の扉が閉められた。一瞬暗闇になったが、すぐに灯りが灯る。その明るさに護衛隊員はざわついた。

これだけ明るい照明を見るのは初めてなのだし、しかもとても船の中とは思えない広さがあるのだ。困惑するのは当然だろう。

「落ち着け！　どのような状況であろうとも、王国の軍人である事を忘れるな！」

エンゲルブレクトの一喝で、隊員達の動揺は静まった。彼らも軍人としての誇りを叩き込まれている。それを思い起こさせてやれば、醜態をさらす事はなかった。

「これから部屋へ案内します。いくつかの人数に分けて移動しますので、遅れないようについてきてください。その際に各施設の使い方も説明します」

そう言った帝国兵士の後ろには、いつの間にか数人の帝国兵士がいた。彼らが案内役らしい。

こうして、護衛隊は船に収容されたのだった。

「いいのか？　簡単に招き入れてしまって」

エーレ団長は、情報センターのモニターに映し出された護衛隊員を眺めながら、ティルラにそう聞いた。

今回の犯人とされた人物は、爆発に巻き込まれて死んだと報告を受けている。しかし、他にも隊員の中に敵が紛れ込んでいる可能性がない訳ではない。

それはティルラとて知っているはずなのだが、団長の前に立つ彼女は余裕の表情だ。

「少々細工を施しておりますので。敵が隠れていた場合、うまくいけばこれであぶり出せますよ」

そう言って微笑むティルラに、エーレ団長は首を傾げた。細工とは、一体何を指しているのだろうか。

すると、ティルラはすぐに種明かしをした。

「実は、アンナ様がリリーに面白い物を発注していまして」

そう前置きした彼女は、先日アンネゲルトがリリーに頼んだ内容――人間の識別が出来るセキュリティシステムについて話す。アンネゲルトは別の目的で使うつもりらしいが、個人の認証を非接触で出来るようになればいい警備システムになる。

「これを使って、まずは乗り込んだ護衛隊全員のデータを取得しようかと思います。リリーの方からもぜひ試用したいと言ってきましたし」

ティルラの考えとしてはこうだ。船内の一フロアないしは二フロアを護衛隊用に貸し出し、そのフロアへ通じる経路はエレベーター二基を残して他は閉鎖する。そのフロアとエレベーター、各所に設置したセンサーを使って、護衛隊の誰がどこへ行くのかをモニタするのだ。

「おかしな動きを見せた時点で、周囲をうちの兵士に囲ませます。また船内の案内に関しては一部を除いて撤去させました。地の利がない以上、向こうも簡単に動きはしないかと思いますが、これ以上の好機はないでしょうしね」

アンネゲルトが乗る船の中に入り込めるのだ。彼女を害しようと狙う連中にはもってこいの状況だろう。

「そううまくいくかね？」

「いかなくとも、アンナ様や船自体に被害がなければそれでいいと思っていますよ。どのみち離宮の修繕（しゅうぜん）が終わるまで、護衛隊を船に収容しなくてはならなかったでしょうし、それがアンナ様のご意向でもありましたから」

護衛隊が野宿している状況をアンネゲルトが憂えていたのは、エーレ団長も知っていた。

それに、もうじき北国特有の厳しい冬が来る。いくらこの国育ちで慣れているとはいえ、極寒の地で野宿などさせては彼らの命を損ないかねない。

離宮の工事が始まったとは言え、まだ基礎の段階だ。人が住める状態になるのに、あとどれくらいの期間がかかるかわからない。それらを考えれば、船に収容するのが一番早い手だった。

「問題が起きるのも織り込み済みか」

「こちらにはそれだけの手がありますからね。まあ、隊長であるサムエルソン伯爵の手腕に期待したいところですけど」

そうにっこりと笑うティルラに、エーレ団長は彼女の人の悪さを見た気がした。

そうとは知らない護衛隊員のほとんどが、これから来る冬を外で過ごさなくて済んだ事に、胸をなで下ろしている事だろう。

もっとも、彼らの試練はこれからだ。

モニターの中の護衛隊の隊員達は、船に入り部屋へ案内される間も周囲の状況に驚きっぱなしだった。

まずは船の施設に混乱させられている。この辺りはフィリップもそうだったが、彼の場合は魔導に関する貪欲(どんよく)な知識欲によって混乱の度合いが低かった。

モニター越しに、隊員達の悲鳴が聞こえてくる。

『何だこれは!? どうして取っ手を捻(ひね)っただけで水が出てくるんだ!?』

『おい、この流れる水は何なんだ？　用を足すにはどこですればいいんだよ!?』

『ぎゃー!!　上から湯が降ってくるー!!』

『うわっち!!　何でいきなり熱くなるんだ!?』

彼らが収容されたフロアは、阿鼻叫喚(あびきょうかん)の地獄絵図と化していた。しばらく乗務員は近寄らないように指示が出たほどである。

基本的な使い方は口頭で説明されたが、話に聞くのと実際に使用するのとでは大きな差があるようだ。

「大騒ぎだな。……まあ、頑張ってくれ」

仕掛けたカメラから送られてくる映像を眺めながら、エーレ団長はぽつりと呟(つぶや)いた。帝国でも、最初に異世界から持ち込まれた技術を目にした者達は、今の護衛隊員のような反応を返したのだろう。

カメラは各個人の部屋にまではついていないが、廊下には死角がないように取り付けられている。音声を拾うマイクも設置されているおかげで、扉を開けて騒ぐ彼らの声を聞く事になったのだ。

「今のところ、大きな問題はないようですね」

ティルラがあっさりと言った。彼女にとって隊員達の戸惑いを通り越した混乱は、大した事ではないらしい。

「まあ、彼らもいずれは慣れるだろう」

「そうですね。まさに慣れる以外にありませんから」

笑いながらそう言うと、彼女は別のモニターに目をやった。例の個人識別を示すモニターである。

こちらには、点と個人名が見取り図上に表記されている。リアルタイムで情報を取得する為、その点が絶えず動いている状態だ。

「おかしな動きを見せるのはいたか?」

「いいえ。今のところは」

たとえあの中に裏切り者が潜(ひそ)んでいたとしても、今は動けないはずだ。周囲の混乱に紛れて行動を起こす可能性は考えられたが、ここまで皆が混乱していては、一人冷静でいれば不審に思われる。もしくは裏切り者も彼らと一緒に混乱しているかだ。

「まだ信用はしないんだな」

「『疑わしきは徹底して疑え』。軍時代に教えられた言葉です」

ティルラは軍隊時代、情報部に所属していた。エーレ団長もその事を知っているので、彼女の言葉に苦笑するばかりだ。情報部は疑うのが仕事という面がある。

「そういえば、姫様の様子はどうだ？」

アンネゲルトが火災に巻き込まれて、怪我こそしなかったが大分怖い思いをしたと聞いていた。船医に精神治療を受けるほどだから相当だろう。

「体調はすっかり戻られています。あの後すぐご公務にも復帰されましたし。今日は社交行事はありませんから、朝から羽根を伸ばしていらっしゃいますよ」

そう言ってティルラは上を指さす。それだけでエーレ団長は、今アンネゲルトが何をやっているか理解出来た。上のデッキには彼女が好むアクティビティがいくつかある。

落ち込まれるよりは元気にしてくれている方がいい。エーレ団長は再びモニターに目をやり、慌てふためく護衛隊員達を眺めた。

狩猟館の炎上事件後、王都では事件の調査をする護衛隊員の姿がちょくちょく見られるようになった。その背景には、意外なところからもたらされた情報がある。

実行犯と見られるトーケル・ヘダーの動機が判明したのは、爆発事件の翌日だった。エンゲルブレクトのもとに、アルムクヴィスト家から報せが来たのだ。

「ヘダーの親から話があると？」

「はい。アルムクヴィスト家の者が付き添って、もう船着き場まで来ているそうです」

それから案内されてエンゲルブレクトの執務室に入ってきたのは、アルムクヴィスト家の執事と、青ざめた顔の中年男だった。ちなみに、エンゲルブレクトの現在の執務室はアンネゲルト・リーゼロッテ号の中に整えられている。

船の中に二人を入れる事に反対していたエンゲルブレクトだが、ティルラを通してアンネゲルト本人から了承が出たのだ。ただし護衛隊員が使用しているフロア以外には出入りしないという約束付きだ。

青ざめた顔の男は、トーケル・ヘダーの父親だった。

「この度は、倅がとんでもない事をしでかしまして!!」

彼は執務室に入るなり、床に額ずかんばかりに頭を下げて謝罪を口にした。そのまま声を出さずに泣き出している。

彼に代わって説明をしたのは、同行したアルムクヴィスト家の執事だ。

「いきなり押しかけました無礼をお許しください。ですが、伯爵様にお願いしたい事があるのです。まずはこちらをご覧いただきたく……」

そう言って執事が出したのは一通の手紙だった。宛名はない。ヨーンが中身を確かめてから、エンゲルブレクトに手渡す。

その内容に目を通したエンゲルブレクトは表情を変えた。

「これは……」

それは、どこからどう見ても脅迫文以外の何物でもない。

『女を預かっている。返してほしくばカールシュテイン島の狩猟館に火をつけろ。放火の用意はこちらでしてある。この事は誰にも報せるな。報せたら女の命はないぞ』

筆跡をわかりづらくする為か、個性が感じられない文字だ。読み終わった脅迫文を指さし、エンゲルブレクトは執事とトーケルの父親に尋ねた。

「この、女というのは?」

「トーケルの姉フィリッパの事です。彼女の行方が三日前からわからなくなっています」

答えたのは執事だ。手紙はトーケルの実家の玄関先に置かれた荷物に貼り付けてあったらしい。中を見て驚いた両親が息子に報せ、結果、あの炎上事件に発展したようだ。

「わ、わしが倅に見せず旦那様に渡していれば、こんな事には……」

彼の言う旦那様とはアルムクヴィスト子爵の父親の事だとか。遅くに出来た息子に家督を譲り、今は隠居生活をしているのだそうだ。

「それで、フィリッパ嬢の行方は今もわからないのか？」

エンゲルブレクトの問いに、執事は頷いた。

「私からのお願いはそれなんです。筋違いではありましょうが、どうかフィリッパを探してはもらえないでしょうか？」

執事のこの願いには、さすがにエンゲルブレクトも言葉がない。護衛隊は王太子妃の護衛が任務であって、行方不明者を捜すのは王都守備隊の仕事だ。

もっとも、連中が一般市民の行方不明事件を真剣に取り扱うかどうかは謎だが。

「フィリッパの行方は今回の真の犯人が知っているはずです。ですから――」

「わかった。出来る限りの事はしよう」

そう答えたものの、エンゲルブレクトには正直、彼女がまだ生きているとは思えない。

「倅はきっと子爵様にお報せするとばかり……まさか脅しの通りにばかな真似をするなんて……」

トーケルの父親は膝をついてうなだれている。とにもかくにも、アルムクヴィストの疑いは晴れたと見るべきか。

執事達が帰った後すぐに、アルムクヴィストは軟禁されていた部屋から出された。彼はそのままエンゲルブレクトの執務室に呼び出されている。

「私の疑いは晴れたのでしょうか？」

少しやつれた感はあるが、一日二日軟禁された程度でどうこうなるほどやわな鍛え方はしていない。アルムクヴィストは護衛隊に入る前、エンゲルブレクトと同じ第一師団に所属していたのだ。

「君の実家の執事と、彼に伴われたトーケル・ヘダーの父親が来た」

「え？」

「彼らの持ってきた手紙により、君への嫌疑が晴れたんだ」

そう言って、エンゲルブレクトは手紙をアルムクヴィストにも見せた。読み進めていくうちに、彼の顔色が変わる。

「これは……隊長、彼女は、フィリッパは……」

「まだ戻っていないそうだ」

アルムクヴィストもエンゲルブレクトと同じ考えに至ったのだろう。彼は愕然とした後、手紙を床に落とした。

「大丈夫か？　アルムクヴィスト」

ヨーンが手紙を拾い、声をかける。真っ青な顔のアルムクヴィストは今にも倒れそうだ。

「君とヘダー姉弟とは、仲がよかったのか？」

いくら家の使用人とはいえ、ここまで衝撃を受けるのは少しおかしい。個人的に交流でもあったのかと思い尋ねると、意外な言葉が返ってきた。

「フィリッパは……彼女は私の妻となる予定でした」

「妻⁉」

これにはさすがに驚く。フィリッパ・ヘダーはアルムクヴィスト家の使用人で平民だ。子爵位を持つ貴族の彼とは結婚出来まい。

「驚かれるのも無理はありません。身分差があるのは承知しています。これは、父にも了承を得ている話なんです。家督はもうじき従兄弟に譲り、私は彼女と事実婚をするはずでした」

エンゲルブレクトはヨーンと顔を見合わせた。確かに、それなら「妻」に出来るだろう。

――それにしても、先代子爵も思いきった事をする……

先代は保守的な考えの人物だと耳にした覚えがあった。家督を譲る前は保守派よりの中立派だった事も知っている。ちなみに息子は革新派寄りの中立派で、今は革新派に属していた。

その保守的な先代が、長男の普通でない結婚を許すとは。遅くに出来た子が余程可愛いのか、それとも妻となる娘の出来がよかったのか。

エンゲルブレクトは軽い溜息を吐き、話題を変えた。

「既に何人かが王都とその周辺で情報収集にあたっている」

動いているのは軍の情報部だ。エンゲルブレクトは事件の後すぐに王国軍元帥に連絡をし、情報部を動かしてもらっていた。王太子妃を狙った犯行であれば国の大事だから、軍を動かす理由には十分だ。

「いくつか入ってきた情報から、トーケル・ヘダーに放火を強要した人物が絞り込めそうだ」

「誰ですか⁉　そいつはフィリッパの事も――」

「落ち着け！　動く時には君も連れていく。むろんオーケルンドとソレンスタムもだ」

オーケルンドとソレンスタムの従者も、狩猟館の火災に巻き込まれて亡くなっている。

アルムクヴィストほどではないが、彼らも自分の従者の死を悼んでいた。

「相手が確定次第出るぞ。用意をしておけ」

「はい」

アルムクヴィストは青い顔のままだが、決意のこもった目をしている。退室を許可された彼は、与えられた部屋へ戻っていった。

彼がいなくなってから、ヨーンがぼそりと呟いた。

「それにしても、腑に落ちませんね」

「何がだ?」

「何故トーケルが選ばれたのでしょうか?」

実家から従者を連れてきている人間は他にもいる。オーケルンドとソレンスタムもそうだ。多くの従者の中から、どうしてアルムクヴィストに仕えるトーケル・ヘダーが選ばれたのか。

「……わからん」

その一言でヨーンの疑問を切り捨て、エンゲルブレクトは再び執務へ意識を集中させた。

トーケル・ヘダーに放火を強要したとされる人物が特定出来たのは、それから三日後の事だった。狩猟館の火災からは四日後である。

「あそこです」

王都の東端、低所得者が多く暮らすこの辺りは、王都でも治安が悪い事で知られている。確かに犯罪者が潜むにはうってつけの場所だ。

時刻は深夜零時。夜の闇に紛れて黒装束の男達が建物を包囲していた。騎乗した姿も見える。王太子妃護衛隊だ。全ての出入り口を固め、さらには王都守護の役目を負う第一師団にも協力を願い、周辺一帯を蟻一匹逃げ出す隙がないようにしてあった。

「完了しました」

エンゲルブレクトにそう囁いたのは副官のヨーンである。

「ついでに他の犯罪者共もまとめてとっ捕まえたいんだがなあ」

そうぼやいたのは、エンゲルブレクトにとって第一師団時代からの友人エリク・アダム・エクステットだ。今日は彼が隊長を務める第一師団第二連隊が手を貸してくれていた。

「こちらの邪魔にならなければ好きにすればいいさ」

エンゲルブレクトの答えに、エリクが苦笑する。

「ま、今日はそっちの手伝いが本命だからな。浮気はやめておこう」

建物の明かりが消えてから、既に三十分は経とうとしている。そろそろ頃合いだ。

「行くぞ」

「了解」

騎馬のまま、エンゲルブレクトは軽く挙げた右手を振り下ろした。それが突入の合図である。

護衛隊員は乱れのない動きで建物に突入していく。ややあってから、中から人の悲鳴や怒号、物が壊れる音などが響いてきた。

当然、それは周辺にも聞こえたようで、外を見ようと窓や扉から顔を出す者がちらほらいるが、エンゲルブレクト達を一目見ただけで大概の者が首を引っ込める。誰しも軍隊になど関わりたくないのだ。

「静かになったかな？　どうする？　全員死んでたら」

エリクの言葉に、エンゲルブレクトは短く答える。

「殺さないようにとだけは言ってある。生きてさえいればいい」

「お、出てきたな」

中の騒動が収まってから少しして、犯人とおぼしき人物を連れた突入組が建物から出てきた。捕らえられた人物の顔は腫れ、腕と足がおかしな角度に曲がっている。

「……相当やったな」

「別に構わん。言っただろう？　生きてさえいればいいと」

エリクの言葉に、エンゲルブレクトはにべもなく答えた。

「そりゃそうだが……あれでまともにしゃべれるのか？」

「しゃべらせる必要はない」

「は？」

エリクは間の抜けた声を出した。尋問するのであれば、相手がしゃべれなくては情報が引き出せない。その程度、エンゲルブレクトも知っているはずではないのか。彼の顔にはそう書いてあった。

エンゲルブレクトは視線だけ彼に向けて問いかける。

「私が今お守りしているのを誰だと思っている？」

「……帝国ってのは、そんな技術まで持ってるのか？」

皆まで言わずとも察する事が出来るのがエリクという男だ。こういう部分はヨーンと通ずるものがあるが、二人の性格は真逆なのだから面白い。

エリクの質問には答えず、突入した全員が出てきたところで次の指示を出した。

「すぐに戻るぞ。早く情報を引き出す必要がある」

「はい」

トーケルの姉で、アルムクヴィストの婚約者であるフィリッパはまだ行方不明なのだ。生きているなら早く救い出さなくてはならない。

王都で捕り物を行っていた護衛隊の為に、アンネゲルト・リーゼロッテ号は王都の港に入っていた。夜更けに入港したおかげで人目にはついていないようだ。

捕縛した連中は、窓のない箱形の馬車に詰め込まれた状態で船の中へ入る。行き先はリリーの研究室だった。

以前、王宮の庭園で行われたエーベルハルト伯爵夫人主催のお茶会に、毒入りの菓子を持ち込もうとした女がいた。その時の尋問に使った方法を、今回の連中にも使うつもりだ。

目隠しをされて連れ込まれた連中を見て、リリーは表情一つ変えずに淡々とエンゲルブレクトに確認する。

「一度使うと二度とまともには戻れませんが、よろしいんですね？」

「構わない。やってくれ」

「わかりました」

リリーは機材に手を伸ばし、次々に捕縛者から情報を吸い取り出した。

出てきた情報はその場でエンゲルブレクトにも報(しら)される。その内容は、ある意味予想通りのものだった。この連中は前回の女より玄人(くろうと)として格下らしい。

また、連中に依頼した方もあまり頭が回っていないのか、彼らの前に顔をさらしている。映像として出てきた情報に、エンゲルブレクトより先にヨーンが反応した。

「この者はルドバリ伯爵家の使用人ですね」

「ルドバリか……父親の方か、息子の方か」

ルドバリ伯爵家は現当主の父親も、その息子の子爵も保守派だ。家の使用人を動かしたとなると父親の方だろうか。

「まあいい。家ごとつぶせば問題はない」

「すぐにルドバリの周囲と交友関係を洗い出します」

「頼む」


ルドバリ伯爵親子と数人の保守派貴族が捕縛されたのは、王都での捕縛騒動の翌日だった。迅速な対応の裏には、帝国側からもたらされた情報が存在している。

捕縛の現場には、アルムクヴィストを含む狩猟館火災によって従者を亡くした三人の姿もあった。今回の捕縛は彼らに一任されていたのだ。

現場の始末が終わった報告を受けて、エンゲルブレクトは深い溜息を吐いた。机の上にはアルムクヴィストから出された退役願が載っている。伯爵親子の捕縛に行く前に出されたものだ。

王都で捕縛した連中から強引に引き出した情報の中に、フィリッパの物もあった。彼女は攫われた当日に殺されていたのだ。

遺体は連中を捕縛した建物の地下に埋められており、アルムクヴィスト自ら掘り起こしたと報告を受けている。

この退役願はエンゲルブレクトの一存で保留扱いにしているが、本人の意思は固いようだ。

「修道の誓いを立てようと思います」

捕縛から戻った後、慰留を口にしたエンゲルブレクトにアルムクヴィストはそう答えた。俗世を捨てて教会に入るという。上官といえどもそれを引き留める権利はない。

とはいえアルムクヴィストも、エンゲルブレクトがヨーンと共に選んだ人材である。護衛隊のみならず、その先を見据えて隊に加えたのだ。ここで脱落してもらっては困る。

だが、彼を説得するいい言葉が見当たらない。話は一旦保留とし、エンゲルブレクトは気分転換に執務室を後にした。

エンゲルブレクトとヨーンは船内である程度の自由を得ている。ティルラ曰（いわ）く、他の隊員より先に船に入っていたからだそうだ。

本当なら船の外に出たいところだが、警備の関係上、船内の出入りは厳重に管理されている。ただの気分転換の為に手間を取らせるのも気が引けるので、彼はデッキへ向かった。ここは厳密には「外」ではないのだが、エンゲルブレクトにとっては十分「外」だ。

そのデッキには先客がいた。

「あら」

王太子妃アンネゲルトだ。今日の彼女の予定は晩餐会（ばんさんかい）だけだったから、それまでの時間は自由に過ごしているらしい。

「これは妃殿下。失礼しました」

邪魔になりそうなら戻ろうかと思ったのだが、手すりの脇に並べられた椅子に座る彼女は、手で隣の椅子に座るよう誘う。逆らう理由もないので、お邪魔させてもらう事にした。

「隊長さんも景色を見にいらしたの？」

「少し気分転換です。煮詰まってしまいまして……」

エンゲルブレクトは何に煮詰まったかはぼかして、その他は正直に話す。

「狩猟館の火災の件、終わったのですってね」

本人も爆発炎上に巻き込まれたというのに、それに関しての叱責などは一切なかった。あのティルラでさえ、こちらを案じる言葉はあっても、アンネゲルトを巻き込んだ事への苦情は言わなかったのだ。

「後処理が大変なのでしょう?」

「ええ、まあ……」

曖昧に答える以外にない。これから行われるのは捕縛した貴族達の尋問だ。さすがに彼らに対してリリーの方法を使う訳にはいかないが、それでも婦女子に詳しく聞かせるような内容ではない。

伯爵親子に関しては多少強引に引っ張ったので、一応国王へ報告がてら確認を入れてある。返ってきたのは「好きにしろ」という一言だった。

——これは丸投げされているという事なんだろうか?

信頼されているという気がしないのは何故だろう。

言葉を濁したエンゲルブレクトに、アンネゲルトは何かを言いかけて口を閉じた。どこか思い詰めたようなその表情が気になり、エンゲルブレクトから聞いてみる。

「どうかなさいましたか? 妃殿下。何かありましたら遠慮なく仰ってください」

アンネゲルトはエンゲルブレクトの言葉に、逡巡（しゅんじゅん）した様子を見せてから口を開いた。

「アルムクヴィスト子爵の様子は、どうかしら？」

その一言に、彼女は全てを知っているのだと悟る。報告はティルラにしているから、アンネゲルトが聞いていてもおかしくはない。

――意外だな……

今回の件を、ティルラはアンネゲルトに詳しく報告しないと勝手に判断していた。女性が攫（さら）われて即日殺されていたなど、内容が凄惨（せいさん）過ぎる。王太子妃たるアンネゲルトに聞かせるものではないと思うが、ティルラはまた違う考えを持っているらしい。

「今は落ち着いています」

落ち着きすぎて人生を達観してしまっているが。

「そう……子爵にはかける言葉が見つかりません。亡くなられた方のお悔やみを言いたいけど、私が言っていいものかどうか」

「妃殿下、事件は妃殿下のせいではありません」

「でも原因の一つではあるでしょう？」

さすがにそれは否定出来ない。彼らの狙いはまだわからないけれど、伯爵親子が保守派だという事を考えれば、アンネゲルトを狙ったと見るのが自然だ。いくら口先で気に病むなと言ったところで意味はない。

「妃殿下、お心を強くお持ちください。我々は妃殿下をお守りする為にここにいるのです。妃殿下の御身に何もなかった事こそ、我々は喜びに感じているのですから」

半分は本当だ。王太子妃護衛隊は、王太子妃を守る為に存在している。彼女に何かあれば、最悪隊員の命で贖わなければならないだろう。アルムクヴィストもそれはわかっている。彼にしても、アンネゲルトが無事なのは喜ばしい事のはず。

だが、それと個人的感情は別物だ。職務を全う出来た誇りを感じているのとは別の場所で、妻となる女性とその弟を亡くした悲しみに暮れていた。

エンゲルブレクトの言葉を聞いたアンネゲルトは、薄い笑みを顔に貼り付けて一言だけ、「ありがとう」と呟く。

その後は他愛もない事を話した。エンゲルブレクトから、船に乗ったばかりの隊員達の失敗談を聞かされて、アンネゲルトが青くなっている。

「ご、ごめんなさい！　もっとよく考えるべきだったわ」

「妃殿下が謝られる必要はありません。大丈夫、彼らは普段から鍛えていますので、すぐに環境に慣れますよ。現にエレベーターも水道も風呂も、今では快適に使わせてもらっています」

それは真実だった。隊員からは、慣れてしまえばこれほど便利な物はないという声が聞こえている。

「隊長、ここでしたか」

デッキに上がってくる階段の方からヨーンの声が聞こえた。執務室にいないエンゲルブレクトを探しに来たようだ。上がってきた彼は、エンゲルブレクトの隣に座るアンネゲルトを見て礼を執った。

「失礼しました、妃殿下」

「いいえ。お役目ご苦労様」

ヨーンはアンネゲルトの労(ねぎら)いの言葉を聞きながら、目線だけで素早く周囲を見回している。何をしているのか、エンゲルブレクトには察しがついた。

「妃殿下、ザンドラ殿と一向に顔を合わせないのですが、今どちらにいるかご存じですか？」

「グルブランソン、妃殿下に対して失礼だろう」

やはり、アンネゲルトの小柄な側仕え、ザンドラの姿を探していたのだ。そういえばこのところ、彼女の姿を見かけない。

エンゲルブレクトの質問に、アンネゲルトは鷹揚(おうよう)に返した。

「ザンドラはティルラのお使いで船を出ているの。どこにいるかは私も知らないのよ」

道理で見かけないはずである。ヨーンは、アンネゲルトの言葉にがっくりと肩を落としていた。

「そうでしたか……残念です」

「まったく……それで？　何かわかったのか？」

エンゲルブレクトの声が変わる。ヨーンがここまで自分を探しに来たという事は、何か変化があったという事だろう。

だが、ヨーンは首を横に振る。

「いえ、まだ何も出てきません」

「アルムクヴィストは何と？」

「思い当たらないそうです」

「何のお話？」

隣からかかった声に、しまったと思うがもう遅い。アンネゲルトの前ですべき話ではないが、どうせ後で報告がいくのなら今聞いても同じか、と開き直った。

「例のトーケル・ヘダーが自殺した理由です。罪を隠すつもりにしても、すぐにわかるものを」

工兵達が調査した結果、彼が相当量の油をかぶっていた事がわかっている。自分の意志でかぶったのだろうというのが大方の意見だ。そこから導き出される答えは一つ。あの場で、放火の実行犯だったトーケルは自ら焼け死ぬ事を選んだのだ。

その理由がわからないままだったのだが、話を聞いたアンネゲルトから意外な意見が出てきた。

「お姉様と子爵の為ではないかしら？」

「え？」

エンゲルブレクトとヨーンは、驚いた顔でアンネゲルトを見る。

「放火したのが彼だとわかっても、命をもって罪を購（あがな）えば、子爵家にまで迷惑はかからないと考えてもおかしくはないわ。それに、自分が死ねば親が脅迫（きょうはく）の内容を子爵に教えると思ったのかもしれないし」

説得力のある内容だ。例の脅迫（きょうはく）状には、誰にも報（しら）せるなと書いてあった。あの内容を信じ込んでいたのなら、姉の命を助ける代わりに弟が命を絶つ決意をしたとしても不思議はない。

何にしても悲しい話だ。攫（さら）われたフィリッパは手紙が届けられた時点で殺されていて、彼の死は無駄に終わっている。

何とも言えない空気がその場に漂ったが、アンネゲルトのくしゃみで全員我に返った。この時期は日が落ちると気温が急激に下がってくるのだ。エンゲルブレクトは慌てて上着を彼女に着せかけ、三人で船内に戻る事にした。

アンネゲルトを部屋まで送った後、エンゲルブレクトは執務室にアルムクヴィストを呼び出す。

「アルムクヴィスト、残念だが今これを受理する訳にはいかない」

「何故ですか？」

退役願を突き返されたアルムクヴィストは、意味がわからないと言わんばかりの様子でいる。エンゲルブレクトは先程までのアンネゲルトとの会話を思い出しながら、説得に彼女の存在を使う事にした。

――お許しください、妃殿下。この責めはいかようにもお受けします。

ただし、この事がバレたら、妃殿下、だが。

「妃殿下が君の件で大層お心を痛めておいででね。今ここで君が退役したなどと聞いたら、さらにお心を乱してしまわれるだろう。それは君も本意ではないと思うが、どうか？」

エンゲルブレクトはアルムクヴィストの様子を窺う。案の定、彼は迷いを見せ始めていた。

「そんな……妃殿下のお心を騒がせるつもりなど、私には——」

「そうだろうとも。それでだ。この退役願は一旦預かりとさせてもらう。然るべき時には必ず受理すると誓おう。それで構わないか？」

質問の形ではあるが、そこに拒否を認める隙はない。

しばらく逡巡した後、アルムクヴィストはエンゲルブレクトの提案を受け入れた。

「わかりました、隊長。よろしくお願いします」

そう言って頭を下げるアルムクヴィストを見て、エンゲルブレクトは内心人の悪い笑みを浮かべていた。


事件の後、実行犯である従者の事情が知れてからは、他の隊員の家族のみならず、従者や友人知人に至るまでが調査の対象となった。犯人割り出しの為ではなく、第二第三の襲撃を防ぐ為だ。

結果、幾人かの「候補者」が見つかっている。彼らには自衛を心がけるように伝え、また他の者達にも事情を説明し、出来る限り身を守る事を助言した。

また、彼らのほとんどが王都に在住している者ばかりだった為、王都の治安向上という名目で、しばらく街中の巡回を増やしてもらっている。

並行して、捕縛したルドバリ伯爵親子を含む保守派貴族への尋問も行われていた。だが尋問は一向に進まないでいる。それに焦れたエンゲルブレクトに、悪魔の囁きをした人物がいた。リリーだ。

「例の装置よりは効果が低いですが、こんな物もございますよ」

そう言って彼女が出してきたのは、小瓶に入った液体だった。首を傾げるエンゲルブレクト達に、彼女は使用方法を教える。

「こちらの注射器を使って直接体の中に入れるんです。意識がもうろうとしますから、その時に聞きたい事を聞くと、うまく聞き出せますよ。ただし体質などの関係で効きにくい人はいますが」

ありがたく液体をもらったエンゲルブレクトは、注射器を扱える工兵を借りて尋問場所である王都の牢獄に出向き、使用してみた。その結果――

「いやー、よくしゃべるもんだな」

尋問を任せていた第一師団第二連隊長のエリクが、そう言って苦笑いをした。エンゲルブレクトも頭を抱えたくなっている。

ルドバリ伯爵親子は似たような体質なのか、注射して尋問を開始した途端、あれもこれもべらべらとしゃべったのだ。

聞き出した情報の大半はゴミ屑同然のものだったが、中にはとんでもないものも含まれていた。それは王都における犯罪組織の全容である。

「まさか例の組織の裏に貴族がいたとはね……」

「だが、これで奴らを追跡出来ない理由がわかったな」

エンゲルブレクトも第一師団時代、王都の犯罪組織の摘発についた事がある。その際、ある程度まで調査が進むと、どこかへ雲隠れしてしまう連中がいたのだ。不思議な事この上なかったが、伯爵家が関わって匿っていたとなれば納得出来る。

「フィリッパ誘拐に関わった犯罪者も、組織の末端の連中だったんだな。そりゃ使用人を使いに出してもおかしくはないか」

エリクが呆れたように呟く。それが元で伯爵親子を逮捕する事が出来たのだから、気を抜いてくれて助かったと言うべきか。

「まあいい。組織の方はお前に任せるぞ」

「ああ、いい手柄になる」

エンゲルブレクトの言葉に、エリクはどう猛な笑みを浮かべた。彼も犯罪組織には手を焼いていたようだから、容赦なく取り締まってくれるだろう。

エリクに後を頼み、エンゲルブレクトはカールシュテイン島へ戻った。

ルドバリ伯爵達は、彼を中心にまとまった少数の派閥だった。犯罪で繋がった彼らは違法薬物と人身売買を中心に手を広げ、王都に大きな組織を作り上げていたようだ。

狩猟館を狙ったのも、その組織を荒らされないようにという考えがあったらしい。しかも狙いは狩猟館だけで、アンネゲルト本人ではなかったのだとか。王太子妃のいる島で放火騒ぎがあれば、そちらに目がいって、王都の犯罪組織から注意を逸らせるというのが犯行動機だった。

彼らはアンネゲルトが狩猟館でお妃教育を受けているのを知らなかった。また、トーケルがあの日、アンネゲルトが狩猟館にいる時に放火したのも、脅迫状(きょうはく)をもらってすぐ動いたというだけのようだ。

取り調べの中で、トーケル・ヘダーが実行犯として選ばれた理由もわかった。主(あるじ)との関係がよく、かつ家族を大事にする人物として選び出されたらしい。

ルドバリ伯爵の自供によれば、そうした人物は扱いやすく、かつ欺(あざむ)きやすいからだそうだ。

何にせよ、偶然に偶然が重なった結果、アンネゲルトは爆発炎上に巻き込まれ、それが原因で伯爵親子は捕縛された。彼らは王族暗殺未遂の罪で極刑が決定している。

その件についてヨーンと執務室で話していたエンゲルブレクトは、ぼそりと呟く。

「今回の件が過激な保守派への見せしめになればいいがな」

「どうでしょう？　彼らは自分達だけは大丈夫と思う人種ですから」

ヨーンの言葉は相変わらず辛辣だ。彼は伯爵家の嫡男で、現在は子爵位を所有している貴族だが、貴族というものを嫌っている節がある。

――人の事は言えないか……

自嘲するエンゲルブレクトに、ヨーンは続けた。

「今までは様子を見ておとなしくしていた者も、動く可能性があります」

「なるほど」

これまで通り、アンネゲルトが離宮のあるカールシュテイン島にこもっていれば、彼らの脅威にはなり得なかった。

だが彼女は宮廷に復帰し、あまつさえ革新派の中心人物であるアレリード侯爵夫妻に近づいている。おかげで革新派の勢いは強まるばかりだ。

比べて保守派は、宮廷でも今一つ精彩を欠くと聞いている。彼らが現在の状況を案じて手を打ってこないとも限らなかった。

今ならば、アンネゲルトと革新派の繋がりはまだ弱い。彼女を排除出来れば、王宮内における派閥の均衡を戻せると思う保守派はいるだろう。アンネゲルトを排除するには、彼女が島から頻繁に外出する社交シーズンは絶好の機会だ。

同時に、それはエンゲルブレクトにとっても好機だった。ここでしっぽを捕まえられれば、面倒な連中を一網打尽に出来る。

その際には、明確な証拠はなくていい。エンゲルブレクトは、王太子妃を守る事に関しては国王の代理として動ける。国王が裁くのに確たる証拠など必要ない。今回の件で、それが証明された。

だが、ただの思い込みで動く訳にもいかない。表に見えている連中は下っ端だ。それらを下手につついて黒幕を逃す事になるのが一番困る事だった。

幸い、今回のルドバリ伯爵の一件は弱小派閥の暴走で、後ろに大きな存在がいる訳ではない。

「何はともあれ、護衛隊の中から実行犯が出る事だけは避けなくてはならない。隊員には既に伝えてあるな？」

「はい。その後も異動を願う者は一人もいませんでした」

今後、同様の脅迫が来た時には、必ず隊長であるエンゲルブレクトに報せるように周知しておいた。

その際に「自身の権限を使って人質救出には最大限の努力をするが、助け出せない場合もある。それを不満に思う者は今すぐ除隊を申し出るように」と添えている。その話を聞いても、異動を申し出る者はいなかったのだ。

精鋭を揃えたとは言っても寄せ集めだった部隊は、徐々に結束を強めていた。

館に帰りついたフランソン伯爵は、外套を使用人に渡して自室へ足を向ける。

「クリストフェルはどこだ？」

「ここにおります、旦那様」

柱の陰からクリストフェルが姿を現した。影の薄い彼は、時折気配もなく背中側に立っている時がある。今日も危うく声を上げるところだった。

「おお、そこにおったか」

伯爵はクリストフェルに自室についてくるように促し、彼は黙ったまま従う。

「やはり連中は不審がっておったわ」

「そうでしょうね。ですが、必要な事です」

先程まで、フランソン伯爵率いる弱小派閥の会合があった。その場で王太子妃を狙う事をしばらく控えると言った伯爵に、仲間から非難の声が上がったのだ。

しかし、その場でルドバリ伯爵親子捕縛の一件を出し、同じ目に遭いたくなければ自重するのがいいと説き伏せた。

今日の会合で言った内容も、全てクリストフェルの案である。王太子妃を狙うのを自重する事に関しては、当初は伯爵自身も困惑したが、理由を聞いて納得していた。

「だが本当に大丈夫なのか？」

「前にも申しましたが、今の警備を突破出来る者はいないと存じます。機会さえ読み間違えなければ、問題はありません」

「しかし、狩猟館が炎上するような事もあったのだぞ」

その結果、ルドバリ伯爵親子は捕縛されている。彼らの話をした時は、次は自分達が捕縛されるのではと会合の連中も震え上がっていたものだ。

とはいえ、こちらは証拠を残していない。実際に動いたのはクリストフェルで、彼と伯爵、ひいては派閥の者達との繋がりは外に漏れていないのだ。クリストフェルは伯爵家の使用人とはいえ、表に出る人間ではなかった。

フランソン伯爵の言葉に、クリストフェルはいつもと変わらず淡々とした調子で返答する。

「ですが王太子妃は無傷でいるのでしょう？　いくら攻撃を仕掛けたところで、相手に傷一つ負わせられなければ意味はありません。それこそ無駄というものです」

フランソン伯爵は相変わらずだなと思いながら、クリストフェルの言葉を聞いていた。

「まあ他の連中がちょっかいをかけると、それだけあちらの警戒が強くなるのが問題ですが。シーズンもうすぐ終了しますし、余計な手を出す者達も減るでしょう」

冬の間、貴族達は社交を行わない。かといって屋敷や領地にこもりっぱなしという訳でもないのだ。

親しい相手や、隣り合った領地の領主などと交流したり、意見や情報の交換をしたりする。それは王都で行われる社交よりも、ずっと濃いものであった。

フランソン伯爵は、ここしばらく気になっていた事をクリストフェルに問いただす。

「一度、あの方にご指示を仰いだ方がいいのではないかと思うのだが」

「今は動かない方がいいでしょう。護衛隊の連中が目を光らせていないとも限りません」

彼の言葉には一理あった。今のところ問題はないのだから、このまま進めていけばいい。

――そうすれば、私の望みが叶うのだ。

フランソン伯爵は暗い笑みを浮かべていた。

六　王太子妃の訪問

狩猟館炎上事件が片付いてから少しして、アンネゲルトは再び王都に来ていた。今日は公務でも社交行事でもなく、アレリード侯爵邸に招かれているのだ。

「ようこそ、妃殿下」

屋敷に着いたアンネゲルトを、侯爵夫妻が玄関先で揃って出迎えてくれた。アンネゲルトはそれに鷹揚に頷きながら挨拶を交わす。

「ごきげんよう、侯爵、夫人。本日はお招きありがとう」

今日は私的な訪問なので、側仕えとしてティルラとザンドラが同行している。今日は珍しく、ザンドラは眠そうな顔をしていない。それに髪も普段とは違う形に結っていた。

アンネゲルトのドレスは明るい青地に白い花模様を散らした物で、アクセントとして所々に色の濃いリボンを配している。ティルラは紺地に白い花模様、ザンドラは深い緑の地に白い花模様だ。花の種類は全て違うけれど、色は白で統一している。

今日の訪問は、「訪問した」という事実が残ればいいのであって、内容はあまり重要ではない。

本来ならば侯爵夫妻が離宮に向かえばいいのだが、あいにくと離宮はまだ修繕途中で、とても人を招くような状態ではなかった。

船に招くという案もあったものの、いきなりあの中身を見せるのはあまりよくないというのを、アンネゲルトは護衛隊員達の件で知っている。事前情報なしに侯爵夫妻を招くのは危険すぎた。

どのみち離宮の改造が終われば、お披露目として何人か招待する事になるのだ。そのついでに帝国から持ち込んだ技術の一端という事で、あれこれ紹介してもいい。

——そういえば、国王陛下も招待するって約束したんだっけ……

離宮と島の所有権をねだった場での発言だ。正直、一国の国王をもてなすなど気が重い事だが、あの場で否は言えなかった。何せ島一つとそこにある建物全てをくださいと言ったのだから。

——何だか、順調に滞在期間が延びていってるよねー。

最初は、離宮を改造して島に魔導士達の特区を作るまで、と思っていた。だが正式に離宮と島をもらったので、もう少し滞在を延ばしてもいいのではないかと思い始めている。

しかも、島に湧いている温泉を使った商売を考え始めたところだ。王太子妃が商売をする訳にもいかないから、実際には紹介してもらった商人に委託する形になるだろうが。それでも、あれこれとアイデアを出すのは楽しいものだ。まだまだやってみたい事がある。

――それに、これで戻ったら、またどこかにお嫁にやられるかしれないもんね。だったらここで、この世界で結婚が無理になる歳までしばらく過ごすというのも手かも。

今回のように、有無を言わさず嫁がされる危険性が残っていた。両親と伯父夫婦の密約を知らないアンネゲルトは、彼らを信用しない事にしている。

こちらでは、適齢期を大幅に超えた女性は、余程の事がないかぎり結婚市場には出回らない。だが、日本に帰ってしまえばまだ十分恋愛や結婚のチャンスがある年齢だ。

――あと五年くらいかなー。いや、もっと？

当初の予定では半年だったのだから、随分と延びた。何だかんだと王宮やこちらの社交界にも食い込んでしまって、まったく予定通りにいっていない。

周囲から見れば、順調に立場と権利を取り戻しているように見えているというのを、当の本人だけが気付いていなかった。

つらつら考えこんでいたアンネゲルトに、アレリード侯爵が労しげに声をかける。

「妃殿下におかれましては、狩猟館が炎上しました事、さぞやお心を痛めておいででしょう。どうか今日一日はお心安くあられますよう」

改めて言われ、アンネゲルトは感謝の意を述べた。侯爵夫妻からは既に火事見舞いが届いている。

侯爵夫妻だけではない。革新派の貴族からは、我先にと見舞いの品が届けられていた。それを整理し、全てに礼状を出す作業が大変だったのだが、これも務めと割り切ってカードと封筒の束と格闘したものだ。

それに、自分は部屋の中でカードと格闘していれば済んだけれど、護衛隊員達は火事の後始末と犯人捜しに奔走していたのだ。それを思えば楽なものだろう。

本日訪問しているアレリード侯爵邸は、王都の中でも少し外れた場所にある。夫君の宮廷での地位を考えると、中央から離れすぎではないかと思われるが、王都の侯爵邸は人を招いたりする為の物で、普段は住んでいないという。

侯爵夫妻は王宮に部屋を持っているので、普段はそこで生活しているのだそうだ。

王宮と一口に言っても、一つの巨大な建物がある訳ではない。本宮と呼ばれる大きな宮殿を中心に、大小様々な宮殿からなるのがスイーオネースの王宮だった。侯爵夫妻はそのうちの一つに住んでいるらしい。

「ですから冬の間も、領地に帰る事はほとんどありませんの。大概はこの屋敷で過ごしておりますわ」

社交シーズンが終わると夫婦揃って王都の邸宅に入り、冬の間中ここで過ごすのだそうだ。その間、侯爵は邸宅から毎日王宮に通うのだという。オフシーズンになろうとも、政治案件は待ってくれない。侯爵には休みはあってないようなものらしい。

通された客間には、アンネゲルトとティルラ、ザンドラの他に、護衛隊の隊長であるエンゲルブレクトとその副官ヨーンも同席している。彼らも王国の貴族であり、アレリード侯爵夫妻とも面識があった。

ヨーンが同じ部屋にいるせいか、ザンドラが普段より緊張気味なのだが、彼には伝わっていないらしい。ヨーンの視線は不躾なほどに彼女へ注がれていた。

「グルブランソン、いい加減にしないか」

おかげでエンゲルブレクトに注意されるが、ヨーンは悪びれた様子もなく無言で一礼するだけだ。その様子に、侯爵夫妻だけではなくアンネゲルトとティルラも笑いをこぼす。

「子爵は妃殿下の侍女がお気に入りなのね」

夫人に直球で言われ、ザンドラは普段よりも表情をなくしている。その姿もまた、周囲の笑いを誘う結果になってしまった。

侯爵夫妻の話は興味深いものが多かった。侯爵は外交の仕事で各国を回っていた経歴から、その国々のあれこれを話してくれたのだ。

現王妃の出身国であるゴートランド、その隣のフェザーランド、帝国の西隣にあるイヴレーア、さらに西にあるアストゥリアス、南のロンゴバルド王国や教皇庁領など、西域で行っていない国はないのではないかというほど多彩だった。

アンネゲルトは今まで帝国から出た事がない。こちらに戻っている時も帝都か公爵領に滞在していただけで、帝国の中でさえ行っていない場所が多いのだ。

西域の各国の話は、地理の勉強の一環として習ってはいたが、実際に滞在した事のある侯爵の話は、習ったものより数段内容が濃かった。

——いつか自分の足で行けたらなー。

そんな事を思うくらいには、アンネゲルトも楽しめている。

夫人の話は宮廷の貴婦人達の話が多かった。とはいえ、社交界で交わされる醜聞の類ではなく、誰と誰がどういう繋がりがあるか、その辺りをしっかりと教えてくれたのだ。

それも四角四面な情報のみではなく、雑談に交えて話してくれるので覚えやすかった。

そんな中、話の矛先がいきなりエンゲルブレクトに向けられる。

「サムエルソン伯爵、君もそろそろ宮廷に戻ってもいいのではないか？」

アレリード侯爵にそう言われ、エンゲルブレクトは苦い顔をした。

はて、どういう事だろう？　と首を傾げるアンネゲルトに、侯爵が説明してくれる。

「彼は軍にいるのをいい事に、滅多に王宮に出てこないのですよ。伯爵の地位を持っているのだから、もう少し宮廷に出て付き合いをしなくてはいかんよ」

「……社交は苦手なのです」

エンゲルブレクトが気まずそうに言う姿に、意外な思いがした。だがこれまでを思い出すと、彼は護衛として社交の場に一緒に行っても、人と社交的な付き合いをしている様子がない。他の隊員は、少しは周囲の人との会話をしているというのに。

「私一人いなくとも、宮廷には何ら影響はありませんよ」

普段にはない吐き捨てるような調子に、アンネゲルトは目を見開く。何だか、今日だけで自分の知らないエンゲルブレクトの姿をいくつも見た気分だった。

「いやいや、よく君の事を尋ねる声を聞くよ。彼らも君とお近づきになりたいのだろう」

侯爵はエンゲルブレクトをからかって楽しんでいるようだ。さすがに侯爵相手では、エンゲルブレクトもあからさまに嫌そうな顔は出来ないらしい。

「お戯（たわむ）れを」

「はっはっは。お若いお嬢さん方も、君が社交の場に出てくる事を望んでいるんだ。そろそろ後継ぎの事も考えなくてはいかんだろう」

侯爵の最後の一言に、アンネゲルトは飲んでいたお茶を噴き出しそうになった。後継ぎ、という事は、侯爵はエンゲルブレクトに結婚を勧めているという事か。

だが、考えてみたら彼もいい年齢だ。身分からも婚約者くらい普通にいてもいい。そう思い至ったところで、胸が痛くなった。胸というよりは、胃の辺りだろうか。

「妃殿下はどう思われますか？」

いきなり侯爵に話を振られる。しまった、やりとりを聞いていなかった。

エンゲルブレクトの苦り切った顔を見て、まだ社交行事の件で彼をからかっていたのだろうと推測しつつ口を開く。

「たい……伯爵は、人気がおありなのね」

危うくいつもの「隊長さん」呼びが出るところだった。この場だけなら問題ないかもしれないが、この先どこでやらかすかわからないので、今から気を引き締めておかねば。

苦し紛れに言った言葉は、どうやらその場に相応（ふさわ）しかったらしい。侯爵夫人がほほほと笑いながら教えてくれた。

「ええ、社交界でも大層おもてになってらっしゃいましたよ。ただ伯爵は、あまりお相手はなさらなかったようですけど」

エンゲルブレクトは困り顔だが、侯爵夫人は悪びれた様子もなく、朗らかに微笑んでいる。

「あら、嘘は申しておりませんでしょう？　それとも私の知らないところで、どこかのご令嬢と――」

「いえ、それはありません」

否定の言葉だけははっきりと言うエンゲルブレクトだった。その様子が侯爵夫妻にはまた楽しいらしく、二人は満足そうに微笑んでいる。そんな彼らを見て、からかわれている方はげんなりしていた。

エンゲルブレクトを横目で見ながら、アンネゲルトはなるほど、と納得する。華麗な王子様ルードヴィグとは大分趣が違うが、彼も十分整った容姿をしている。華麗な王子様というよりは、野性味溢れる魅力だが。

――そういうタイプがいいっていう女の子もいるわよね、そりゃ。

アンネゲルト自身、綺麗なタイプより野性的なタイプが好みだ。おかげでルードヴィグは最初から眼中にない。

侯爵夫妻の話は、考えてみれば当然だった。エンゲルブレクトの身分は伯爵であり、軍人として鍛えているせいか体格がよく、性格もいい。きっと、結婚したらいい旦那さんになるだろう。

「アンナ様、眉間に皺が寄っていますよ」

ティルラにそっと囁かれ、アンネゲルトは不自然にならないよう、ハンカチで汗を拭く仕草で眉間を隠す。何だろう、とても胸の辺りがむかむかする。どうしてこんな風になるのか。

目の前では、侯爵夫妻とエンゲルブレクトの歓談が続いている。先程までのからかいの色は微塵も感じられなかった。

内容は軍の不正に関する事らしい。この場にはそぐわない硬い内容に思えるが、話しているのがこの国の政治の中枢にいる人物と、軍の関係者なのだからいいのか。

真面目な顔で話すエンゲルブレクトの横顔を見つめていると、これまでの事が頭の中を駆け巡った。

帝国の港街オッタースシュタットでの事、カールシュテイン島の植栽を使った迷路での事、島を見て回ったピクニック、それについ先頃起こった狩猟館の火災。そのどれもに彼がいた。

――ああ、そうか……私は……

彼の事が好きなのだと、唐突に自覚する。助けてもらったからだけではなく、自分を一人の人間、一人の女性としてきちんと扱ってくれる人でもあるからだ。

自覚した途端、この思いは前途多難な事にも気付く。自分は書類上とはいえ、未だに王太子妃という地位にいるのだ。

——つまり、人妻って事よね……自覚ないけど。

今はアンネゲルトに同情的な社交界の人々も、追われた先で別の男とどうこうなっている王太子妃の事なぞ、すぐに切って捨てるだろう。魔導士の保護の為に特区を作ろうとしている今、貴族の味方を得られなくなるのは困る。

それに、エンゲルブレクト自身がアンネゲルトをどう思っているのかも重要だった。見ず知らずの女を二度も助けるような優しい人だ。護衛対象である自分に優しいのも、特別な何かがある訳ではないかもしれない。それに、実はもう結婚を考えている相手がいる可能性だってある。

——だから出会いの場である社交界に出たがらないとか？　でも、そうなら今この場で侯爵にそう言えば済むじゃない。じゃあ、やっぱりまだ決まった相手はいないとか？あ、以前音楽会で聞いた隊長さんの噂みたいな事を言われるから行きたくないとか？だけど、そういう場に出ないのなら他の女の人に目がいかなくっていいかも？

ぐるぐるとらちもない事を考えていたアンネゲルトは、侯爵夫人の言葉で意識を引き戻された。

「そうそう、妃殿下、例の件が延び延びになってしまっていて、申し訳ありません」

「例の件？」

アンネゲルトは素で何の事かわからない。小首を傾げると、侯爵夫人が苦笑する。

「殿下とお話しする場を設けると申しましたでしょう？　お忘れですか？」

ああ、そういえば。そう口に出しそうになって慌てて扇で押さえた。

「いえ……でも、そんなに急いでいなかったのも事実です」

何とか誤魔化せたのだろうか。侯爵夫人は底の見えない笑みを浮かべている。

「そう言っていただけると気が楽ですわね。実は今、その事を調整中なのです。近いうちに詳しいお話が出来るかと思います」

気が重いが、あまり先延ばしにするものでもない。どのみち一度は話し合わなくてはならない相手なのだから。

もっとも、相手が聞く耳を持つかどうか疑問だ。その辺りも侯爵夫妻が調整してくれるのだとしたら、ぜひとも期待したい。

楽しい時間はあっという間に過ぎて、気が付けば帰る時間になっていた。

「おお、もうこんな時間か。長々とお引き留めしてしまい、申し訳ありません、妃殿下」

「いいえ、楽しい時間をありがとう、侯爵」

心からの言葉だった。今日アレリード侯爵家を訪れたのは、政治的な意味合いが強かったのだが、振り返ってみればそんな表向きの理由などすっかり忘れるほどに楽しんでいた。

「今日の件で、我々が妃殿下の後見についた事が公然となるでしょう。そのせいで色々とあるかと存じますが、こちらも打てる手は全て打っていきます」

「頼りにしています」

本来、王太子妃の後ろ盾は夫である王太子になる。アンネゲルトの場合はその夫が頼れないので、早々に別の後ろ盾を探さざるを得なかったのだ。

アレリード侯爵が後ろ盾になったのは、当然彼にも利があるからだった。アンネゲルトを擁護する立場になれば、革新派の神輿として王太子妃である彼女を担ぐ事が出来る。魔導技術が進んでいる帝国皇帝の姪姫であるアンネゲルトは、革新派にとってシンボルにしやすい人間だ。

アンネゲルト側は、宮廷での地位の確立と、社交をスムーズに行えるという利点がある。アレリード侯爵は革新派の中心的人物というだけでなく、宮廷の重鎮でもあった。その夫人も社交界では顔が広い。スイーオネースで生きていくには、この夫妻の助力は願ってもない事なのだ。

——期間限定の王太子妃なんだけど、帰るまでは居心地よく過ごしたいもんねー。

にっこりと微笑んだ裏で、彼女がそんな事を考えているなど、誰も知る由はなかった。

アレリード侯爵邸から船へ戻り一息吐くと、ティルラが今日の侯爵邸訪問が成功に終わった事を労いつつお茶を出してくれた。アンネゲルトの私室には他の小間使いもおらず、二人だけだ。

「これで宮廷での活動がスムーズにいきますね」

「ええ。魔導士達の保護の事もそのうち侯爵に相談しましょう」

革新派の貴族は魔導に対する忌避感を持っていない。魔導士達の保護にも協力してもらえる可能性が高いのだ。

カールシュテイン島に作る予定の特区についても、その有用性を説明すれば、協力してくれるだろう。全てはアンネゲルトの手腕にかかっている。今からしっかりと準備をしておかなくては。

原稿作りにはティルラやリリーが手を貸してくれるだろうが、肝心な部分は自分でやらなくてはならない。

緊張感と不安、そしてほんの少しの高揚感に包まれている彼女に、ティルラは幾分硬い声で囁いた。

「アンナ様、本気で魔導士の保護をお考えなんですね？」

「もちろんよ。フィリップみたいな人をこれ以上出したくないの」

魔導の研究をしたというだけで理不尽に迫害されたり、住んでいた街を追われたりする魔導士を増やしたくない。彼らにも安心して暮らす権利はあるはずだ。

意気込むアンネゲルトに、ティルラは真面目な様子で告げる。

「では、この先教会との摩擦がある事を覚悟なさってください」

「教会？」

「そうです。以前、フィリップを引き受ける際にお話ししましたね？　この国は教会の力が強く、教会が魔導を禁じていると」

そうだった。アンネゲルトがやろうとしている事は、教会に真っ向勝負を挑むようなものだ。

「彼らはアンナ様の考えを知れば、必ず反対してくるでしょう。ただ反対するだけなら問題ないかもしれませんが、実力行使に出られると厄介です」

「実力行使？」

一体教会が何をするというのだろうか。破門程度なら、帝国に泣きつけば教皇庁を動かせる。それもどうなのかと思うが、相手が権力を使うのなら、こちらはより強い力でもって対抗するだけだ。

だがティルラの考えは違った。

「教会は保守派の一部と繋がりがあります。教会と貴族が手を組むと面倒ですよ」

アンネゲルトにも、何となく彼女が言いたい事がわかる。保守派には、教会と繋がっている貴族もいるという。そうした貴族から、今以上に命を狙われる可能性があるという事か。

今でも襲撃されたり火をつけられたりと大変なのに、これ以上になったらどう自衛すればいいのやら。大体、自分達と違う考え方だからというだけで人の命を狙うなど、自分勝手にもほどがある。

「もう！　教会の中って派閥はないの？　全員が全員魔導に反対な訳？」

それは、ただの思い付きだった。貴族の中でも派閥があるのだから、教会とてそれなりに派閥めいたものが出来るのではないか、そんな単純な考えからの言葉だったのだ。

「いいところにお気付きですね、アンナ様」

「へ？」

　ティルラはにやりと笑っている。こういう表情の時の彼女は、何やら企（たくら）んでいる事が多い。

「教会の中の派閥、あると思いますよ。調べてみますか？」

「……本当に？　じゃあ、教会の中でも魔導に寛容な一派があるかどうか、調べてもらえない？」

　教会内でそこまで派手な派閥争いをしているとは思わないが、魔導に寛容な派閥があれば、突破口になるかもしれない。

　ティルラは恭（うやうや）しく一礼した。

「お任せを。必ずやご期待に沿える情報をお持ちいたします」

　ティルラは軍時代情報部にいた人物だ。今も繋がりがあるというから、そちらから手を回して調べるのだろう。

　それにしても、社交行事に派閥争いに、王太子との対話、それに加えて教会との対峙である。静かに離宮改造と魔導士の為の特区設立だけをやる訳にはいかないものか。

「本当にやらなきゃならない事が山積みね……」

「そうですね。お手伝いは出来ますが、逆に言えば我々は手伝う程度しか出来ませんよ」

突き放したようなティルラの言葉に、アンネゲルトは苦笑するしかない。確かに、これらはアンネゲルトにしか出来ない事だ。中には放ってしまってもいいものもあるけれど、アンネゲルト本人がやりたいのは、その放り出してもいいものばかりだった。

やりたい事をやる為に、やらなければならない事をやらなくてはならない。

「義務のないところに権利はない、よね」

とりあえず、手の届くものからやっていこう。まだ社交シーズンは終わらないし、王太子との対話の準備も終わっていなかった。

「ティルラ、次に参加する催し物に関して、お姉さまから連絡はきている？　それと、王太子と対話する時用にいくつか考えをまとめておきたいの。手伝ってほしいんだけど、いい？」

「もちろんですとも」

頼れる仲間がいるのは、とても心強い事だ。アンネゲルトは不意にエンゲルブレクトを思い出す。彼も、護衛という立場でなら自分に手を貸してくれるはずだ。

それ以上の何かを期待する訳にはいかないが、心で思うくらいは許されるのではないだろうか。顔に出やすいのは自覚しているので、表に出さないようにしなくてはならない。

「ティルラ……もう一つ、頼みたい事……というか、聞きたい事があるんだけど」

「何です？」

「その……感情を顔に出さないようにするって、どうすればいいの？」

恥を忍んで質問したら、ティルラは鳩が豆鉄砲を食らったような顔で黙り込む。そのまま動かなくなってしまった彼女が心配になって、アンネゲルトは名前を呼んだ。

「ティルラ？　どうしたの？」

「え、ああ。あまりにも意外な事を聞かれましたもので。申し訳ありません」

「いや……いいんだけど……」

何気に失礼な事を言われたのではないだろうか。確かに今まで気にしていなかったが。

「一体どうしてそんな事を？」

当然の質問を受けて、アンネゲルトは瞬時に顔が熱くなったのを感じた。きっと真っ赤になっているだろう。

それだけで、ティルラには全てわかったようだ。

「そういう事ですか」

「まだ何も言っていないから！」

「大丈夫ですよ。最初の質問に対する答えですが」

何が大丈夫なのかと聞きたかったものの、知りたい事の答えが聞けるとあってアンネゲルトは黙る。

そして、ティルラから予想外の答えをもらって驚いた。

「アンナ様が感情を顔に出さないようにするのは無理かと思います」

「無理!?」

「これぱかりは個人の性格もありますからねえ。それに、隠さなくてもよろしいのでは?」

「な、何を!?」

アンネゲルトは涙目だ。もしかしなくても、やっぱり全てバレているのではないだろうか。ティルラは色々と敏い人だ。

「隊長さん」

ティルラの一言に、アンネゲルトの肩がびくっと揺れた。これでは白状したようなものだ。からかわれるのかと思いそっとティルラの表情を窺うと、彼女は優しい瞳でこちらを見ている。

「よろしいじゃありませんか。伯爵にその気があるかどうかはわかりませんが、今日の侯爵との会話を聞く限り、特定の相手がいる訳ではないようですし」

「で、でも！　私一応人妻だし！」

書類上とはいえ、まだ王太子妃だ。とっとと婚姻無効に持ち込みたいが、予定が狂いまくりでいつ無効の申請が出来るかまるでわからない。申請が出来ない限り、アンネゲルトの身分は変わらず王太子妃のままなのだ。

「そ、それに、社交界にはもっと若くて美人な人が一杯いるだろうし……」

アンネゲルトの言葉に、ティルラは軽く噴き出した。涙目のまま睨んだら、すみませんと謝られる。

「若いって、アンナ様も十分若いんですよ？　まだ二十……三におなりあそばしましたか？」

「うん、でも適齢期は過ぎて、行き遅れでここに来たわよ」

「アンナ様」

幾分強い口調で名前を呼ばれ、卑屈になっていたアンネゲルトは俯いてしまう。あれこれ理由をつけるのは、自分に自信がないからだ。

日本にいた頃も、自分に自信が持てずに付き合った相手とも結局すぐに別れる事になった。今なら、秘密を抱えているという事情だけでなく、そうした部分も別れるきっかけになっていたのだとわかる。

こうして俯くと、母に小言をくらったものだ。ティルラにも説教を食らう覚悟をしていたところ、彼女はまた予想外の事を口にする。

「恋愛における有利な点は何だと思われますか？」

「へ？」

驚きで、先程までの卑屈な考えが吹き飛んでしまった。有利な点とは何だろう？

アンネゲルトが何か言う前に、ティルラは答えを披露する。

「恋愛においては、側にいる事が一番有利ですよ。人間なんて単純ですから、離れた相手より側で自分を慕ってくれる人間に惹かれるものです」

「え……そんな簡単なものなの？」

「余程しっかりした絆を築いた間柄ならいざ知らず、これから絆をはぐくむような相手なら、側にいる方が有利です。距離は短い方がいいんですよ」

そういえば、学生時代にも遠距離恋愛で別れたカップルは多かった。アンネゲルトは遠距離恋愛はした事がないが、周囲では何人かいたのを覚えている。

ティルラの話は続く。

「とにかく、アンナ様は感情を抑える必要はありませんよ。まあ伯爵に嫌がられたら考えなくてはいけませんが」

「嫌がられる!?」

「……仮定の話ですよ。さあ、そんな泣きそうなお顔をなさらないで」

ティルラはドレスの隠しポケットからハンカチを取り出し、アンネゲルトの目元を押さえる。いつの間にか涙がこぼれそうになっていたらしい。

「何にせよ、もうじき社交シーズンも終わり、しばらくは島に引きこもりになるんですから、いい機会と思って隊長さんとの距離を縮めてはいかがですか？　同じ船内にいるんですし、それこそ日本語の授業の時間を使ったりして」

シーズンが終われば、忙しさからは解放される。アンネゲルトが暇という事は、護衛隊も時間的余裕が出来るという事だ。

それに、エンゲルブレクトはヨーンと一緒にティルラに日本語を習っている。大分上達したとはいえ、彼らはまだ満足していないらしい。これまで以上に会話練習の相手として、授業の場に行けばいいではないか。いい口実を手に入れた気分だ。

「そうか……うん、頑張ってみる」

ティルラは微笑んで頷いていた。

シーズン終了まで、あともう少しある。最後の大舞踏会を終えてしまえば、初めての北国での冬だ。厳しいと聞いてはいるが、どんな冬を過ごす事になるのだろう。

アンネゲルトは部屋から見える離宮を眺めた。今はシートで覆われていて建物は見えない。冬の間の工事がどうなるのかはまだ知らないが、あのシートが取り払われる頃までに、エンゲルブレクトとの距離を縮める事が出来るだろうか。

もしそうなった場合、自分はこの国にずっと残る事を選ぶのだろうか。婚姻無効を申請して通ったら、晴れて独身に戻るのだ。その時が来たら――

アンネゲルトは頭を振って雑念を払った。まずはやるべき事を考えなくてはならない。今考えても仕方のない事は、しばらく置いておこう。

「ティルラ、まずは――」

山積みの事柄も、少しずつ進めていけばやがて終わる。その為の一歩を、アンネゲルトは踏み出した。

妃殿下の焼き菓子

書き下ろし番外編

「茶菓子……ですか？」

目の前で、俺が尊敬する王太子妃護衛隊長が頷く。

「そうだ。ここしばらく、妃殿下が王太子妃教育の為に狩猟館に通っているのは知っているだろう？」

「はい、存じています」

妃殿下ってのは、俺達が警護するべき相手で、我が国の王太子ルードヴィグ殿下が帝国から迎えたお妃様だ。

でも、結婚してすぐに殿下からここ、カールシュテイン島にある離宮に移るよう言われてしまった、悲劇の女性。

まああれだ。殿下にはお妃様を迎える前から愛人がいたから、その関係だろうと囁(ささや)かれてる。

で、その妃殿下はただいま遅れていた王太子妃教育を受けているんだけど、これがまた大変らしい。ちらっと漏れ聞こえてきたところによると、暗記する項目がかなり多いんだってさ。

おっと、そんな事を考えてる場合じゃなかった。隊長の話だよ。

「最近、その教育時間が延びる事が多くてな。昼食は持参されているが、お茶を飲む際の茶菓子まではないらしい」

あー、女って茶を飲むのが好きだし、その時のおしゃべりも大好きだよなあ。そして、お茶には茶菓子が必ず必要なんだってさ。男の俺にはわからないけど、でも、妃殿下も女だもんな。

そして、隊長も同じ事を考えているらしい。

「我々の方からそれを提供しよう、という事ですね？」

「そうだ。頼めるか？」

「任せてください！」

「助かるよ」

うっはー！　滅多に見られない隊長の笑顔だよ。これは気合い入れねば！

茶菓子を買いに、王都まで出てきた。こういう時、島にいるってのは不便だよなあって思うよ。

さて、今王都で一番人気の菓子屋は……っと。

「お、ここだな」

王都の目抜き通りにある「テルエス」。女性の名前だけど、なんと店主のかみさんの名前らしい。やるなあ。

この店、開店は三年前なんだけど、それ以降王都の若い女性の間での人気を維持し続けている。

うちの五人いる姉が全員、ここの焼き菓子に夢中なんだから、絶対間違いないって。最新の情報も、昨日届いた手紙に書いてあったしな！　珍しくこっちから甘いものの話題を振ったからか、五人全員から返事があったのには参ったけど。

全員が好き勝手に自分の一押しを書いたもんだから、手紙が分厚くなってたっけ。おかげで同僚には笑われたんだ。女からとはいえ、実の姉からの手紙が分厚いなんてってな。ほっとけ。

でも、おかげでいい情報を仕入れられたんだから、今回だけは甘んじて笑われておくぜ。

あー、でも後で姉達一押し焼き菓子を、それぞれに買って送らないといけないんだよなあ。情報料だとよ。本当、我が姉達ながら、ちゃっかりしてやがる。

店内には、もちろん女性が多い。うへえ、この中に入っていくのかあ……

でも！　隊長に頼まれた妃殿下の為の茶菓子だからな！

「いらっしゃいませー」

入ったら、カウンターから元気な声。お、可愛い子発見。売り子かな？

店内はやっぱり……というか、女ばっかり。あ、でもちらほら男性もいるか。皆見事に女性連ればっかりだね。

俺みたいに、男一人で店内に入ってきたのは珍しいのか、じろじろ見られてる……くそー。いいじゃねえか、男が一人で菓子買いに来たって！

「何かお探しですかー？」

お、さっきの可愛い子がニコニコ顔で声をかけてきた。探し物……まあ、確かに探してるな。

「えーっと、焼き菓子が欲しいんだが。日持ちがして、あまり甘くないやつを」

妃殿下は甘すぎるものが苦手らしいんだ。隊長、そんな事まで知ってるなんて、さすがだよ。

俺の注文を聞いた売り子は、ちょっと考えてから一番目につく場所から籠（かご）を持ってきた。

籠の中には、つまんで食べるのに丁度いい大きさの、四角い焼き菓子が盛られている。

「こちらの新作はどうでしょう？　中に果物のジャムが入っているんですが、従来のものより甘さ控えめとなってます」

「へえ」

女は甘いものと同じように、新しいものにも目がないっていうよな。庶民が来る店とはいえ、王都で今流行の店の、新作菓子だ。

きっと、妃殿下も気に入ってくださる！

「こちら、試食も行っております。どうぞ」

「あ、ありがと」

差し出されたのは、先程の焼き菓子を小さく切り分けたものだ。あ、本当に中に赤いジャムが入ってる。

口に放り込むと、ジャムの甘さと果物の香りがふんわりと広がって、追いかけるようにバターの塩気がきた。

おおお！　これ、本当にうまいんじゃないか？

「うまい！」

「ありがとうございます！」

売り子の女の子の笑顔も眩しい！　よし、じゃあこれを……

「ちょっと！　早くしてくれる!?」

うお。何だあれ。庶民にしては飾り立ててるけど、貴族というには品がない。大方、商売で成功した小金持ちの娘だろう。

商人と侮るなかれ。大成功を収めて納付する税額が上がれば、下級貴族にも取り立てられるんだぜ。

余所の国だとそう簡単に貴族にはなれないっていうけど、スイーオネースは実力主義の国だからな！　実績を示せば、地位も上がるんだ。

とはいえ、そうやって貴族になった「元庶民」も、結構大変だっていうのは、俺の耳にも入ってくる。

王宮の貴族達ってのは、何かと派閥を作るのがお好きらしい。そして、先祖代々貴族って連中と、成り上がった新興貴族の間には、飛び越せないくらい深い溝があるそうだ。

それに……

「お待たせいたしました」

「ああ、やっとなの。本当にとろいったら」

「仕方ないわよ。いくら流行といっても、我が家やあなたの家のような大きな商会じゃないもの」

「そうね。ああ、このお菓子で王太子殿下のお心を射止められないかしら」

「あの赤毛がいない今が絶好の機会ですものね」

「あなたが相手でも、一歩も引く気はないわよ？」

「あら、私だって」

そんな事を言い合いながら、品のない娘達は店を出ていった。そこそこいい仕立ての馬車に乗っていったし、本人達がそれっぽい事を言っていたから、やっぱり商人の娘なんだろうなあ。

……でも、貴族でなければ王宮には入れないだろうに。あの様子だと、まだ男爵位すら持っていない家のようだけど。

にしても、「赤毛」ねえ……

「あのう」

「へ？」

「こちら、どうしましょう？」

「あ」

まだ買ってなかったっけ。

新作焼き菓子を、姉達の分も含めて七袋買ってきた。頼まれた一押しのやつじゃないけど、これも十分うまかったからいいだろ。途中、馴染み(なじ)の店の奴に、実家に届ける五袋は託してきたから、俺の手元には二袋があるのみ。

妃殿下の分なら一袋でいいと思うよ。じゃあ何で二袋かって言ったら、俺達の試食用。だって、妃殿下がこの菓子を召し上がられて、味の感想とかを口にされた時、「食べた事がないのでわかりません」なんて言えないだろ？

女って、大抵こういう事言うと「わかってない！」って怒るんだぜ？　そりゃわかるわけねーっての。食い物なんて、食べられりゃ何でもいいだろうに。

妃殿下も女だしなあ。まあ、俺らみたいな下っ端に声をかけるとは思えないけど、隊長とか副官とかならあり得ると思うんだ。

だから、これを機に皆で食べればいいんじゃないかなーと思ってさ。

まあ、酒じゃなくて甘い菓子だから、嫌がる連中は多いだろうけどな。

そんな事をつらつら考えていたら、船着き場まで来た。王都からカールシュテイン島までの定期連絡船なんて出ていないから、隊の方で用意した小舟で王都との間を行き来している。

ほら、書類を届けたり、家族への手紙を持っていったりと、意外と使うものなんだよ。

今回も、王宮への提出書類を届けるついでに乗せてもらってきた。小舟には、書類運びの担当がもう来ている。

「遅いぞ」

「悪い悪い」

「それで？　首尾よく手に入れられたか？」

「ああ、この通り」

「隊長、喜ぶといいな」

その前に、妃殿下が喜ばないとダメなんじゃないかな。

船はゆっくりと王都を離れて、内海を渡ってカールシュテイン島に到着する。内海だから波も穏やかだ。

船を下りた俺達は、流されないようしっかりロープで小舟をくくりつけた後、隊が使っている狩猟館へと向かう。

島の船着き場から右手に向かった先の森の入り口に館はあるのだ。逆に左手に進むと、妃殿下の船がある。

「妃殿下も大変だよな」

書類担当の奴が、いきなり言い出した。奴の目が、妃殿下の船に向けられている。大きな船だから、ここからでも見えるんだよな。

「何だよ、急に」

「考えてもみろよ。嫁に来たと思ったら、王宮から追い出されてお化け離宮に追いやられたんだぜ？　俺ならとっとと帝国に帰るっての」

「そりゃお前はそうなんだろうよ」

「何だよ。じゃあ、お前なら妃殿下のように耐え忍ぶっていうのか？」

うーん、それもちょっと違う気がするんだよなあ。

「前にさ、妃殿下が島中を視察したの、憶えてるか？」

「当たり前だろ。ほんの少し前の事じゃないか。それに、あのうまい昼飯を忘れられるかっての」

だよなあ。俺もあれは忘れられん。……って、そうじゃなくて！

「あの時、妃殿下の様子を側で見る事があったんだけどさ、耐え忍んでいるって感じじゃなかったぜ？」

「あー……言われてみれば。何か終始にこやかで、楽しんでらしたよな」

「だろ？」

そう、何もない島を回っては、きゃっきゃと喜んでたんだよなあ。何があんなに楽しかったんだか。

しかも、地べたに敷物敷いただけの上に、直(じか)に座るんだぜ？　帝国じゃ当たり前とか言ってたけど、本当なのかな？

狩猟館に戻って、すぐに隊長のところに買ったばかりの菓子を届ける。

「戻りました！」

「ご苦労。首尾よく入手出来たか？」

「は、はい！」

うお！　副官殿がいたよ。有能な人らしいけど、どうにもとっつきにくい人だよなあ。

隊長は……いないか。俺は菓子の袋を副官殿に渡した。

「袋が二つ……随分と量があるようだが？」

「一応、試食をしておいた方がいいのでは、と思いました！」

「理由は？」

「その、妃殿下に味を尋ねられた際、答えに窮するのを避ける為です！」

「ふむ」

副官殿が、何やら考え込んでる。でも、とりあえず叱られるのは回避出来そうだ。

「では、隊長が戻り次第、手の空いた者達から試食するとしよう」

「は！」

よっし！　隊長なら話を聞き入れてくれると思ったけど、副官殿だと難しいんだよなあ。でも、うまくいってよかった。

隊長は妃殿下を船まで送っていたらしい。すぐに戻っていらして、手の空いている者達で試食会が行われた。

さすがに一人に一つは行き渡らないので、一つを四つに割って食べる。本当に一口で終わるなあ。

でも、男なんて甘いものが苦手な連中多いし、このくらいで丁度いいのかも。

実際、同僚は一口食べただけでもう十分って顔をしていたしな。

「なるほど、確かにくどさはないな」

「ジャムも酸味がほどよく利いてますね」

隊長と副官殿の口にも合ったようだ。やったぜ！

「買い出しご苦労。いい店を見つけたな」

おお！　隊長自ら労いの言葉を！　姉達相手に苦労した甲斐があった！

「ありがとうございます。姉達に話を聞いたんです」

「姉君がいるのか。やはり、こういったものは女性の方がよく知っているのだな」

「ははは、そうですすねえ」

隊長、女の甘いものにかける熱情は、男には計り知れません……

菓子の評判は試食会でも上々で、早速翌日、妃殿下に出される事になった。

その当日に、まさかあんな事が起こるなんて、思ってもみなかった。俺達が厄介になってる、カールシュテイン島の狩猟館が焼け落ちたのだ。全焼ではないんだけど、もう建物は使えないらしい。

元々館の方は事務や上級将校達が使用していて、俺達は食堂くらいしか使ってなかった。

それでも、使えなくなったのはでかいよなあ。

「おい、見たか？　さっきの！」

同期の奴が、興奮した様子で聞いてくる。

「見たって、何が？」

「魔導だよ魔導！　あの狩猟館の焼けた部分をばさーっと切断したやつ！　その後も、消火があっという間に終わっちまってさあ！」

「ああ！　あれか」

　確かにすごかった。火事の火を消すのって、手間も時間もかかるのに。幸いここは島で、周囲は海。消火用の水には事欠かなかったけど、妃殿下が連れてきた工兵達は、水なんか一滴も使わなかった。

　何だかよくわからない光の壁で燃えている部分を覆ったと思ったら、大きな音が響いて、その後すぐに火が消えたんだ。

　燃え残った館の部分は、まるでナイフで切ったチーズみたいに綺麗な断面を見せてる。

「あれ、どうやったんだろうな？」

「へ？　だから、魔導だろ？」

「いやだから」

　あー、ダメだ。うまく説明出来ない。もやもやしたものを抱えながら、俺達は後始末に追われる事になった。

　その後、驚いた事に俺達は全員、妃殿下の船に移る事になった。船だぞ船！　いくらデカいとは言え、あの船に護衛隊全員乗れるのか？

「え？　馬も馬車も持っていくって!?」

「そうらしい。当番の連中も驚いていたよ」

そりゃ驚くだろ。確かに、馬を船に乗せて運ぶっていうのは聞いた事あるけれど、護衛隊の馬って数が多いんだぞ？

隊員全員が騎乗して移動出来るように、頭数が確保されているんだ。つまり、隊員の数だけ馬がいる。その全てを、あの船に乗せるって？

大丈夫なのか？


ここ、本当に船の中なのか？　俺も周囲の仲間も、ぽかんと辺りを見回している。

おかしい。船の横っ腹が開いた事もおかしかったけど、今いる場所の説明がつかない。

何で船の幅よりも広いんだよ!?　どう考えても、ここにさっき見た船が丸ごと入るじゃねえか！

でも、誰も何も言えない。だってここは妃殿下の船の中だ。俺ら護衛隊の下っ端がどうこう言うべき場じゃない。

いくら混乱してるって言っても、そのくらいは判断出来るんだぜ。

その後、案内された船内にもっと驚く事になるとは……。本当、どうなってんだよ、この船は！

取っ手を捻ればお湯が出る。水も出る。厠には水が流れ、扉に鍵はかかるのに鍵穴がない。カードを押しつければいいって、どういう事だよ……

二人に一部屋が与えられ、その部屋に厠どころか風呂まである。

「おい……これ、本当に俺達が使っていいのか？」

「いいんだろ。さっき説明受けたじゃねえか」

とはいえ、同期が言いたい事もわかる。この部屋、少なくとも士官が使う部屋だ。俺達みたいな下っ端が使っていい部屋じゃない。

でも、ここを使うよう言われた以上、他に部屋を用意してくださいとも言えない。青い顔で同期と顔を見合わせて、無言のまま荷物を解いた。

その後、あちこちの部屋から悲鳴が上がるのが聞こえてきたけど、やっぱり同期と顔を見合わせて深い溜息を吐いたもんだ。

船での生活は、馴れてしまえば快適この上ない。スイーオネースは冬の寒さが半端ないから、あのまま野営する事にならずに済んで、よかったよ。

隊の皆も三日かそこらで船に馴れたようで、今では以前と変わらない生活を送っている。

いや、変わった部分があった。食事だ。護衛隊は専属の調理師なんていないから、下級隊員が持ち回りで食事を作っていたんだ。

当然ながら、腕前はよろしくない。一応、食えないものは出さないようにはしていたけれど、味より量！　って感じだった。

それが、ここに来てからは毎日三度うまい飯が食える。もちろん、俺達のやる気が上がったのは言うまでもない。

そんなある日、副官殿が俺らの部屋にやってきた。隊長が呼んでいるらしい。でも、向かう先は隊長室ではない。え……どういう事？

「安心しろ。連れていく」

副官殿にそう言われたけど、安心どころか背中に嫌な汗が流れるんですが。

俺は引っ立てられる罪人のように、副官殿の後ろをとぼとぼとついていった。

動く箱に乗って、上へと向かう。これ、未だに使い方がよくわからないんだよな。何でボタンを押しただけで、移動すんの？　しかも上下だけ。

同期は「そういうもんだと思えばいい」って言っていたけど、なんか納得いかない。

到着した場所は、今まで来た事がないところだ。動く箱から降りて、廊下を少し行ったところに開けた空間がある。

王都でも見る、外にテーブルを出してる店のような感じ。ここって、本当に船の中なのかね？　でも、部屋の窓からは海が見えるしなあ。

そういえば、誰かが窓から海に飛び降りてみようとしたそうなんだが、結果は途中で網に引っかかったらしい。

でも、網なんてどこにもなかったって言うんだけど……まあ、多分魔導なんだろう。そういう事にしておくよ。

店のような場所の入り口まで来ると、副官殿が振り向いた。

「ここから先は、貴様一人だ」

「わかりました」

奥へ視線をやると、確かに窓際の席に隊長がいる。あれ？　その前に座ってるのって……

「妃殿下が同席されている。失礼のないように」

やっぱり！　本来なら、王族を前に身がすくむ思いをしそうなものだけど、妃殿下だけは大丈夫な気がする。

やっぱり、島の視察や狩猟館での勉強の時間があったからかも。何だか身近な存在に感じるんだよなあ。いや、これも不敬か。

俺は意識して背筋を伸ばし、隊長のもとへ向かった。きちんと軍隊式の敬礼をする。

「隊長、お呼びにより参上いたしました！」

「ああ、来たな。妃殿下、こちらが先程話した者です」

「まあ、そうなの？」

……隊長、一体、何を話したんですか？　緊張しつつちらりと見ると、妃殿下がほわっと微笑まれた。

「あの時のお菓子、ありがとう。わざわざ買いに行ってくれたのね」

「は、はい！」

あれかああ！　でも、あの焼き菓子を出した日に、狩猟館が焼けたんだよなあ……あんまりいい思い出には、ならないいんじゃないか。

そう思ったけど、妃殿下からはそんな様子は窺えない。それどころか、お褒めの言葉までいただいてしまった。

「とてもおいしかったわ。王都にはおいしいお菓子屋さんが多いの？」

「いえ！　あの、買ってきた店は、ここ最近王都でも人気の店だそうです」

「まあ、そうなの？　調べて買いに行ってくれたの？」

「あ、えーと……はい」

姉達に聞いたってのは、黙っておこう。うん、別に意味はないけど。

「そうだったのね。本当にありがとう」

ニコニコと笑う妃殿下に、俺もついつられて笑ってしまう。そうしたら、隊長の咳払いが聞こえて、一気に背筋が伸びた。

「妃殿下がどうしても礼を言いたいと仰（おっしゃ）るのでな。呼び出して悪かった」

「いえ！　お気になさらず！」

「もう行っていいぞ」

「は！　失礼いたします!!」

敬礼をすると、妃殿下がにこやかに手を振ってくださる。王族なのに、何か親しみやすい方だよなあ。

来た時と同じようにしてその場を去ると、副官殿が待っていた。助かったー。こっから部屋まで、一人じゃ戻れないよ。

後日、隊の皆に妃殿下から、帝国の菓子が配られた。花の飾りが載った、綺麗な菓子。味も抜群で、甘いのにしつこくない。こくもあって、いくらでも食べられそうだった。

あんなうまくて綺麗な菓子を毎日見て食べてるんじゃ、この間買った焼き菓子なんて、見劣りするだろうに。

それでも、あんなに喜んでくださったんだなあ。きっと、手間をかけて用意したってところを、評価してくれたに違いない。

俺は貴族と言っても下級だから、社交界なんかには縁がないけど、話に聞く貴婦人方ってのは、とにかくお高くとまってるっていう。

妃殿下がそういう貴婦人達と同類でなくて、よかったよ。

「俺、身命を賭して妃殿下をお守りするんだ！」

俺の宣言に、同室の奴が怪訝な顔を向ける。

「何だ？　急に。妃殿下をお守りするのは、俺達の仕事だろうが」

「そういう意味じゃねえよ。それ以上の思いでって事だ」

「よくわかんねえ」

いいんだよ、俺だけがわかっていれば。

新感覚ファンタジー

RB レジーナ文庫

モフるだけで、嫁入り決定!?

異世界で、もふもふライフ始めました。

黒辺あゆみ　イラスト：カトーナオ

定価：704円（10%税込）

キャンプに行った先で鉄砲水に巻き込まれ、人間が絶滅危惧種になっているという獣人世界にトリップしてしまった、OLの美紀。戸惑いつつも、なんとかこの世界に溶け込もうとしたけれど……軽～い気持ちで白虎族の傭兵・ジョルトの尻尾を触ったところ、なんとジョルトと結婚することになって!?

詳しくは公式サイトにてご確認ください

https://www.regina-books.com/

携帯サイトはこちらから！

本書は、2016年7月当社より単行本として刊行されたものに書き下ろしを加えて文庫化したものです。


この作品に対する皆様のご意見・ご感想をお待ちしております。

おハガキ・お手紙は以下の宛先にお送りください。

【宛先】

〒150-6008 東京都渋谷区恵比寿4-20-3 恵比寿ガーデンプレイスタワー 8F
（株）アルファポリス　書籍感想係

メールフォームでのご意見・ご感想は右のＱＲコードから、
あるいは以下のワードで検索をかけてください。

ご感想はこちらから

レジーナ文庫

王太子妃殿下の離宮改造計画 2

斎木リコ

2021年8月20日初版発行

文庫編集－斧木悠子・篠木歩
編集長－倉持真理
発行者－梶本雄介
発行所－株式会社アルファポリス
〒150-6008 東京都渋谷区恵比寿4-20-3 恵比寿ガーデンプレイスタワー8階
TEL 03-6277-1601（営業）　03-6277-1602（編集）
URL https://www.alphapolis.co.jp/
発売元－株式会社星雲社（共同出版社・流通責任出版社）
〒112-0005 東京都文京区水道1-3-30
TEL 03-3868-3275
装丁・本文イラスト－日向ろこ
装丁デザイン－ansyyqdesign
印刷－中央精版印刷株式会社

価格はカバーに表示されてあります。

落丁乱丁の場合はアルファポリスまでご連絡ください。

送料は小社負担でお取り替えします。


ISBN978-4-434-29255-2 C0193